La Mariée mise à nu

AU DIABLE VAUVERT

Nikki Gemmell

La Mariée mise à nu

Roman traduit de l'anglais (Australie)
par Alfred Boudry

Du même auteur

LOVE SONG, roman, *Éditions Belfond, Éditions 10/18*
NOCES SAUVAGES, roman, *Éditions Belfond, Éditions 10/18*
TRAVERSÉE, roman, *Éditions 10/18*

OUVRAGE TRADUIT AVEC LE CONCOURS DE LA RÉGION LANGUEDOC-ROUSSILLON

ISBN : 9782846261203

Titre original : THE BRIDE STRIPPED BARE

Au diable vauvert
www.audiable.com
La Laune 30600 Vauvert
contact@audiable.com

Catalogue disponible sur demande

Cher Monsieur,

Je prends la liberté de vous adresser ce manuscrit qui, je l'espère, saura vous intéresser.

Il a été écrit par ma fille. Voici douze mois, elle a disparu. Sa voiture a été découverte au sommet d'une falaise au sud de l'Angleterre, cependant son corps n'a jamais été retrouvé. Bien qu'elle ait interrogé assidûment plusieurs de ses proches, la police a conclu qu'il s'agissait d'un suicide et mis un terme à son enquête. D'aucuns ont émis l'hypothèse qu'elle avait mis sa disparition en scène. Je ne sais auquel de ces scénarios me vouer et toute cette incertitude, je dois l'admettre, me ronge.

Elle achevait un livre au moment de sa disparition. Il se trouvait dans son ordinateur portable, que la police m'a rendu. Je suis la seule personne, à ma connaissance, qu'elle avait informée de son projet. Il s'agit de la vie secrète d'une femme mariée, et ma fille souhaitait rester anonyme afin de pouvoir écrire en toute candeur; elle craignait de s'autocensurer si son nom devait apparaître. Elle voulait protéger les gens de son entourage, ainsi qu'elle-même.

J'ai lu son manuscrit dans l'espoir d'y trouver une raison expliquant sa disparition et j'ai vu sa vie s'ouvrir sous mes yeux telle une fleur. À quel point étais-je ignorante. À quel point étais-je désireuse d'ignorer. Elle m'était étrangère de bien des manières, et pourtant plus proche de moi que quiconque.

D'instinct, ma première pensée, je l'admets, fut d'effacer le livre et de l'oublier, mais beaucoup de temps a passé depuis qu'elle est partie, et même si je n'ai jamais cessé d'espérer que c'est elle, à l'autre bout du fil, quand le téléphone sonne, j'ai la sensation aujourd'hui que je lui dois cette faveur, aider à trouver un éditeur pour son projet. Je crois que c'était ce qu'elle voulait, qu'elle le voulait très fort. Son bonheur, en fin de compte, est tout ce que j'ai jamais voulu pour elle.

Voici donc *La Mariée mise à nu.* Merci de lui consacrer un peu de votre temps.

Pour mon mari. Pour chaque mari.

Première partie

J'ai le sentiment que quelque part en vous,
il y a quelqu'un dont nul ne sait rien.

Alfred Hitchcock & Thornton Wilder
L'Ombre d'un doute

Leçon 1

L'honnêteté est de la plus extrême importance

Votre mari ignore que vous écrivez ceci. Il est assez facile d'écrire juste sous son nez. Presque aussi facile, peut-être, que de coucher avec d'autres. Nul ne saura jamais qui vous êtes, ni ce que vous avez fait, car vous avez toujours été considérée comme la bonne épouse.

Leçon 2

L'eau froide est un stimulant pour les nerfs, elle les renforce et les tonifie

Une lune de miel. Une terre étrangère.

Vous voici donc, en pleine soumission au rite sexuel, évoquant un souvenir qui remonte à vos sept ans lorsque vous avez découvert l'eau pour la première fois. Vous n'étiez jamais entrée dans une piscine auparavant; il n'y en avait pas là où vous avez grandi. Vous vous souvenez de vacances estivales et d'une piscine dont l'eau grignote votre ventre au fur et à mesure que vous y avancez en dodelinant, la lente progression du froid, la respiration coincée au creux de votre estomac, et votre mère toujours là devant vous, qui sourit et vous cajole, tend les mains vers vous mais recule et recule encore. Soudain, pop, vous flottez, et l'eau soutient votre ventre et vos jambes comme un écheveau de cordelettes nerveuses, elle est musculeuse, revigorante et toute de soie, le souvenir est aussi puissant qu'un premier baiser.

C'est comme la première fois où vous avez baisé, eh bien, vous vous rappelez du son que produisaient ses doigts qui vous apprêtaient entre les jambes, pas grand-chose d'autre. Même plus de nom aujourd'hui.

Leçon 3

Préparer un lit confortable est un aspect fort important de la tenue d'un intérieur

Dans l'air nocturne de Marrakech, pendant votre lune de miel retardée, la première volée de cris des oiseaux matinaux évoque le son de l'huile qui crépite et crachote dans une cuisine. Il fait encore sombre mais les oiseaux ont ravi la vedette aux batraciens aussi abruptement que si un chef d'orchestre avait abaissé sa baguette. L'appel à la prière vous a tirée du sommeil et vous ne parvenez plus à vous rendormir, vous voulez ouvrir en grand les portes-fenêtres, aussi grand que possible, afin de vous rassasier de l'étrange aurore qui se lève sur le désert. Mais votre mari, Cole, se réveillera et se plaindra si vous le faites.

Bon. Vous posez une main sur la saillie de sa hanche, vous aspirez son sommeil, sa douce odeur âcre, vous souriez doucement dans l'obscurité. Le bout de votre nez se niche au creux de sa nuque, pour y glaner son parfum.

Vous n'avez jamais autant aimé quelqu'un de toute votre vie.

Vous vous glissez sur le balcon. Il fait chaud, au moins vingt-huit degrés. D'un sourire d'enfant émerveillée vous accueillez la vaste étendue étoilée, car l'énorme scintillement orange des lumières de Londres implique que chez vous, vous ne voyez jamais d'étoiles, c'est à peine si vous savez quand c'est la pleine lune. Les boutons des fleurs nocturnes exhalent leurs parfums, bougainvillées, hibiscus et magnolias, immobiles et sombres dans la nuit. Vous vous sentez tout à fait comblée. Cole vous appelle, plaintivement, vous vous glissez à l'intérieur où son bras vient envelopper votre corps et vous tient serrée comme un étau.

Vous libérez vos pieds du drap emmêlé et les laissez pendouiller dans le vide, comme d'habitude, à la recherche de la fraîcheur et de l'air.

Leçon 4

Très peu de gens ont beaucoup d'amis ; au sens où l'on emploie ce mot généralement, il ne veut rien dire

La veille de votre départ pour Marrakech, Mme Théodora White vous dit qu'elle n'a aucune passion dans la vie, envers quoi que ce soit. Vous êtes terriblement surprise de l'entendre, mais elle écarte votre compassion d'un sourire et d'un revers de main. Elle prend un brin de tabac entre le pouce et l'index sur le bout de sa langue et renverse la tête pour aspirer le fond de son café au lait. Elle est née à l'âge de trente-cinq ans, alors que vous êtes encore assez floue, vous n'êtes pas encore endurcie au point d'être adulte. Vous avez aussi la trentaine mais vous persistez à sauter à pieds joints dans les flaques, vous chantez toujours faux, comme si quelque part en vous se nichait une fillette qui refuse de mourir.

La seule chose qui m'ait jamais passionnée, c'est Jésus, vous dit Théo. Quand j'avais onze ans. Ça avait quelque chose à voir avec ses hanches.

Elle fut expulsée de votre école religieuse parce que la mère supérieure décréta que Théo avait plus d'influence sur les élèves que les nonnes. Elle a beaucoup d'autres histoires de ce genre à raconter. Pas vous. Ses amis les plus proches l'appellent Diz. Elle roule ses cigarettes sur un étui d'argent tout abîmé, ce qui contribue à son charme, de même que son air d'être toujours en chaleur. Votre amie est luxueuse, mature, son corps fait un joli 42. Elle fait partie de ces femmes qui donnent l'air d'apprécier l'abondance en tout, nourriture, grand air, sexe, rire, amour. À côté de Théo, vous paraissez pâle, comme une feuille trop longtemps laissée dans l'eau, que les couleurs et la vie ont quittée.

Pourtant vous ne l'enviez pas car vous en savez trop sur elle. Elle est votre plus ancienne amie au monde, vous l'aimez depuis que vous avez treize ans. Vous n'êtes pas certaine de la raison pour laquelle vous êtes perturbée quand elle vous déclare n'avoir aucune passion ; peut-être parce que votre vie, par contraste, en ce début de lune de miel, semble tout imprégnée d'amour. En rentrant à pied du café, cette pensée vous fait sourire cruellement, vous ne pouvez vous en empêcher, vous souriez béatement en marchant dans la rue.

Leçon 5

Il est absolument nécessaire de se laver les aisselles et les hanches tous les jours

Avec Théo vous avez énormément ri parce que votre mari dort toujours en gardant son tee-shirt et son caleçon, même lorsqu'il fait chaud. Parce qu'il n'apprécie pas la douceur de la peau contre la peau, cette suavité et cette odeur, cette chaleur. Il vous suffit pourtant de voir le torse d'un homme pour vous faire mouiller. Vous n'emploieriez jamais une telle expression devant lui, *me faire mouiller*. Avec Théo, oui. Cole serait horrifié par tout ce qu'elle sait.

Vous aimez poser votre main sur la poitrine de Cole quand vous êtes au lit, incurver votre torse le long du croissant que décrit son dos, la juxtaposition digne d'un puzzle que cela représente. Vous aimez son odeur quand il ne s'est pas lavé, surtout la douceur sous les bras. S'il savait cela, il emploierait le mot *indécent*. Parfois au lit Cole ne permet pas à votre main de rester sur sa poitrine, il la repousse d'un geste. Parfois il la laisse reposer là. Parfois il la maintient serrée comme dans un étau et quand vous tentez de la récupérer, il l'agrippe et cela devient un jeu de vous désentraver.

Mais vous êtes la seule que cela fasse rire, dans la pénombre.

Leçon 6

Une jeune fille ne saurait être trop prévoyante

Pourquoi mets-tu tes chaussettes, demandez-vous.

Parce que je retourne à la chambre, ma belle.

Mais on vient à peine d'arriver, mon canard. Ton maillot est encore humide.

Je sais, mais il y a une chouette émission à la télé. Tu viens?

Non, je vais rester ici encore un peu.

Vous vous sentez coupable de dire non, Cole a grand besoin de vous, il clame haut et fort son manque de vous, il en est presque irascible, comme un petit garçon. Seulement, vous pouvez sentir votre épiderme absorber la vive lumière du Maroc comme le désert absorbe la pluie, vous sentez qu'elle révèle quelque chose en vous. Ici, la lumière vous chavire; en Angleterre, elle vous pourlèche. Elle fait se rétracter la peau et les yeux de Cole; sa peau est fort pâle, presque translucide; il reste souvent à l'intérieur, loin de vous. Pas seulement pendant les vacances, à Londres aussi. Il s'enferme par habitude. Au travail jusqu'à tard, ou devant la télévision, ou dans la salle de bains. Il est capable de rester trois quarts d'heure aux toilettes, parfois plus; si vous vous asseyez à côté de lui sur le canapé, il se lèvera pour gagner le fauteuil sans même s'en rendre compte, si au lit vous posez une main sur son aine, il la repoussera. Il dort le plus souvent en vous tournant le dos.

Pourtant, même quand vous n'êtes pas là, il a besoin de vous à ses côtés : il vous a dit que vous étiez toute sa vie. Vous aimez la férocité de son désir, le fait d'être tant désirée. Cole est le seul homme qui vous attire auquel vous pouvez parler sans craindre qu'un silence vaste comme une autoroute déserte ne vienne envahir la conversation. Sans craindre de dire quelque chose de ridicule et compromettant, ou que votre lèvre se mette à trembler, ou de rougir. Près de Cole, votre corps se fait obéissant, vous le contrôlez, vous pouvez vous détendre. C'est l'une des raisons pour lesquelles vous l'avez épousé. Parce que vous vous sentez à l'aise avec lui, vous n'avez pas besoin de faire semblant, vous pouvez, presque, être vous-même. Personne d'autre n'est autorisé à être aussi près.

Leçon 7

Dansez de toutes vos forces

Pour vous faire plaisir, votre gros orteil reçoit un baiser lorsque, telle une diva, vous envoyez vos bras en arrière sur le transat en déclarant que vous allez rester là encore un peu, près de la piscine. Ni vous ni Cole n'avez encore rien vu de la ville où vous séjournez pourtant depuis quatre jours. Théo vous en ferait reproche mais le mariage vous a ramollie, il atténue votre curiosité. La foule des gens vêtus de robes et de voiles à l'aéroport, les montagnes de bagages, les enfants qui hurlent, les mitraillettes portées par les gardes, tout cela était un peu perturbant, aussi Cole et vous êtes satisfaits de rester enfermés à l'hôtel pour quelque temps. Il ressemble un peu à celui du film *Shining*, avec ses larges couloirs stylés, son hall dépouillé à un point surréaliste, son atmosphère de regrets pour une ère de décadence en allée depuis bien longtemps. Bastion du colonialisme français fréquenté aujourd'hui par de riches Européens, encore qu'ils ne soient pas assez nombreux pour l'encombrer. On n'y voit aucun musulman. Peut-être le trouvent-ils trop ridicule ou pas assez accueillant ou trop bizarre, mais il n'y a personne à qui poser la question.

À une époque, vous auriez cherché à le savoir, vous étiez pétrie de curiosité, à une époque. Maintenant vous êtes trop alanguie pour vous en soucier, car vous êtes devenue distraite, et avec quel délice. Vous êtes assise au bord de la piscine, vos doigts traînent dans son eau fraîche, vous vous souvenez de quelque chose que vous avez lu dans le *Times*, celui qui date d'hier, qui dit que le besoin de réfléchir visite rarement les gens satisfaits. Vous souriez – et alors ? – puis faites signe à un serveur pour lui demander un autre Bellini. Combien vous les aimez… Jamais vous ne vous étiez octroyé le luxe de la paresse, ni celui de boire quatre Bellini d'affilée.

Un âne tire une charrette pleine de branches coupées dans une allée bordée de rosiers en voûte des jardins de l'hôtel. Un homme agite mollement un fouet au-dessus de l'animal. Cela, au moins, fait couleur locale. Vous devez en faire une photographie.

Leçon 8

Le devoir d'une épouse est de faire du foyer de son mari un lieu empli de bonheur

L'air de minuit vibre de chaleur et de silence avant l'assaut des grenouilles et des oiseaux, vos yeux sont fermés mais vous sentez le regard de Cole, vous sentez sa concupiscence, votre gorge est serrée. Votre relation fonctionne délicieusement, avec docilité, par bien des aspects, mis à part le sexe.

Ce n'est pas pour cela que vous avez épousé Cole.

Une langue s'écrase sur votre œil, humide comme une limace, épaisse. Votre mari écarte le drap récalcitrant qui enserrait vos jambes puis il pousse avec insistance un genou entre vos cuisses. Il doit faire l'amour selon ses propres termes, ce qui n'arrive pas souvent. Vous faites généralement l'amour le matin, pour profiter de son érection du réveil. Le pénis de Cole ne vous paraît pas assez dur parfois, comme s'il pensait à autre chose. Il ne jouit pas très souvent. En général, vous laissez tomber tous les deux avant qu'il y soit parvenu, pour vous c'est toujours un soulagement. Vous vous demandez si Cole n'a pas un problème d'ordre médical qui expliquerait qu'il mette si longtemps à jouir, à moins qu'il ne fasse pas assez l'amour, ou qu'il soit seulement fatigué. Vous l'avez été, vous aussi, beaucoup.

Tandis que Cole vous chevauche sur le grand lit de l'hôtel, vous regardez les chiffres sur le radio-réveil de la table de nuit qui font défiler les minutes et vous pensez à Marilyn Monroe qui disait *Je crois que je ne le fais pas comme il faut*; c'est ce que vous avez lu une fois dans un journal, cela vous a étonnée et soulagée en même temps: ainsi, cela arrive à d'autres, et quelle autre. Vous n'êtes pas certaine que Cole le fasse comme il faut, vous ne savez pas ce qui est comme il faut. Théo le saurait, puisqu'elle est sexologue et qu'elle a un cabinet discret dans Knightsbridge et tient une chronique dans un magazine du dimanche. Vous la soupçonnez de trouver votre couple innocent, ridicule et mignon. Cole et vous n'êtes jamais allés jusqu'à faire l'amour deux fois de suite, vous n'avez jamais renversé de lampes, vous ne vous tirez pas les cheveux mutuellement. Quand vous faites l'amour, vous diriez plutôt que vous êtes *proprets.*

Les chiffres sur le radio-réveil mettent trop longtemps à basculer, tandis que vous êtes couchée sur le lit, avec Cole au-dessus de vous. Quelque chose, loin en vous, a dérapé. Vous ne faites pas souvent l'amour; vous avez lu des articles de magazines féminins qui parlent de la fréquence à laquelle la plupart des couples le font, cela vous a paru élevé. Encore que personne ne soit tout à fait honnête à propos de sexe.

Minuit et treize minutes. Cole a joui. La chose est rare. Il essuie le sperme répandu sur votre poitrine et sur vos joues et vous en badigeonne le front, comme s'il vous prodiguait un baptême de sang. Il est ravi. Vous êtes ravie. Peut-être cela a-t-il marché, cette fois. Cole allume la lampe de chevet pour évaluer les éclaboussures sur les draps et les vêtements; il fait toujours ça, il veut nettoyer aussi vite que possible, il déteste le foutoir.

Vous attirez son visage vers vous. Votre audace le surprend, il tente de reculer mais vous le maintenez fermement en vous souvenant que, lorsque vous marchiez dans la travée, vous le regardiez loin devant, et votre cœur se gonflait d'amour comme une vieille éponge desséchée qu'on laisse tomber dans le bain. Quand votre mari vous enveloppe dans ses bras, c'est comme un abri, un havre où se reposer du tumulte du monde. C'est ce que vous avez toujours voulu, vous devez l'admettre : ce refuge ; ce cliché.

Leçon 9

Prévenir le gaspillage, un devoir

Avant de trouver Cole, vous n'aviez pas couché avec un homme depuis quatre ans. C'est dur, disiez-vous à Théo, c'est vraiment dur. Il y avait eu les interminables nuits de vos anniversaires et les veilles de l'an où vous étiez seule dans votre lit, sans personne. Il y avait eu ces gens qui se lèvent d'un bond, dans les mariages, leurs yeux écarquillés tout scintillants, les couples qui vont danser. Parfois vous sentiez votre cœur se craqueler sous le coup de la folie, comme les vieilles saucières de votre grand-mère. Parfois, à la seule vue d'un couple en train de rire, un samedi après-midi dans le parc, il éclatait en miettes, votre cœur. Les jeunes couples, ensemble depuis des années, vous étaient intrigants, odieux et repoussants. Quel était leur secret ? Vous aviez atteint ce stade où vous n'arriviez même plus à vous imaginer impliquée un jour dans une relation amoureuse.

Théo vous avait avertie que toute personne qui vit seule plus de trois ans devient bizarre, égoïste et doit être ramenée de force vers le monde vivant. Elle disait qu'elle devait intervenir. Vous lui disiez non, qu'il n'y avait plus d'espoir pour vous, vous étiez convaincue de cela. Toute votre vie, les gens vous avaient quittée : vous étiez l'enfant de parents divorcés, vous n'avez pas grandi dans l'espoir que quelqu'un allait s'occuper de vous, rester auprès de vous.

Enfin bon, Cole McCain.

Une ancienne connaissance de l'université, un ami, rien d'autre. Un été pendant le festival d'Édimbourg, vous gardiez une maison vide et il vous a demandé s'il pouvait venir avec vous ; il voulait assister à certains des spectacles. Vous vous rappelez quand vous l'avez accompagné à sa chambre, celle d'une fillette, avec son lit étroit et son plaid en patchwork à dominante rose. Vous vous rappelez son regard dubitatif.

Je crois que tu devrais plutôt dormir avec moi dans le grand lit, avez-vous dit.

Cela aurait dû se résumer à deux amis qui partagent un lit pour une raison pratique. Vous vous étiez assurée que vous portiez tous les deux un pyjama. Mais ses doigts, soudain posés sur votre peau, vous avaient fait l'effet d'un filet d'eau fraîche par un jour de canicule. Quelque chose d'étrange vous a traversée, vous vous êtes tournée vers lui, l'avez embrassé. Cole a ôté son pyjama, vite, le vôtre a rapidement suivi et quelque chose s'est emparé de vous, vous avez décollé. Au bout d'une semaine, vous vous rouliez tous les deux dans les draps, vous tombiez du lit en riant stupidement dans votre cocon. Au bout de deux ans, vous vous étiez mariés.

Je le savais depuis des années, tête de linotte, a dit Théo dans un éclair de sagesse rétroactive plein d'allégresse, c'était prévisible depuis toujours.

Je n'ai rien vu venir.

Il t'a fallu longtemps pour entendre raison. Tu couchais avec des hommes qui te mettaient mal à l'aise dans le but de te sentir à l'aise avec eux ; tu as épousé celui avec qui tu pouvais t'oublier.

Mais il y eut un instant, quand vous avez essayé la robe de mariée, un moment d'invisibilité, comme si vous disparaissiez dans les volutes de tulle et d'ivoire, comme si vous étiez balayée. Cela n'a duré que le temps d'un éclair, mais cela en valait la peine, bien sûr, de ne plus ressentir cette démangeaison dans les yeux des couples riants du samedi après-midi, de ne plus éprouver ce crève-cœur.

Leçon 10

Les vêtements qui se portent près du corps sont ceux qui nécessitent les plus fréquents lavages

Les hommes avec qui vous avez couché. Ce dont vous vous rappelez le mieux :

Celui qui aimait les femmes.

Celui qui n'enlevait jamais ses chaussettes.

Celui dont les mains étaient si grandes qu'elles semblaient se trouver en trois endroits à la fois.

Celui dont le toucher vibrait, qui paraissait savoir exactement ce qu'il faisait et qui sort du lot grâce à cela. Il ne semblait tirer plaisir de l'expérience que si vous en preniez aussi, alors qu'aucun des autres ne semblait trop se prendre la tête pour ça. Il vous avait questionnée sur vos fantasmes mais vous n'avez jamais eu le courage de vous exprimer. À l'époque vous n'aviez pas le courage de faire ça.

Celui qui vous a envoyé un polaroïd de sa très grosse queue*. La taille n'a guère d'importance à vos yeux, vous ne comprenez pas pourquoi ils en parlent sans cesse. Vous préférez de loin que les deux s'adaptent agréablement plutôt qu'un pénis trop gros ; vous n'avez pas envie de vous sentir éventrée.

Celui qui disait *prends-moi* quand il jouissait, en gémissant comme s'il était en train de chier.

Celui qui vous chatouillait derrière les genoux et vous léchait tout le visage, qui vous forçait à avaler son foutre et le frottait dans votre chevelure ; qui était excité par tout ce que vous n'aimiez pas.

Celui qui a dit oui quand vous lui avez demandé de vous épouser, à moitié pour plaisanter, à moitié sérieusement, un 29 février. Vous êtes gênée d'avoir dû le demander à Cole McCain. Vous préféreriez qu'il n'en parle à personne, mais il le fait, pour vous taquiner, souvent.

* Écrire le mot *queue* vous enchante plus que de raison ; le prononcer à voix haute, par contre, est une tout autre affaire. Il est toujours un peu étrange d'employer *vagin* mais vous ne voyez pas très bien quel autre mot employer. Vous détestez *chatte,* vous ne connaissez aucune femme qui l'utilise, et pour ce qui est du *con,* vous avez toujours pensé que seuls s'en servent les hommes qui n'aiment pas beaucoup les femmes. Vous préféreriez des mots dont les femmes se sont attribué l'usage ; peut-être qu'il en existe mais vous ne les avez encore jamais entendus. Vous ne pouvez quand même pas dire *là, en bas* tout le reste de votre vie.

Leçon 11

Une réserve délicate et sacrée est l'apanage de la femme pure et modeste

Tôt le matin.

Un oiseau est entré dans la chambre ; effrayée par ses battements d'ailes au-dessus de votre tête, vous vous réveillez et courez vous enfermer dans la salle de bains, en suppliant Cole de faire quelque chose, vite. L'oiseau s'en va prestement. Il n'est pas allé s'écraser contre les miroirs ou les vitres. Vous n'auriez pas pu le supporter ; une fois, quand vous étiez enfant, vous avez vu la chose arriver, les fientes provoquées par sa frayeur, le sang trop brillant, les coups frénétiques, l'œil affolé de l'oiseau.

Maintenant il n'y a plus que le silence qui flotte dans la chambre. Vous y retournez, sortez de la salle de bains pour embrasser Cole sur le bout du nez. Il vous enveloppe dans ses bras avec un grand calme de propriétaire et se met à rire : il aime vous voir vulnérable. Et aussi, vous apprendre des choses nouvelles, vous les faire découvrir.

Avant d'être mariée vous n'aviez jamais regardé un pénis de près, vous ne saviez pas à quoi ça ressemble, circoncis. Vous vous demandez, aujourd'hui, comment vous avez pu avoir les partenaires que vous avez eus sans jamais regarder vraiment. Il fallait toujours éteindre rapidement parce que vous n'aimiez pas assez votre corps, vous plongiez sous les draps, vous pensiez qu'il n'était pas poli d'étudier l'anatomie d'un homme trop intensément : vous préfériez échanger des regards, des contacts. Dès le début, Cole vous a forcée à regarder, il vous a appris à vous rapprocher. Il aime bien diriger votre vie, la guider.

Vous le laissez croire qu'il le fait.

Leçon 12

L'altruisme est notre plus grand bonheur

Une fois, Cole s'est endormi en vous. Ce souvenir l'amuse, il trouve ça érotique, un peu bête, rassurant. Le lendemain matin, pour apaiser votre indignation, il expliqua que s'endormir dans une femme était une preuve d'amour sincère.

Quoi ? En secouant la tête comme pour chasser une mouche.

Cela veut dire que l'homme se sent parfaitement bien avec la femme, à tel point qu'il peut s'endormir tout en lui faisant l'amour. Je ne pourrais faire ça avec personne d'autre. Tu devrais te considérer comme honorée, ma belle.

Hmm, avez-vous répondu.

Vous aimez Cole d'une façon que vous n'avez jamais pratiquée auparavant. Calmement. C'est un amour qui ne fait pas d'étincelles, il luit plutôt comme une chandelle. Vous l'aimez même quand il s'endort tout en vous faisant l'amour. Vous n'aviez jamais aimé calmement avant, quand vous n'aviez pas encore trente ans. C'était l'époque de l'amour avide, plein d'exaltation et de terreur ; quand il vous arrivait de dire *Je t'aime*, vous aviez toujours l'impression d'être dépouillée ; jamais vous n'avez eu l'impression que l'amour pouvait être un sauvetage. Parfois, aujourd'hui, vous vous demandez ce qu'il est advenu de l'intensité de votre jeunesse, quand tout vous semblait si vivace, si désespéré, si lumineux. Parfois, vous imaginez la main d'un peintre se secouant au-dessus de votre vie bien tranquille, l'inondant de clarté, la faisant pour ainsi dire se consumer de lumières.

Mais Cole. Quand il pose un bras sur vos épaules, vous sentez son amour s'écouler, aussi calme, fort et profond qu'une rivière souterraine qui vous traverse. Il tempère votre agitation, de la même manière qu'une soirée à la chorale ou une longue séance de natation après le travail. Le lien qui vous unit est si lucide : le mariage n'est pas parfait, loin de là, mais vous êtes assez vieille maintenant pour savoir que vous ne pouvez exiger la perfection à ce cadeau de tous les instants qu'est l'amour. C'est beaucoup plus, déjà, que ce à quoi la plupart des gens ont droit. Théo, par exemple.

Votre chère amie impatiente au tempérament si vif. Parfois, avec un pincement au cœur, vous enviez cruellement la sensualité de son chez-elle, toutes les chandelles, le bois et la pierre, ses horaires de travail flexibles, ses massages hebdomadaires, ses sacs à mains de chez Kelly. Et puis vous vous souvenez qu'elle n'est pas heureuse et ne le sera sans doute jamais, et cela, c'est réconfortant. Car peu importe tout ce que Théo accomplit ou acquiert, peu importe qu'elle fasse de l'ombre à tout le monde, elle n'a jamais l'air d'être satisfaite. Elle vous a appris que les gens qui brillent plus prodigalement que les autres semblent punis d'insatisfaction, comme si on les châtiait de leurs prétentions à une existence plus vive. Je me suis fait renverser si souvent que je n'arrive même pas à me rappeler tous les numéros d'immatriculation, vous a-t-elle dit un jour.

Beaucoup de gens ont peur de Théo mais pas vous, c'est peut-être pour cela que vous avez toujours été si proches. Tout ce tintouin autour de sa personnalité c'est un masque, et quand il tombe, en de rares occasions, c'est toujours un choc de voir sa vulnérabilité lui larder le visage.

Leçon 13

Ce ne peut être un plaisir rationnel que de se rendre en un lieu où vous n'aimeriez pas être accompagnée par votre meilleure et plus sincère amie

Tiens-moi la main, dit Cole en vous guidant à travers la cohue vespérale de Marrakech. Ni lui ni vous ne connaissez les habitudes des piétons dans cette ville ; les voitures proviennent de toutes les directions, les rues assombries suintent de gens comme à New York aux heures de pointe, sauf qu'ici tout est plus rapide, plus insolent, plus imprudent ; exaltant, pensez-vous. Mobylettes, cars de tourisme, ânes et charrettes, démarrent, s'arrêtent, tournent et se coupent la route sans règles apparentes, et la bousculade permanente vous emporte vers la vaste place centrale, le cœur de la ville, Djemma El Fna, puis vous levez la tête vers les bâtiments ocre et bas qui vous entourent, vous échappez à la poigne de Cole, vous tournoyez sur vous-même, vous vous abreuvez de ces visions, car vous sentez que tout ce qui fait la vie est ici concentré. Il y a des charmeurs de serpents aux bras chargés de reptiles entortillés qui leur font des colliers, des conteurs rabougris entourés d'hommes attentifs, des marchands d'eau à la ceinture chargée de gobelets de cuivre qui leur font comme des cartouchières, des femmes voilées qui proposent la bonne fortune, des bijoux, le henné sur les mains. On dirait le plateau de cinéma d'un monde glorieux, saugrenu et profondément kitsch.

Diz adorerait tout ça, dites-vous en riant.

Dieu merci tu ne l'as pas amenée avec toi.

Vous avez failli l'inviter spontanément lorsqu'elle vous a confié qu'elle n'allait pas bien. Vous vouliez qu'elle se joigne à vous quelques jours seulement, pour lui faire plaisir : c'est son anniversaire dans trois jours, le premier juin. Mais vous saviez qu'il fallait d'abord demander à Cole et qu'il ne serait pas d'accord, évidemment.

Elle est bizarre, dit-il à son propos.

Tu dis ça de tous mes amis.

Elle est plus bizarre que les autres.

Vous n'avez aucun argument à lui opposer. Théo va en train à Paris rien que pour une coupe de cheveux. Elle a un gardénia tatoué au niveau du pubis. Ne sait pas pocher un œuf. Ne regarde jamais la télévision. Se fait livrer ses fleurs préférées tous les lundis et les vendredis : roses de Noël, amaryllis et d'exquis nœuds de gardénias. Est mariée à un homme qui s'appelle Tomas, de vingt-quatre ans son aîné, auquel elle a rarement fait l'amour. Elle a un problème d'ordre médical.

Lequel, avez-vous demandé la première fois qu'elle vous l'a dit.

Vaginisme. C'est moche, pas vrai ? On dirait un truc que tu pourrais choper à Amsterdam. Ça veut dire que quand quelqu'un essaie de me baiser, les muscles autour de mon vagin sont pris de spasmes. C'est horriblement douloureux.

Théo, ma chère Théo, il fallait que ça t'arrive à toi. Vous l'avez prise dans vos bras, votre visage s'est crispé, vous vous êtes mise à pleurer.

Hé, c'est bon, a-t-elle dit en riant, c'est bon. À vrai dire, ça a un petit côté marrant.

Elle s'est jetée en arrière et vous a lancé son sourire marque-de-fabrique, une commissure vers le haut, l'autre vers le bas. A dit que ça l'avait décidée à faire des recherches sur le sujet, le plaisir féminin, et que cela l'avait si délicieusement dévorée que c'est finalement devenu un boulot. A dit que la plupart des femmes n'ont pas d'orgasme par pénétration vaginale : tout le plaisir vient du clito. Vous aviez rougi à l'époque, sous la brusquerie du terme, il y avait encore des choses dont vous ne pouviez vous empêcher, à l'époque.

Tu ne me croirais pas si je te disais la quantité de mes clientes qui ne tirent aucune espèce de plaisir de cette bonne vieille pénétration traditionnelle à la con, a-t-elle dit en ponctuant ses paroles de petits coups sauvages qui faisaient bondir les couverts. Nous ne savons pas comment nous donner du plaisir à nous-mêmes, pas assez. Nous n'apprendrons jamais. Nous sommes toujours obnubilées par le plaisir de l'homme, au détriment du nôtre.

Cette conversation vous mettait mal à l'aise, elle était trop limite. Vous vouliez en savoir plus sur son problème médical, car il était étrangement réconfortant d'entendre que votre amie à la sensualité frappante avait aussi des obstacles à affronter sur le plan sexuel : ainsi, Théo se révélait humaine.

As-tu demandé de l'assistance, pour le vagi, vagis…

Mm, oui. Il a fallu recourir à un truc horrible appelé dilatateur.

Ça a marché ?

Eh bien oui, mais quand j'ai enfin pu faire l'amour tel que je l'attendais, je me suis sentie tellement déçue. C'est si monotone, comparé à tout le reste. Comment se fait-il que personne ne me l'avait jamais dit ?

Le merveilleux rire de Théo résonna profondément du fond de son ventre mais il n'y avait pas la moindre trace de gaîté dans son regard. Son mariage avec Tomas était trop bizarre, vous n'arriviez pas vous à l'imaginer. Lui avait des liaisons avec des hommes ainsi qu'avec d'autres femmes, elle avait des liaisons avec des femmes ainsi qu'avec d'autres hommes, ainsi allait leur vie. Et pourtant, ils restaient ensemble. *Je n'ai aucune passion dans ma vie, envers quoi que ce soit.* Pas envers son mari, elle est trop futée pour l'aimer, dit-elle. Ni envers Londres, la cité de l'énergie revêche où vous vous êtes enfuies toutes les deux, adolescentes, échappant à la même école de pensionnaires, il y a près de vingt ans. Ni envers son boulot car, dit-elle, elle l'exerce depuis si longtemps que toutes les histoires finissent par se ressembler, il n'y a pas tellement de scénarios différents dans la vie des gens, et puis ces derniers temps, elle a tendance à décrocher de plus en plus souvent.

Vous vous soupçonnez d'attirer les gens excessifs comme elle justement parce que vous êtes si stable, de même Cole. Une fois, elle vous a décrits tous les deux comme sombrement satisfaits, aux yeux de certaines personnes, cela veut dire d'une couleur impardonnablement unie, alors que pour d'autres vous êtes un roc, toujours là en cas de coup dur, même le dimanche soir, même aux anniversaires, même le jour de Noël.

Théo et vous partagez vos existences depuis l'âge de treize ans ; vous échangiez des revues sur les pur-sang arabes pour leurs images de chevaux, vous campiez des nuits entières pour aller voir un concert de Duran Duran, vous avez dévoré des livres ensemble, de *La Petite Maison dans la prairie* aux *Oiseaux se cachent pour mourir* en passant par *Histoire d'O*. Vous avez fumé votre première cigarette ensemble et pris votre dernière douche avec une fille. Chacune de vous se tenait à gauche de l'autre lors de vos mariages, tout en sachant pertinemment que vous seriez les marraines de vos enfants respectifs.

Vous vous êtes connues en classe, dans une petite école pour pensionnaires du Hampshire, un endroit où l'on encourageait la médiocrité. Vous n'étiez pas censées devenir intelligentes, car être intelligente ne ferait pas de vous une bonne épouse. Si vous excelliez à quelque chose, c'était perçu comme une perversion innocente, mais Théo restait immanquablement sourde à cette façon de considérer les choses. Très peu de gens l'appréciaient d'emblée. Elle avait intégré la classe en cours d'année. Elle était plus mature que les autres filles, ses parents étaient étrangers, des Néo-Zélandais qui venaient à peine de constituer leur fortune, encore que cela ne fût pas suffisant. Mais par la force de sa personnalité, elle avait renversé le sort et avait fini élève-surveillante, tout comme vous.

Ne t'emballe pas, vous avait-elle dit, presque *tout le monde* est nommé à ce poste tôt ou tard. Ils font ça parce qu'ils oublient de nous éduquer ; ça fait un truc à écrire sur nos CV.

Elle fut expulsée parce qu'elle avait écrit au pape, lui expliquant pourquoi la méthode de contraception rythmique ne marchait pas pour bon nombre de filles. (Sa sœur aînée lui avait appris cette leçon, elle qui avait eu un avortement en secret). Son erreur avait été de signer la lettre du nom d'une blonde camarade qui allait devenir mannequin et à qui son père avait promis une voiture si elle arrêtait de se ronger les ongles. Et qui mettait beaucoup d'application à vous snober toutes les deux. Le scandale fit de Théo une héroïne-en-exil, mais elle vous est toujours restée extrêmement fidèle, vous la dame d'honneur qui étiez tombée amoureuse d'elle, la première.

Ici, à Marrakech, vous aimeriez que votre amie soit aussi heureuse que vous, car vous souhaitez que tout le monde le soit, vous voulez leur apporter de la joie, cela vous procure une intense satisfaction. Vous adoreriez avoir Théo à vos côtés, pour lui remonter le moral ; vous auriez quelqu'un avec qui aller visiter la ville quand Cole veut rester seul. Vous êtes toujours en train d'offrir des petits cadeaux ; votre grand-mère vous a appris à ne jamais réfréner une envie généreuse et vous vous y efforcez. Vous prenez un charmeur de serpents en photo sur une place, il vous court après, vous soutire quelques pièces en agitant ses bêtes, vous vous éloignez en criant, entraînant Cole avec vous. Vous devez le lui dire, à Théo.

Leçon 14

Soyez toutes respectables, les filles

Vous osez dîner sur la place, dans une échoppe enfumée aux bancs de bois rugueux. Cole et vous chipotez dans le couscous maison, vous laissez la viande rabougrie sur les kebabs, vous ne touchez pas à la salade pleine de terre, vous vous faites prendre en photo pour prouver votre courage. Cole est grincheux, irritable, il veut retourner à l'hôtel trop calme mais vous vous sentez à l'intersection cruciale où se rencontrent des tribus africaines venues du sud, des Arabes venus du nord, des villageois berbères venus des montagnes, vous gardez la tête haute et vous abreuvez aux odeurs mêmes, à la chaleur, à la fumée. Tous ces gens extraordinaires ! Vous jetez un coup d'œil en biais à votre mari, vous caressez son bras, son poignet fin et sensuel, il y a comme un frisson de désir : vous avez envie de lui, vraiment envie, comme ça, là, dans cet endroit surpeuplé. Vous ne faites rien, sinon poser vos lèvres sur sa peau, là où elle est dégagée derrière l'oreille, et vous humez. Généralement, cela suffit, un petit geste comme celui-ci, le toucher, le respirer, cela suffit à vous rappeler la chance que vous avez.

Mais ici, maintenant, quelque chose qui sommeillait en vous est en train de s'étirer, d'arquer le dos. Vous pensez à la chambre d'hôtel, à l'étendue du lit. L'espace d'un furtif instant, vous vous imaginez nue sur le lit, jambes écartées, plusieurs hommes anonymes au regard calculateur dont les mains parcourent votre corps. Vous vous imaginez filmée, achetée.

Vous souriez à Cole.

À quoi penses-tu, demande-t-il.

À rien, murmurez-vous.

Leçon 15

Peu d'épouses ne désirent point ardemment avoir un enfant

Pendant que vous paressez sur vos chaises longues une femme très enceinte avance vers la piscine tel un galion toutes voiles dehors, robuste, fière, comblée. Vous allez bientôt essayer d'avoir un bébé, quand la première année de mariage sera achevée.

Profitons l'un de l'autre pendant un moment, a dit Cole.

Fort heureusement, une grossesse est assurée dans vos prévisions. Homme, maison, enfant : tant de bonheur pour une seule personne, n'est-ce pas que c'est obscène ? Il y a tant d'audace dans la joie que vous éprouvez. Y a-t-il quelqu'un qui saurait vous supporter ? Vous jetez un coup d'œil en biais à Cole ; il a eu l'air trop jeune pendant si longtemps, il n'était pas pleinement développé, mais aujourd'hui avec sa trentaine bien sonnée, alors que nombre de ses semblables perdent des cheveux et prennent du poids, ça commence à marcher. Il était en état d'adolescence prolongée mais le voici maintenant parachevé, il est séduisant enfin. Il a le potentiel pour vieillir magnifiquement et vous commencez tout juste à le voir.

Ne va-t-elle pas s'user, cette plénitude dans votre cœur prêt à éclater ? Quand doit-elle se flétrir ? Vous jetez votre exemplaire de *Vogue* puis posez votre corps sur celui de Cole, ventre à ventre, vous inhalez sa peau comme une mère avec son enfant. Cette odeur s'altérera-t-elle jamais à vos sens ? Vous ne voyez pas comment elle le pourrait. Il vous repousse, fait semblant d'être grognon, vous donne une tape sur les fesses. Vous poussez un cri strident avant de vous réinstaller sur votre chaise longue. Un jeune serveur passe. Vous plissez les yeux comme un chat, placez un bras au-dessus de votre tête, vous dites à Cole que si on ne vous traite pas correctement, la prochaine fois, c'est le serveur que vous épouserez.

Ouais, et tout ce qu'il a besoin de faire pour se débarrasser de toi, c'est de dire trois fois Je divorce. J'aimerais bien que ce soit aussi facile pour moi.

Vous riez ; vous êtes au comble de la joie, elle vous submerge. La femme enceinte sort de la piscine. Les gens ont déjà commencé à vous demander quand Cole et vous comptiez démarrer une famille, à quoi votre mari répond invariablement qu'il aura un enfant quand il se considérera lui-même comme adulte, et Dieu sait quand ce sera. Vous leur dites bientôt.

Toutes les femmes doivent désirer un enfant tôt ou tard, vous en êtes sûre, cette furieuse envie est tapie loin en elles, vous n'arrivez pas vraiment à croire celles qui disent le contraire. Ce besoin vous harcèle depuis que vous avez mis le pied dans la trentaine, c'est un instinct animal qui a gagné en audace. Désormais votre cœur se serrera à chaque fois que vous discernerez les traits d'une amie sur le visage de son enfant. C'est une chose qui risque dangereusement de s'emparer de votre vie, le désir.

Leçon 16

Adorons la nature, toute la nature, et observons-la avec respect

Lors d'une excursion dans les monts Atlas vous vous tenez la tête hors de la vitre de la voiture, tendue vers le ciel, un parfum d'eucalyptus dans la brise recuite de chaleur. Cole lit le *Herald Tribune*, il sommeille et se réveille par à-coups.

Il travaille très dur en tant que restaurateur de tableaux, spécialisé dans les œuvres du XVe au XIXe siècle. Maintenant il voyage partout dans le monde, il prépare des analyses d'état pour des peintures destinées à la vente, il travaille sur place, car depuis le 11 Septembre, les primes d'assurance ont grimpé en flèche et il revient souvent moins cher d'expédier le restaurateur sur le lieu de travail. Les journées de Cole sont longues mais la récompense est du même ordre : vous n'avez plus à travailler. L'indolence est une chose à laquelle vous vouliez vous essayer depuis toujours, c'est votre deuxième mois passé à ne rien faire. Cole vous a encouragée à démissionner de votre emploi de maître de conférences en journalisme à l'université de la ville ; il a balayé vos hésitations par son enthousiasme. On vous a gratifiée d'une prime de licenciement, qui a servi à effacer vos hypothèques à tous les deux. Aucun de vos collègues ne voulait que vous partiez ;

vous exerciez une influence stabilisatrice au sein d'une faculté fantasque, vous y faisiez profil bas, vous y travailliez dur. Mais les années d'enseignement vous ont usée, ainsi que la routine incessante boulot-restau-dodo et pas grand-chose d'autre, c'était comme un filet qui vous tirait vers le bas. Théo a dit que vous aviez fait preuve d'une telle noblesse, d'un tel altruisme en tant que professeur, qu'il était fatal que tout cela finisse par se payer. Vous ne lui avez pas dit que vous considériez comme une grande lâcheté de n'avoir jamais vraiment quitté la fac, de n'avoir jamais mis les pieds dans le monde réel; vous l'avez taquinée en lui disant qu'elle aussi était professeur, et tout aussi noble que vous.

Bon Dieu non, je ne fais mon travail que pour moi et pour personne d'autre. Ce que j'en retire est complètement égoïste.

Et de quoi, ma chérie, s'agit-il?

De ce frisson secret, sourit-elle, que je ressens quand mes clients me dévoilent leurs pensées les plus enfouies, les plus sombres.

Votre travail a cessé d'être gratifiant en quelque manière que ce soit et vous vous réjouissez de l'étrange sentiment de satisfaction que vous éprouvez en exécutant joliment votre nouvelle vie d'épouse. Vous ne vous attendiez pas à voir vos journées noyées sous les menus tracas du quotidien, pourtant, bizarrement, vous appréciez pour l'heure de cuisiner des mets délicats en soirs de semaine, de repeindre la cuisine, de faire le tri de tous vos vêtements. Les jours filent à toute vitesse, même si vous savez que l'ennui et la perte d'amour-propre vous guettent à tout instant, qu'ils sont prêts à vous talonner. Mais pas maintenant, pas encore.

Il ne vous reste plus grand-chose en matière d'économies, mais Cole vous donne de l'argent de poche, huit cents livres par mois. Cela entraîne un changement subtil : il est désormais en droit d'espérer des chaussettes reprisées et des puddings faits maison, de commenter un poil trop souvent votre ventre arrondi ou des points noirs occasionnels. Mais ses petites cruautés ne sont pas cher payées en échange de ce luxe qu'est le repos. Il vous offre quelque chose que vous n'avez jamais eu auparavant: une chance de récupérer et de décider ce que vous voulez faire de tout le reste de votre vie. Vous êtes restée coincée si longtemps, si maîtresse de vous, toujours à l'heure et le reste à l'avenant. Pendant toute la durée de votre premier mois de chômage vous avez ingurgité du sommeil, soupçonnant que les années d'épuisement vous avaient rattrapée, toujours à vouloir faire plaisir, incapable de dire non. De toute façon, Cole ne pratique ses taquineries que sur un ton benêt ou puéril, cela ne vous gêne pas beaucoup.

Cette excursion dans les monts Atlas, il la fait contre son gré, il préférerait rentrer. Il déteste toutes les formes d'activité, en extérieur surtout, il se prétend démodé et vieux jeu, même s'il est encore jeune, vous trouvez cela adorable, il vous fait tellement rire. Il y a un revers intrigant à son côté crassouille de petit garçon qui regarde *Star Trek* et achète des bonbons à la noix de coco. Vous adorez le gosse en tee-shirt qui se cache sous les costumes italiens; vous êtes la seule, soupçonnez-vous, à être au courant.

Sur l'étroite route de terre battue, la voiture vire et ralentit, vous voulez vous en éjecter, ôter vos chaussures pour sentir le contact de la poussière ocre et douce comme du talc qui s'agrippe à la plante de vos pieds. Vous connaissez intimement ce genre de terre, car vous avez déjà visité des endroits assez semblables, avec votre mère, quand vous étiez jeune. Le Sahara se trouve juste de l'autre côté des montagnes, désert de sable fumant et de cieux infinis.

C'est un désert couleur de froment, dit Muli, le chauffeur guide.

Comme c'est beau, dites-vous en tapant dans vos mains couvertes de henné. Leur vue vous enchante. Vous devez nous y emmener, Muli, dites-vous.

Cole vous jette un regard en biais.

La prochaine fois.

Vous souriez en léchant votre mari derrière l'oreille, comme un chiot, il est si drôle, tout cela est un jeu et, tel un verre, vous êtes pleine d'amour pour lui, pleine jusqu'à ras bord.

Leçon 17

Les jeunes femmes ont le devoir d'être propres et ordonnées

Le plus souvent, Cole n'aime pas le contact des doigts sur sa peau nue, il bronche sans avertissement. Vous avez toujours le bout des doigts froids : en hiver, quand vous voulez le toucher, il insiste pour que vous réchauffiez vos doigts au-dessus de la bouilloire d'abord.

La vie de Cole est bien rangée. Il repasse ses chemises une deuxième fois après que la femme de ménage l'a fait, cire ses chaussures tous les dimanches soir, s'en va rapidement pour le travail à huit heures quinze, se précipite à la salle de bains après l'amour pour essuyer le trop-plein.

Vous soupçonnez Cole de préférer certaines choses à l'acte sexuel. Par exemple, que vous lui grattiez la tête si fort que des pellicules de peau s'amassent sous vos ongles, ce que vous détestez. Que vous passiez un peigne sur la peau de son dos, comme si vous ratissiez du gravier, ce qui lui donne la chair de poule. Et poser sa tête au creux de vos reins, quand vous êtes couchée sur le ventre dans un parc, l'été.

Et que vous le suciez. Il n'y a que cela, seulement cela, qui le fasse jouir. Il vous arrive de le sucer dans le seul but d'en finir rapidement. Cole pousse sur votre nuque aussi fort que possible, et il appuie encore un peu plus, et lorsque vous vous retirez pour respirer, il mesure avec le pouce et l'index pour vous montrer jusqu'où vous êtes allée, et vous vous extasiez dûment, en bonne épouse, avant de vous remettre à le sucer. Souvent, vous étouffez, ou vous devez briser la cadence pour trouver de l'air, vos mâchoires vous font toujours mal, cela dure trop longtemps. Vous détestez le goût du sperme, cela vous fait renâcler, comme s'il fallait passer votre langue sur du métal glacé en hiver.

Rentre chez toi et suce-le, a dit Théo une fois, après une soirée au cinéma. Le pauvre, ça fait si longtemps.

Mon Dieu non, pas ça.

Si tu leur tailles des pipes, ils t'aimeront toute leur vie.

Mais c'est une telle *corvée.*

Moi, je vois plutôt ça comme un défi.

Vous avez suivi l'avis de Théo : Cole vous a dit, quand ce fut terminé, qu'il avait hâte que vous retourniez au cinéma avec votre copine.

On se calme, avez-vous dit en riant, avant de vous tourner et de vous endormir.

Ça n'a pas toujours été ainsi. Dans les premiers temps, vous faisiez l'amour presque chaque nuit. Cole chantait et sautillait partout en sous-vêtements, faisant l'abruti complet avant de plonger dans le lit. Il vous faisait rire à en avoir mal. Vous étiez toujours entièrement déshabillés, jusqu'aux montres, c'était comme une cérémonie courtoise. Vous faisiez l'amour, par défi tous les deux, dans les wagons-lits entre Londres et la Cornouaille, en pouffant comme des ados qui s'efforcent de ne pas déranger les enfants d'à côté. Ou dans le lit de votre adolescence, que votre mère avait conservé, la main de Cole plaquée sur votre bouche pour vous empêcher de faire du bruit. Vous versiez des larmes de bonheur, qu'il embrassait, les paumes de ses mains glissaient sur vos joues ; vous gardez encore, quelque part dans vos souvenirs, la tendresse de son contact.

Mais aujourd'hui, ces moments ressemblent à des

scènes de film ; pas tout à fait vrais. La femme qui s'y trouve est lointaine, quelqu'un d'autre. Ce qui est vrai, aujourd'hui : vous vous êtes refermée, vous préférez faire d'autres choses. C'est si ennuyeux d'ôter vos vêtements, de trouver le temps de le faire, et de faire en sorte que vous sentiez bon, que vous soyez propre. On dirait que ce n'est jamais le bon moment, en tout cas pas pour vous deux à la fois, il y a toujours quelque chose qui cloche. Ou vous n'êtes pas d'humeur ou c'est Cole, il est devenu facile de trouver des excuses. Apparemment, vous préféreriez tous les deux lire les journaux, ou regarder la télé, ou dormir. Cela, surtout.

Cole ne s'en plaint pas trop. Le mariage sert à autre chose. Cole est attentionné, toujours en train de faire des choses étonnantes de gentillesse, c'est comme s'il vous ficelait à coups de gentillesse. Il y a les abonnements à vos magazines frivoles préférés, les tasses de thé spontanées, les marches forcées vers le lit lorsque vous êtes trop épuisée, les nouveaux livres qu'il vous offre en les cachant dans la bibliothèque, vous disant que vous devez les découvrir. Tous ces petits gestes vous poussent à la gentillesse vous aussi, la gentillesse engendre la gentillesse, le mariage est presque une compétition de gentillesse. Et donc vous grattouillez sa tête jusqu'à ce que des pellicules de peau s'amassent sous vos ongles, vous vous pliez à ses exigences au lit, et vous sucez. Seules ces petites attentions peuvent distraire Cole de son train-train, le sortir de sa routine, du monde extérieur, de son halo de lumière quand il est devant la télévision ou de la salle de bains ou de son atelier, quand il y reste tard. Cela ne vous dérange pas d'être seule vous-même, vous en avez besoin, de respirer à nouveau, de vous déployer.

C'est un animal étrange que votre mariage, il est irrationnel, mais il fonctionne. Il est traditionnel, votre mère est radicale à ce sujet. Elle était jeune quand elle a divorcé et vous a élevée seule avant de vous envoyer en pension. Elle vous a inculqué l'idée que vous ne deviez jamais dépendre d'un homme ; que vous deviez être financièrement autonome, que vous ne deviez pas succomber. Mais pour être honnête, c'est un soulagement d'abandonner les soucis féministes. La sensation est salace, délicieuse et égocentrique, comme de porter une fourrure.

Leçon 18

Un sommeil profond est essentiel à une bonne santé

Une heure du matin. Vous lisez le premier Harry Potter. Il est à Cole, vous l'avez trouvé parmi ses livres de vacances, ses gros volumes d'histoire et d'art. Vous êtes dans le fauteuil près des portes-fenêtres qui donnent sur le balcon, une jambe qui pendouille par-dessus un des accotoirs.

La sueur dégouline sur votre torse comme une araignée. Vous aimeriez qu'un orage vienne briser les reins de la canicule, vous aimeriez sentir son grondement dans les lames du plancher, sentir ses éclairs. Vous jetez un regard à Cole, qui dort sur le drap avec ses chaussures aux pieds. Vous les ôtez, comme une mère avec son enfant, puis vous le tournez sur le côté pour lui enlever sa chemise ; il réagit, essaie de vous agripper par la jupe. Chhhut, lui dites-vous, et vous posez vos lèvres au creux de sa nuque. Vous ne voulez pas qu'il se réveille pour de bon, ne voulez pas entamer quoi que ce soit. Car vous avez commencé votre cycle menstruel et le sang s'écoule hors de vous, vous savez que cela le révulserait. Il n'aime pas le sang.

En général, Cole dort profondément, du sommeil du juste. Il ne ronfle pas, vous n'auriez jamais pu l'épouser s'il l'avait fait. Comment peut-on s'assurer une nuit de sommeil complète aux côtés d'un homme qui ronfle ? Cole a rigolé quand vous lui avez dit cela lors de la nuit de noces ; c'est la seule raison pour laquelle je t'ai épousé, avez-vous dit. Cole a répliqué que *si jamais* il se mettait à ronfler, il vous emprunterait un soutien-gorge, y mettrait des balles de tennis et le porterait devant derrière pour l'empêcher de s'endormir sur le dos, il vous aime à ce point.

Une chose que vous ne pourrez jamais dire à votre mari, c'est qu'il met trop longtemps à jouir. Et que son pénis a l'air tordu, et qu'il ramollit souvent quand il est en vous, comme s'il pensait à autre chose. Et que la raison pour laquelle il avait tout le temps droit à des pipes, au début de votre relation, c'était pour l'amadouer. Et pour lui faire croire que vous étiez quelqu'un d'autre.

Leçon 19

Les bonnes habitudes s'apprennent d'autant mieux que l'on est jeune

Pendant que Cole change des devises vous vous asseyez près du bureau du concierge dans le grand hall presque vide. Un homme passe, son visage illuminé de soleil, à peine un garçon, dix ans de moins que vous ou presque, il sourit en vous regardant droit dans les yeux, vous ressentez quelque chose que vous n'avez plus éprouvé depuis des années : une chose liée aux fêtes du temps de la fac, aux baignoires remplies d'alcool, à l'odeur de hamburger sur les doigts, à celle de la bière imprégnant un baiser. Tout cela aurait dû vous dégoûter mais ce n'était pas le cas. Cela vous faisait mouiller si vite ; ôter leurs vêtements, sentir leur poids vous écraser, vous faire pilonner contre un mur, une jambe pliée en l'air.

Tout en vous baladant avec Cole pour rentrer à votre chambre pleine de roses fraîches, vous chantonnez intérieurement. Tous les deux jours, de nouvelles roses vous attendent, on ne leur laisse pas l'occasion de faner, par cette chaleur. Une fois à l'intérieur, vous embrassez votre mari sur la bouche, surprise autant que lui par votre voracité. Vous vous délectez de lui, vous vous en abreuvez, vous le faites si rarement. Il vous rend votre baiser de la même manière, comme si à l'intérieur de votre bouche se trouvait un morceau des plus exquis, des plus précieux. Vous n'aimez pas beaucoup qu'il vous embrasse sur la bouche ; il vous arrive souvent d'essuyer en secret la trace laissée par ses lèvres.

La dernière fois que Cole et vous avez fait l'amour, avant ces vacances, ce fut lors de votre nuit de noces. La Bugatti de collection que vous aviez empruntée ne voulait pas démarrer, il fallait faire connaissance avec toutes les relations éloignées de Cole, Théo avait beaucoup trop bu. Cole et vous aviez fini dans votre chambre d'hôtel, étourdis et en sueur, affamés, vous n'aviez qu'une barre de Mars à partager, prise dans le minibar. Néanmoins, faire l'amour s'était avéré empreint d'une nouvelle douceur, même si une soudaine fatigue s'était emparée de vous, il y avait eu un peu de maladresse aussi, vous n'étiez pas allés bien loin : une simple arrière-pensée à la fin d'une longue journée. Il n'était pas très grave que cette nuit-là ne fût pas la meilleure sur le plan sexuel, car vous étiez déjà ensemble depuis si longtemps.

La lune de miel avait été retardée parce que Cole acceptait sans cesse de nouvelles commandes et se retrouvait coincé. Finalement, il a trouvé une échappatoire quatre mois après que vous avez noué le lien. Vous n'avez émis aucune plainte, vous appréciez son attachement à son travail, c'est un lien solide, si fiable : Cole ne vous laissera jamais tomber.

Il ne vous a jamais menée jusqu'à l'orgasme. Lui considère qu'il l'a fait. Vous êtes une bonne actrice – vous soupçonnez que beaucoup de femmes le sont. Vous savez ce qu'on attend de vous, les bruits qu'il faut faire, le dos arqué, le visage crispé : on voit ça dans des milliers de films, prêt à être imité, on voit ça partout sauf dans votre vie. Vous n'avez jamais eu d'orgasme, ni grâce à vous ni grâce à aucun des hommes avec lesquels vous avez couché. Vous avez menti à chacun d'eux, leur disant que ça avait marché. Cette histoire d'orgasme vous intrigue. C'est comme un langage que vous ne parlez pas ; vous savez bien que vous devriez faire une tentative sérieuse, mais vous pouvez parfaitement vous sentir heureuse sans ça, ce n'est pas ça qui va gêner votre vie. Vous êtes au milieu de la trentaine et vous n'avez jamais jeté un coup d'œil, là en bas, par vous-même. Cole pourrait vous en parler si vous étiez assez curieuse, mais vous estimez que les parties intimes de votre corps concernent quelqu'un d'autre, pas vous.

Leçon 20

Certaines personnes ignorantes considèrent qu'être délicate est une distinction enviable

Gin tonic au bord de la piscine.

À haute voix, Cole lit un extrait de la rubrique historique du *Herald Tribune*. Dans le New Jersey en 1925, une femme, mère de huit enfants, inspirée par *Ali Baba & les quarante voleurs*, a fait chauffer une marmite d'huile d'olive et l'a déversée sur son mari endormi.

De l'huile, ma belle, tu y crois, ça, de *l'huile*.

Mais vous écoutez à peine car vous pensez à l'homme dans le hall et à votre première baise, avec la télé allumée sans le son sur un épisode de *The Young Ones*, et à quel point vous vous étiez sentie comprimée, sèche, mal à l'aise. Vous pensez au triomphe de mauvais goût du garçon ensuite, à la télé soudain trop forte. Vous pensez à Théo – oh, tout ça est si… sordide – tirant sur sa cigarette avec une férocité inhabituelle. Il est étrange que vous n'ayez aucun souvenir du récit de sa perte de virginité à elle. Vous ne nous souvenez pas d'en avoir jamais discuté, à vrai dire, avec aucune de vos amies. Est-ce parce que nombre de ces expériences furent aussi décevantes que la vôtre qu'elles n'en ont jamais discuté; voulez-vous toutes simplement passer à autre chose ? Vous vous souvenez que Théo avait mis du rouge à lèvres cuivré dans ses cheveux pour en accentuer la couleur parce qu'elle avait lu ça dans un magazine, mais pour rien au monde vous n'arriveriez à vous souvenir du nom du garçon.

Vous pensez à Sean, l'étudiant avec qui Théo et vous avez partagé un appartement. Il était désespérément, cruellement amoureux d'une femme plus âgée qui lui avait brisé le cœur, il n'a jamais fait le moindre effort pour participer aux tâches ménagères ; il passait ses journées à broyer du noir, seul. Un jour il a disparu. Une semaine plus tard, la police est venue chez vous et, en restant sur le palier, ils vous ont expliqué que Sean avait pris un train pour l'Écosse, qu'il avait fait du stop jusqu'à une plage reculée où la femme qu'il aimait avait un cottage pour les vacances, il avait gagné la haute mer à la nage et n'était jamais revenu. Cela vous avait hantée pendant des années ensuite, cet amour féroce en dents de scie qui animait Sean, et l'idée que le monde extérieur était entré en lui, que l'eau avait fait enfler sa chair, avait lapé ses ossements. C'était courageux de faire cela, d'une certaine façon, vous l'avez longtemps pensé. Aujourd'hui vous auriez voulu qu'il grandisse et connaisse d'autres femmes, qu'il puisse voyager jusqu'à un stade de sa vie où il se serait retourné, pour en rire.

Leçon 21

Les jeunes femmes doivent faire de l'exercice presque autant que les lions et les tigres

Muli vous emmène au jardin public Yves-Saint-Laurent, au frais à l'abri de sa haute enceinte. Quand vous y entrez, le bruit de Marrakech s'estompe. Théo aimerait ce genre d'endroit, tout piquant et plein de séduction, avec ses cactus, ses palmiers, ses grandes flaques de peinture bleue ou rose bougainvillée qui cascadent sur les murs. Vous prenez une photo pour elle. Vous la glisserez dans une enveloppe, avec quelques pétales de roses de la chambre.

Vous échappez à la lourde chaleur en gagnant la fraîcheur mouvante des ruelles du marché. Vous aimez les souks, où une boutique d'outils qui pourrait bien être là depuis plusieurs siècles côtoie une échoppe où l'on vend des iguanes vivants et une autre qui regorge de tee-shirts de Sylvester Stallone. Aimez les ânes dans les ruelles, les chats efflanqués, les enseignes rouges pour Coca-Cola en arabe, la lumière agressive, la poussière qui s'accumule sur votre peau et dans votre chevelure, les montagnes qui encerclent la ville, la pénombre qui bruisse de conversations, les criquets, les chiens, les grenouilles. À l'appel pour la prière, Muli s'excuse et s'éclipse dix minutes. Vous aimez la façon dont la religion envahit cet endroit, dont les chants vous éveillent dans la pénombre et jalonnent votre journée. Cole admire les couleurs de la cité, la voûte bleue du ciel, les riches ocres, les roses, mais il ne supporte pas la poussière, la foule, la chaleur, il en rajoute, il ne prend aucun plaisir à se faire traîner ici et là.

Votre confiance en tant qu'épouse s'amenuise lentement. Vous ne le lui direz jamais. Que parfois vous avez l'impression que tous les hommes qui ont traversé votre vie, les amants, les collègues, les patrons, avec leurs vociférations et leurs exigences, ils vous ont usée.

Cole est encore collé devant la télé. Il en est réduit à regarder les dessins animés des Pokemons en français, langue qu'il ne comprend pas, parce que les chaînes anglaises ne font que de l'information continue et les histoires ne changent guère. Il y a aussi des émissions locales dont les sujets sont traités par séquences de vingt minutes qui ont l'air entièrement constituées de plans fixes sur le roi en train de passer une revue, ou sur des hommes en costumes assis sur des chaises basses. Le présentateur est jeune, il a des yeux splendides, comme cernés de khôl. Vous vous demandez ce qu'il donnerait comme amant, s'il serait *différent.* Vous avez entendu dire que les femmes musulmanes sont rasées, et d'un seul coup, en y pensant, vous sentez un tiraillement entre vos jambes ; en pensant que vous pourriez ne porter de robe que pour votre mari. Muli vous a dit à tous les deux que personne n'avait jamais posé les yeux sur la reine, elle n'est jamais montrée en public, on la cache.

Ça me plaît, avait dit Cole en riant.

Vous l'aviez frappé, par amusement.

Plus tard, après les gin tonics au piano-bar, Cole pose sa joue sur la vôtre et murmure qu'il veut vous enfermer à double tour, vous interdire de sortir à tout jamais, et qu'il veut une autre épouse, avec qui vous devrez coucher pendant qu'il regarde ; vos mains enserrent son visage : Tu es si prévisible, McCain, dites-vous en riant, puis vous déposez un baiser sur chacune de ses joues, ce qui remue quelque chose en vous, des souvenirs d'Édimbourg, de corps qui tombent d'un lit, d'une main plaquée sur votre bouche pour faire l'amour.

Leçon 22

Il est parfaitement sain de produire un bruit corporel, tant que cela n'affecte ni ne dérange personne

Vous vous demandez parfois si votre mari aime vraiment les femmes. Il parle de vos amies et de vos collègues femmes sur un ton dédaigneux, ne voudrait pas d'une épouse entreprenante et grande gueule, il est gêné que vous poussiez des exclamations au téléphone en parlant avec vos amies, il se crispe quand vous criez. Il n'aime aucun excès chez les femmes. Il ergote quand vous ne vous séchez pas minutieusement après un bain, il dit Ça doit être si humide, là en bas, qu'une jungle va se mettre à pousser. Ses parties génitales ont une odeur inoffensive, moins forte que les vôtres.

Les parents de Cole sont très unis, classe moyenne bien établie, toujours sur la défensive. Ils ne considèrent pas que vous saurez assez bien vous occuper de leur fils. Sa mère communique toute sa vigueur par sa cuisine, elle est horrifiée que vous n'ayez appris que récemment à cuire un rôti. Elle s'obstine à envoyer son courrier à M. & Mme C. McCain, bien que vous lui ayez dit ne pas avoir changé votre nom.

Cole considère que votre famille est excentrique. Elle l'était, délicieusement, exotiquement même, jusqu'à ce qu'il ait fini par les connaître. Votre arrière-arrière-grand-père avait fait fortune en important du thé des Indes mais le cousin de votre père a dilapidé la richesse familiale en alcools et en drogues. Votre père était issu de la branche pauvre de la famille, il n'avait d'autre solution que de travailler mais il ne s'en est jamais sorti. Il était charmant, espiègle, tout en cheveux blonds et pommettes saillantes, dans sa jeunesse, avant que la boisson ne vienne saper son apparence. Vous l'adoriez car vous ne pouviez le voir assez souvent. Il survécut en cédant régulièrement ses parts dans l'affaire familiale, jusqu'à sa mort quand vous aviez dix-neuf ans, sous l'effet conjugué de l'alcool, de la pauvreté et d'une existence instable.

Cela vous a brisé le cœur. Le voir, tout au long de votre adolescence, se résumait seulement à une suite d'allers-retours à l'école. Il venait vous chercher dans sa vieille Mercedes noire qui avait l'air d'une relique issue d'un régime totalitaire, et il conduisait lentement sur les routes de campagne les plus étroites et les plus tortueuses qu'il trouvait pour vous amener à Londres. Il n'y avait que dans sa voiture que vous aviez le temps de parler, parce que sa petite amie, Karen, vous menait la vie dure quand vous étiez dans leur appartement; tout le temps à s'immiscer et à crier après Dieu sait quoi. L'affection de votre père était cantonnée aux trajets et aux rares moments où Karen s'absentait, il se penchait alors vers vous et murmurait *Je t'aime* comme si c'était un secret entre vous. Sa voix, aujourd'hui, est ce dont vous gardez le souvenir le plus vif.

Le mariage de vos parents a duré quatre mois. Votre mère a préféré se passer de tant d'inconstance deux semaines après votre conception, pour aller chasser le fossile. Elle avait étudié la paléontologie à l'université mais avait arrêté sa carrière pour faire l'épouse. Votre père refusait d'habiter ailleurs qu'à Londres, même en sachant que votre mère était asthmatique et rêvait de lumière enchanteresse dans ses poumons. Cela, le travail le lui fournissait et, enfant, vous avez vécu dans une succession d'endroits tout roussis de soleil, jusqu'à ce que le tribunal intervienne sur les instances de votre père (la seule chose qu'il ait jamais réussi à mener à bien de toute sa vie, a lâché votre mère en plus d'une occasion) et vous avez été renvoyée en Angleterre, terre des jours tendres et, quand vous êtes devenue grande, des baises sans orgasme.

Les gens qui ignorent tout de votre famille trouvent cela fascinant, charmant et excessif, mais Cole connaît la vérité maintenant, à savoir qu'une faible partie de ces excès vous ont influencée ; que cela n'a fait que renforcer votre prudence. Vous avez dû être raisonnable, vous avez dû vous trouver un moyen de vivre au milieu de tout ce chaos.

Cole dit que votre mère est pétrie d'amertume, que la ménopause l'a rendue folle, il a peur que vous deveniez comme elle. Il n'apprécie guère de lui rendre visite dans son cottage sur la côte nord du comté de York, une région riche en fossiles de reptiles marins et en poisson. L'endroit est volontairement reculé, elle n'est pratiquement jamais chez elle puisqu'elle est toujours quelque part sur des fouilles. Il n'apprécie guère la façon dont elle s'empare machinalement de sa brosse à dents à lui pour se mettre à frotter un bout de grès (à moins qu'elle ne le fasse exprès, mais ça, vous ne le dites pas à Cole) ni la façon dont sa maison est remplie de cailloux et de vieux ossements. Cole la trouve égoïste et négligée ; c'est le genre de personne qui se lave à l'eau tiède, a-t-il dit une fois, ce qui vous a fait rire, mais vous n'avez pas oublié la phrase.

Vous avez fait beaucoup d'efforts pour vous faire accepter par la famille de Cole, pour être la bonne épouse, mais ils ne vous font pas assez confiance. Cole ne comprend pas qu'une famille stable est l'une des choses que l'on désire le plus quand on a eu une enfance éclatée, ne comprend pas le terrible sentiment de solitude vaste comme le Grand Canyon que vous ressentez lorsque vous êtes au sein de sa famille. Mais chacun de vous a l'autre, c'est un chemin sûr, une certitude. Lorsque Cole est en voyage, penser à votre foyer suffit à lui emplir le cœur, il se languit de la vive tranquillité de votre appartement. C'est son sanctuaire contre toute l'angoisse du monde : les peintures trop endommagées pour pouvoir les rattraper, les faux trop habiles, les délais impossibles à respecter. Vous êtes très attentive à ne pas empiéter sur sa vie stressante par quoi que ce soit de trop dérangeant, vous avez tellement de chance, vous savez cela. Votre mari est un homme moderne, généreux et attentionné, il lui arrive de cuisiner et de faire le ménage ; il est dévoué, dit Théo, vous êtes l'un des rares couples vraiment heureux qu'elle connaisse. Et elle en sait quelque chose. Elle en a vu, des couples. Quand les épouses lui amènent leur mari pour une séance particulière à son cabinet, elle se met littéralement au lit avec eux, armée d'une paire de gants en caoutchouc et d'un vibromasseur.

J'adorerais mener une séance avec vous deux, a-t-elle dit une fois, comme si elle voulait mettre en bouteille le secret de la réussite de votre couple.

Bon Dieu non, avez-vous répliqué en riant, révulsée. Vous n'avez jamais pu chier dans des toilettes publiques s'il y avait une autre femme dans la pièce, alors faire l'amour ! Quand vous avez pris une douche avec Théo, à treize ans, ce fut si terrible que vous vous êtes juré de ne plus jamais vous retrouver dans ce genre de situation. Vous pouvez vous déshabiller chez le médecin ou au gymnase, car vous y êtes pratiquement anonyme, mais c'est tout autre chose de le faire en présence de quelqu'un que vous connaissez, et si bien.

Pourtant, personne n'a la moindre idée de ce qui bouillonne en vous, une vie secrète. Le désir de bouleverser votre monde vous tarabuste comme quelqu'un qui tire à petits coups sur le bas de votre jupe. De temps en temps seulement, cela ne dure pas. Cela s'évanouit quand on propose de vous faire couler un bain, ou une tasse de thé, ou quand la vaisselle a été faite.

Leçon 23

De l'importance des travaux d'aiguille

Vous possédez un livre que vous a donné votre grand-père, un délicieux catalogue de pensées inconvenantes :

Qu'une femme doit prendre un autre homme si son mari la déçoit au pieu.

Que les mauvais penchants d'une femme sont meilleurs que les bons côtés d'un homme.

Que les femmes sont plus valeureuses que les hommes.

Qu'Adam était plus grand pécheur qu'Ève.

Il a été écrit anonymement en 1603. Il est à peine plus gros que la paume de votre main. Son papier est à base de chiffon, non de pulpe de bois, ses pages desséchées craquelent lorsqu'on les tourne. Vous aimez ce son, il ressemble aux premiers coups de langue d'une flamme naissante. Le livre s'intitule *Traicté prouvant par diversçes raisons la valeur des Femmes*, ses mots étaient jadis maintenus par deux petits cadenas qui ont été brisés. Il sent le renfermé et les secrets.

Vous imaginez une bonne et chaste épouse l'écrivant en secret, dans l'allégresse, tard le soir ou durant les heures lentes de l'après-midi. Chacune de ses pages est ourlée d'une jolie bordure aux encres rouge et noire. Il en émane la fascination et la désobéissance d'un amour à l'œuvre. Vous portez des gants de coton pour l'ouvrir. Vous ne le vendrez jamais.

Il est dans la famille depuis des générations. Il court sur lui une rumeur insistante, selon laquelle le squelette de l'auteur fut retrouvé au fond d'un placard, sous un escalier, où elle avait été enfermée après la découverte du livre par son mari. Votre père vous a raconté des tas d'histoires, qu'elle grattait aux portes, qu'elle pleurait, que ses ongles avaient laissé de profondes traces de désespoir dans le bois, mais vous soupçonnez que la réalité a dû être plus prosaïque : votre arrière-grand-père a dû acheter le livre lors d'une vente aux enchères, c'était une curiosité, il est même possible qu'il ait été écrit par un homme, pour faire quelque énigmatique plaisanterie.

Cole l'appelle le Legs, ou parfois le Bouquin à flanquer la frousse. Il vous taquine en vous disant qu'il le jettera à la poubelle si vous n'êtes pas sage, ou qu'il vous enfermera dans le placard dont il ne vous laissera jamais sortir. Vous aimez tout ce badinage entre vous ; cela vous fait tellement rire. Vous n'y détectez pas la moindre ironie. Les restes des meubles hérités de votre père qui jonchent l'appartement, Cole les appelle les Ruines. Vous, par affection : les Reliques ! Ce qui ne manque jamais de vous faire démarrer au quart de tour ; Cole adore voir ça.

Leçon 24

Les causes principales de la faible santé des femmes sont le silence, l'immobilité et les baleines des corsets ; c'est pourquoi vous apprendrez à chanter et à danser, et jamais ne porterez de corset trop serré

Le ciel suspendu. L'air qui sent la mer. Étendue sur une chaise longue près de la piscine, vous n'avez pas besoin de parasol. La brise qui souffle du désert malmène votre *Herald Tribune*, aussi vous arrêtez de batailler pour regarder plutôt les gens autour de vous, vous êtes plus intéressée par le corps des femmes que par celui des hommes ; c'est le cas de toutes les femmes, a dit Théo, elle a raison. Vous vous souvenez fort bien de son corps quand elle avait seize ans, la taille fine, les longues jambes, les grains de beauté sur sa poitrine, pourtant vous vous souvenez à peine des hommes avec qui vous avez couché, d'aucun d'eux. Pas plus leur nom que leur corps, seulement de leur visage, à peine, et de la forme, mais vaguement, des pénis ; s'ils étaient longs ou trop épais – Seigneur, vous détestiez cela, le frottement.

Le serveur vous présente un gin tonic sur un plateau argenté, surprise, vous regardez alentour. L'homme du hall vous adresse son merveilleux sourire enfantin depuis son transat, là-bas, vous baissez la tête et c'est tout, vous ne buvez pas, ne regardez pas, vous êtes troublée, vous savez que Théo vous en voudrait, une occasion manquée.

Théo. Quelle flibustière, cette femme, avec son énergie bien à elle. Quand elle a soif elle boit, tout est dans sa manière de marcher, d'écouter, de se pencher, de parler. C'est une femme qui vit *par excès*, il y a tant de vitalité en elle, on la voit briller sous sa peau. Est-ce que cela signifie que vous êtes *en manque* de vie ? Votre cœur a soudain un raté, par détresse, comme si un nuage l'avait masqué.

Vous regardez discrètement l'homme sur son transat qui lit maintenant son exemplaire du *Tribune*, vous penchez la tête en arrière en fermant les yeux. Vous vivez au jour le jour comme un mouton qui broute en décrivant des boucles, sans réagir à grand-chose. Malgré tout, malgré tout, vous ne voudriez pour rien au monde mener le genre de vie qu'a Théo. Elle est si libre, si peu redevable à qui que ce soit qu'elle en est perdue.

Le ciel s'assombrit, les baigneurs remballent leur lotion solaire et partent les uns après les autres, la brise brûlante forcit un peu, on replie les parasols de peur qu'ils ne s'envolent en roulant comme des roues de charrettes. Vous vous glissez dans la piscine. L'eau est ridée comme de la tôle ondulée. Vous y êtes seule, vous vous immiscez au sein de sa fraîcheur, vous vous mettez à nager pour la première fois depuis des années, vous sentez des muscles délaissés qui craquent en se mettant au travail, vous pensez à votre mère et ses mains fortes, fiables, aux filets d'eau s'écoulant autour de vous quand vous aviez sept ans. Il n'y a plus vraiment de famille stable autour de vous, vos amis sont maintenant vos plus proches relations : Cole bien sûr, et Théo, votre presque sœur, même s'il règne parfois entre vous la même intensité que dégagent les amantes.

C'est son anniversaire aujourd'hui, vous devez l'appeler.

Vous souriez en extirpant votre corps de l'eau, à l'extrémité de la piscine, vous levez les yeux vers de grands panaches de poussière ocre rabattus par le vent du désert ; on dirait que le crépuscule se fait prier pour gagner le centre de la scène. Le personnel fait des mouvements brusques maintenant, ils débarrassent les chaises de leurs serviettes, de leurs coussins. Presque tout le monde est parti. Les palmiers secouent leurs branches comme des crinières de poneys qui renâclent, des brindilles et des feuilles sont précipitées dans la piscine, vous sortez de l'eau aux premiers gros floc. Vous sentez la terre s'ouvrir comme si elle respirait, vous sentez l'orage diurne qui vous électrise, vous levez le menton pour inspirer profondément, puis avec réticence, vous rassemblez vos affaires de plage. Vous passez à côté de l'homme du hall, toujours en train de lire valeureusement. Il lève les yeux vers vous.

Vous ne lui rendez pas son regard. Vous rentrez, pour retrouver votre mari, en vous un empressement qui palpite.

Leçon 25

Il est admis que prêter est la plus grande indignité dont nous puissions nous montrer coupables, à moins d'être en mesure de donner

L'homme d'un certain âge qui s'occupe des roses vous laisse entrer dans la chambre, il s'incline et vous sourit de son aimable sourire. Il vous a galamment offert une fleur unique que vous avez gracieusement acceptée ; c'est un jeu qui se joue avec une certaine gravité. Ses pétales sont d'un rouge profond, presque noirs, vous plongez le nez au sein de leur particularité : c'est le même parfum charnu de jardin sauvage que dans votre enfance, pas l'émanation étriquée et manufacturée des boutons que vous achetez au supermarché. Vous entrez dans la chambre sans faire de bruit, vous allez surprendre Cole, il vous jettera sur le lit et vous fera rire, vous embrassera à sa manière spéciale, vous fondrez, y succomberez, même si vous êtes toujours en période de menstruation. Du sexe sexy, hmm, crade, spontané, du sexe d'un genre vulgaire, vous n'avez pas fait ça depuis des années, tout soudain, cela vous paraît nécessaire. La chambre est plongée dans la pénombre du jour finissant, vous pouvez presque sentir le goût de l'orage, là-dehors, vous levez le menton. Cole est au téléphone. Cela vous contrarie, il n'est pas censé travailler durant le séjour, il l'a promis.

J'ai vraiment hâte de partir d'ici, ça me rend marteau, cette chaleur, il dit cela d'une voix spéciale, *votre* voix, mais sur un ton joueur, léger, un ton que vous n'avez plus entendu depuis longtemps. Tout ce qui l'intéresse, c'est de courir les marchés et faire des putains de tours en charrette, j'en ai marre, ça me gave, moi je veux juste me reposer. Il marque un temps mort. Diz, Diz, non, tu ne peux pas. Il rigole. Ouais, moi aussi. Dieu merci, on se voit bientôt.

Leçon 26

Air ventilation oxygène

Vous êtes très calme. Vous passez à côté de Cole sans le regarder. Vous franchissez la porte-fenêtre, gagnez la véranda et vous asseyez, très soigneusement, sur le fauteuil en rotin.

Votre cœur qui bat, votre cœur qui bat.

Vous restez assise un très long moment, sans faire de bruit, au sein du riche silence qui suit l'orage. Lorsqu'il est terminé, le soleil faiblit mais rien n'a été rafraîchi, rien, il fait chaud comme jamais.

Deuxième partie

Et mon âme t'attend plus
que ceux qui veillent jusqu'à l'aurore,
Plus, dis-je, que ceux qui veillent jusqu'à l'aurore.

Psaume 130

Leçon 27

On ne devrait pas adjoindre de fosse septique à un logement

Le lundi après le retour de Marrakech. Un café dans Soho, seule. Un vieux restaurant londonien qui propose des haricots sur du pain grillé et du thé de marque Tetley dans des pots en inox, le menu est rembourré, plastifié. Vous lisez le journal sans le lire vraiment.

Comme si on vous avait écorchée.

Je ne peux pas t'expliquer, a-t-il dit, en rougissant à chaque fois. À chaque fois que vous lui avez posé la question, encore et encore. Tu exagères, a-t-il dit. C'est une amie, *notre* amie, on a seulement bu un coup ensemble de temps à autre. Là, il s'arrête.

Comme si ce qu'il voulait dire ne pouvait se dire, comme si cela ne pouvait sortir de sa bouche. Mais vous ne décolérez pas.

Rien qu'une amie. Je vois.

Vous vous redressez sur votre siège à ses mots, vous croisez les bras. Face à ses explications éparpillées comme des osselets, toujours insuffisantes.

Vous hantez le café de Soho. Vous voudriez ramper hors du monde, vous recroqueviller ; vous voulez échapper à la légèreté estivale qu'il y a dans l'air ambiant, à tout ce rose aguicheur que portent les filles dans la rue.

Durant toute cette période maudite, il n'a cessé de vous dire qu'il vous aimait mais vous n'avez plus le moindre désir d'entendre ça une fois de plus. Votre relation s'est pris une douche froide, le choc vous a pétrifiée jusqu'aux os.

Rien qu'une amie. Je vois.

Vous ne décolérez pas.

Cela fait maintenant une semaine que vous savez; puis deux. Tout est différent mais rien n'a changé, vous ne lisez pas vraiment le journal. Vous préférez ce café dans Soho plutôt que l'un de ceux qui appartiennent à ces chaînes américaines que l'on voit pousser un peu partout ces derniers temps, bien que Cole considérerait votre choix avec une horreur certaine. Avant, vous laissiez ses goûts et ses dégoûts dicter la conduite de vos journées, même quand il n'était pas avec vous. Mais vous êtes souvent désobéissante désormais, à petites doses. Car la prise de conscience de toute cette histoire s'est refermée sur vous comme le collet sur le lièvre, et vous voilà exilée de votre mariage, de votre maison, de la vie.

Le vieux monsieur derrière sa caisse enregistreuse, il ressent quelque chose de tout cela; il sourit chaleureusement pour vous accueillir, maintenant, et vous apporte votre tasse de thé sans attendre que vous la demandiez.

On. a. seulement. bu. un. coup. ensemble. de. temps. à. autre. Vu?

Je ne te crois pas. Je suis désolée, je ne peux pas.

C'est la vérité, j'en ai *plus que marre* de te le répéter.

Je ne te crois pas. *Je ne peux pas.*

Vos mains volettent, glaciales, vers votre tête. Vos doigts sont comme des serres, vos phalanges blanchies. Vous êtes devenue quelqu'un d'autre. Vous ne reconnaissez pas la voix.

Jour après jour vous vous réfugiez dans ce café du quartier rouge de Londres. C'est là le signe modeste que quelque chose a éclaté en vous. Vous ne savez pas très bien pourquoi vous avez choisi cet endroit, vous n'allez jamais seule au café ou au restaurant, on y est trop à découvert. Tout ce que vous savez, c'est que les deux personnes dont vous êtes le plus proche ont quitté le domaine de votre cœur, qui s'est fermé d'un seul coup. Ce n'est que lorsque vous étalez le journal et versez le lait dans votre thé que vous sentez comme une feuille d'aluminium roulée en boule et coincée en vous, se déplier. Nul ne pourrait deviner en vous regardant, vous la tranquille femme d'intérieur banlieusarde, qu'il y a peu, dans une chambre d'hôtel de Marrakech, tout votre avenir a été mis en miettes d'un unique coup de crosse.

Tout ce qu'il en reste c'est une irritation, trop profonde pour pleurer.

C'est une amie, rien qu'une amie, c'est tout ce qu'il arrive à dire et dans ce café de Soho, lors de votre troisième semaine de purgatoire, vous reposez violemment votre tasse de thé. Si violemment, la sous-tasse se fend.

Leçon 28

La maladie est le châtiment des natures révoltées

Un mois après le retour de Marrakech. Les choses stagnent, surnagent. Ce n'est pas que vous vous ennuyiez ni que vous soyez en colère, non, vous êtes bloquée ; rien ne vous entraîne, rien ne vous intéresse, quant à savoir ce que vous allez faire désormais, vous êtes perdue, et pour l'heure qui suit, et pour tous les jours qui vous restent à vivre. Dormir est la solution à court terme. Londres est parfaite pour ça, avec sa luminosité laiteuse, filtrée, contrairement à la lumière de votre enfance qui se faufilait par paquets téméraires entre les lattes des volets et vous réveillait en vous bousculant, vous jetait hors du lit. Le ciel de Londres évoque le plafond convexe et gorgé d'eau d'une vieille maison aux canalisations rompues, vous paressez des matinées entières désormais, au réveil il y a un malaise affolé jusque dans votre ventre. Ensuite vous parcourez les rues, sans vraiment voir les choses, décortiquée.

Le magasin Selfridges vous attire en son sein, avec son lustre prometteur. Vous n'y êtes pas allée depuis longtemps, vous aviez l'habitude de l'écumer avec Théo, elle vous faisait tout le temps essayer des trucs dont vous n'aviez pas envie. Vous farfouillez au rayon accessoires. Achetez six bagues. Les disposez à vos doigts, afin de brouiller votre statut marital ; votre bague de fiançailles et celle de mariage se retrouvent noyées par le nombre, vous souriez en écartant les doigts.

Mais elle revient, sa voix à lui. Elle revient toujours. Le ton qu'il avait en lui parlant à elle. Ce n'est pas tant l'idée qu'ils soient physiquement ensemble, c'est plutôt l'intimité de sa voix à lui. C'est seulement en l'ayant surpris dans la chambre d'hôtel que vous vous êtes rendu compte que vous n'aviez *plus* entendu cette voix depuis une éternité. Et combien elle vous manquait, avec quelle violence.

Votre voix.

Vous serrez les dents tout en allant à pied vers le métro, avec un effort vous relâchez les mâchoires puis vous vous frottez le front, là où il y a une nouvelle ride entre vos yeux. Chaque soir, en fin de soirée, vous la pétrissez, le bout de vos doigts enfoncé dans la blancheur glacée d'une crème à la vitamine E. Derrière vous, l'appartement tique-taque. Les pièces sont plongées dans la pénombre, excepté la chambre. Cole est souvent sorti désormais, travaille tard ; c'est son excuse. Il n'y a pas de lumière dans le vestibule pour l'accueillir à la maison. À chaque fin de soirée, assise à la coiffeuse, le bout de vos doigts soutient votre front comme un échafaudage. Car ce sont les longues, longues nuits qui vous terrassent.

Quand vous êtes, d'un souffle, éteinte comme une chandelle.

Leçon 29

Les amis sont trop peu nombreux pour que l'on s'en débarrasse à la légère, si tant est que ce soient de vrais amis

La sonnette, trop fort, beugle dans l'air du matin. Vous geignez : vous êtes encore au lit. L'interphone est cassé, vous allez devoir descendre les trois étages pour ouvrir la porte d'entrée de l'immeuble afin de savoir qui est là ; vêtue de votre vieux peignoir, sans maquillage.

Théo. Lèvres et chemisier rouges, couleur de sang. En route pour son travail.

Vous refermez la porte. C'est ridicule, dit-elle, écoute, il faut qu'on parle. Vous appuyez vos mains sur la porte, les bras tendus. Est-ce qu'on ne pourrait pas simplement parler, plaide-t-elle. Après les phalanges, elle frappe du poing, les coups résonnent au creux de vos mains. Vous vous redressez, grimpez les escaliers, ne vous retournez pas ; vos doigts, tremblants, sur votre bouche.

La trahison de Théo est splendide, époustouflante, incompréhensible. Ce sont ses actes à *elle* que vous ne parvenez pas à comprendre, non ceux de Cole. Vous êtes toujours partie du principe que c'était elle la seule personne qui vous accompagnerait tout au long de votre vie, et non votre mère, peut-être, ni votre mari. En tant que femme, elle connaît les règles. Les hommes ne les connaissent pas. Ses excuses ne vous intéressent pas, rien ne peut la justifier, car rien de ce qu'elle pourra dire ne saurait surpasser la violence de cette loyauté rompue, ni celle de votre cœur martelé qui hurle sous les coups.

Vous ne supportez pas de les imaginer ensemble. Vous ne savez pas le moins du monde comment se comporte Théo avec un homme. Comment elle opère, se transforme-t-elle en quelqu'un d'autre ; change-t-elle ses manières, sa voix ? C'est là un aspect de la vie de vos amies où vous ne vous êtes jamais immiscée. Tout ce que vous savez, c'est que votre mari est pris au piège de son attraction avide : sa voix à lui ne vous laisse aucun doute.

Vous l'avez été aussi, à une époque. Théo se montrait négligente dans votre relation – elle n'arrivait jamais à une soirée munie d'une bouteille de vin, n'envoyait pas de carte de remerciements, annulait les sorties à la dernière minute, était souvent en retard – mais elle était toujours pardonnée car elle illuminait votre temps par sa généreuse présence ; dès que vous l'aperceviez, toute irritation se dissipait.

Aujourd'hui elle essaie sans cesse de vous contacter mais le téléphone est raccroché même si elle se met à parler immédiatement, ses e-mails sont effacés sans être ouverts, ses lettres déchirées. Vous êtes douée pour ce qui est de couper les ponts, cela a toujours été l'un de vos talents, modeste mais efficace ; faire place nette et passer à autre chose. Théo va détester qu'on l'ignore. C'est ce qu'elle craint le plus. Vous en éprouvez un étrange sentiment de puissance, la passivité absolue vous rend forte ; c'est votre manière de protester, cela vous donne voix au chapitre. Comme cela arrive, parfois, en matière de sexe.

Leçon 30

Il ne faut pas conserver les vieux remèdes, car ils sont peu nécessaires par la suite et se gâtent bientôt

Cole a besoin de vous pour une soirée. Cela se déroule chez un propriétaire de galerie qui a une peinture à restaurer, un paysage vénitien d'un élève du Canaletto. Cole est dévoré de curiosité ; il soupçonne qu'en dessous se cache quelque chose du maître. Vous ne voulez pas y aller. Ne voulez pas encore lui accorder quoi que ce soit.

S'il te plaît, dit Cole.

Je déteste ce genre de truc. Tu le sais.

Simon t'apprécie. J'ai besoin de ce contrat.

Vous savez de quelle épouse Cole a besoin pour l'occasion. Il vous a dit, déjà, que vous étiez douée pour le rôle de la jolie chose que l'on porte au bras : tout le monde vous apprécie, vous trouve gentille, adorable, a envie de bavarder avec vous, mais tout cela a pour suprême résultat que tout le monde admire Cole en fin de compte, c'est comme s'il faisait étalage de l'une de ses possessions, une voiture, une montre en or ou un costume, vous reflétez l'impression que les gens se font de la réussite de Cole. Vous avez adoré la fois où il vous a dit cela : être tellement prisée. Toujours, dans les situations mondaines, chacun de vous a révélé le meilleur en l'autre. Dans les soirées, vos phrases s'entrecoupent lorsque vous racontez vos anciennes anecdotes, dans les dîners entre amis vous picorez innocemment chacun dans l'assiette de l'autre, aux dîners chez vous, vous exécutez sans anicroche un duo parfait où vous cuisinez, servez, débarrassez tour à tour. Vous êtes tous deux doués dans le rôle du couple marié, vous vous soutenez mutuellement.

S'il te plaît, dit Cole aujourd'hui.

D'accord. D'accord.

Votre main est posée sur votre gorge. Vous cédez toujours, vous l'avez fait toute votre vie; d'où vient-il, ce besoin obtus d'être appréciée?

Une maison non loin de chez vous, dans une ancienne écurie rénovée. Simon se pavane au milieu de la pièce pleine de monde. Il jauge sa réussite à la fréquentation de gens célèbres, il lâche souvent des noms, il est incapable de rester seul un moment. Il vous apprécie parce que vous lisez les ragots du show-biz, et qu'à ses discours, vous ouvrez de grands yeux. Il maintient une relation, bon an mal an, avec une chanteuse de variétés de Dublin, une avec une jolie coiffure et qui, un été, a fait un tube dont vous n'arrivez jamais à vous rappeler le titre. Elle n'est pas à la soirée. Il n'y a personne de célèbre à cette soirée. Simon en est vivement déçu. Vous regardez tous ces invités qui, en plein milieu d'une conversation, lancent soudain un regard par-dessus votre épaule pour vérifier l'identité de telle ou telle personne, comme si la seule raison de leur présence ici était de voir quelqu'un de célèbre.

Vous voulez sortir.

Vous êtes seule dans un coin sur un divan de cuir noir qui craque comme une selle. Il y a une lampe à plasma à côté de vous. Elle ne marche plus. Vous n'avez jamais raffolé des soirées. Vous avez tendance à rougir trop facilement, à produire des silences malencontreux, à dire des choses déplacées ou erronées. Vous n'êtes pas très à l'aise dans les groupes importants, vous avez toujours préféré les tête-à-tête, votre maigre potentiel est toujours dissipé par la foule. Vous regardez les invités. Détestez l'idée d'être célibataire de nouveau, de rencontrer tous les hommes en ayant une idée derrière la tête. Vous rougissez devant une personne qui vous attire, n'avez jamais pu vous en défaire, votre corps ne vous est d'aucun secours. Vous imaginez Théo ici, avec une admiration douloureuse : voyez comme elle irradie au centre de la pièce, s'immisce aisément dans les cercles de conversation, volette de groupe en groupe.

Vous portez une robe de satin noir dont le corsage est constitué de pièces d'anciens kimonos, vous aimez habituellement cette robe mais ce soir, elle ne vous va pas, vous êtes trop bien habillée. Vous devez retourner chez vous. Vous ne pouvez rentrer seule à pied chez vous : il y a deux fumeries de crack dans votre rue, la semaine passée une femme a été poignardée. Vous avez besoin de Cole. Il est en grande forme, en train de conquérir l'assistance ; vous aimeriez qu'il se dépêche. Vous détestez ce sentiment d'être prise au piège que l'on peut éprouver lors des soirées, détestez avoir à dépendre de quelqu'un pour vous échapper. Vous voilà coincée dans une robe noire satinée qui, ce soir, en fait trop.

Cole est avec Simon. Ils ne s'apprécient guère l'un l'autre mais restent en contact, au cas où. Ils ne parlent pas du Canaletto, ils parlent de tout sauf de ça : il n'est pas dans les manières de Cole d'être aussi direct. Il y a un flottement dans la conversation, vous êtes là, debout, vous leur déclarez, poliment, que vous rentrez chez vous. Puis vous marchez vers l'entrée. Une main se déploie sur votre chute de reins. Une main ferme comme l'acier. Elle vous propulse vers un balcon plein de monde, vous renâclez mais la main affermit sa prise sur votre dos.

Je dois rentrer, dites-vous, très bas, très vieille.

J'ai besoin d'une adresse. Cinq minutes. D'accord ?

Vous les comptez, puis vous l'attirez dehors.

Cole et vous avez tous deux gagné, ce soir, encore que Cole a obtenu plus que vous. C'est toujours lui qui obtient le plus.

Leçon 31

Les enfants ne doivent pas dormir avec la tête sous les draps

Ce que vous pensez en marchant, en silence, à un mètre l'un de l'autre : Mon mari s'appelle Cole et c'est bien la chose la plus remarquable en ce qui le concerne, est-ce suffisant ? Pour que vous restiez avec lui. Car le doute s'est immiscé en vous comme un poison, désormais, il fait son répugnant travail.

Cole ne vous dira jamais ce qui s'est passé. Sans doute que le seul moment où vous auriez pu l'apprendre fut cet après-midi dans la chambre d'hôtel, pendant l'orage, quand vous étiez encore ébranlée par le choc. Or qu'avez-vous fait ? Vous avez préféré vous asseoir, avec votre cœur qui battait. Rien d'autre. Car telle a toujours été votre façon de faire, le retrait, le silence, et ce n'est que plus tard, bien plus tard, que vous trouvez les mots que vous auriez dû prononcer. Vous ne les dites jamais à temps, vous prenez bien soin de ne heurter personne, même si vous l'êtes vous-même, c'est si lâche, oui : lâche. Vous vous demandez ce qui arriverait si vous laissiez s'exprimer la colère qui vous plombe le cœur. Vous regardez votre mari en biais, vous savez désormais que vous ne percerez plus jamais son visage clos, le moment est passé, vous lui avez demandé ce qui s'était passé une fois de trop, il est passablement écœuré de votre méfiance : il a fermé boutique, le volet est rabattu, les lumières sont éteintes. Vous ne reconnaissez plus votre mari, il est devenu quelqu'un d'autre. Un inconnu à vos yeux, qui déshabille Théo, se penche pour l'embrasser, caresse ses hanches, pose ses lèvres sur ses paupières closes, rit avec elle dans un lit : vous fermez les yeux un instant, essayant de chasser ces pensées.

Cole ouvre la porte d'entrée et s'avance sans vérifier que vous le suivez. Il va droit à la salle de bains. Vous restez sur le seuil, contemplez devant vous les vestiges de votre relation sans savoir si vous souhaitez encore y mettre un pied. Ainsi, nous en sommes là. Dans une autre vie, vous appelleriez Théo, la sortiriez du lit, lui demanderiez si vous pouvez dormir sur son canapé, y chialer un bon coup. Vous l'imaginez disant évidemment, ma puce, évidemment ; vous l'imaginez sautant dans sa voiture pour venir vous chercher parce qu'elle ne vous croit pas capable de conduire dans cet état, il y a ce tremblement dans votre voix.

Vous n'avez nulle part où aller.

Vous ne savez pas quoi faire.

Cole a insisté pour que vous n'ayez plus de travail, vous en ressentez une bouffée de colère brûlante ; comment ose-t-il vous mutiler ainsi, comment ose-t-il vous rabaisser délibérément ?

Vous franchissez le seuil. Gagnez la chambre. Vous asseyez à la coiffeuse, tête baissée, vous soutenant les tempes.

Leçon 32

Une fille égoïste a souvent l'air aigri

Mi-juillet. Une audacieuse poussée de chaleur. L'été a enfin commencé, vous sentez sa luxuriance dans les rues : les gens se jettent dans la fontaine de Trafalgar Square et sèchent le boulot pour aller s'allonger sur des transats dans Hyde Park.

Votre humeur, sombre comme le vin.

Vous n'avez plus désormais de sanctuaire où vous abandonner à la prévenance, aux petits bienfaits ; vous êtes en train de changer, vous sentez l'aigrissement qui vous gagne. Un frisson vous parcourt lorsque des couples se séparent, le sentiment qu'un ordre est restauré, que c'est là ce que nous sommes tous destinés à être, seuls. Vous ressentez une petite décharge électrique quand des amis perdent leur travail ou quand leur nouveau magazine se fait éreinter, ou quand quelqu'un fait une fausse couche ou quand le ciel déverse un orage sur un mariage. Qu'êtes-vous devenue ? Déboussolée, vous n'êtes plus quelqu'un qui se laisse marcher sur les pieds, comme tout le monde ?

Quelque chose commence à se faire jour en vous. Une idée : vivre avec moins d'hésitations, plus égoïstement. Vous êtes intriguée par les gens qui ont cet air stupide, passionné et ridicule, mais qui sont d'autant plus *vivants*, malgré le gâchis que cela entraîne. Vous avez toujours été trop prudente. Trop innocente pour le journalisme d'investigation, a dit Cole un jour, pas assez effrayante ni assez névrosée, heureusement.

Piégée par la fadeur. Et par la peur. Et par la conscience qu'il est plus facile d'instruire que d'agir.

Vous vous interrogez sur les gens qui disparaissent purement et simplement. Théo avait une amie engoncée dans une vie dont elle ne voulait plus, un jour elle a dit Je dois passer au magasin Tesco, elle a laissé son mari dans la voiture sur le parking, et elle n'est jamais ressortie. Il a attendu trois heures avant d'alerter quelqu'un.

Vous vous interrogez sur l'opportunité d'explorer plus avant ce nouveau filon que vous avez découvert en vous. Vous aimeriez vous efforcer d'être plus belle, ou du moins plus intéressante ; la beauté c'est le pouvoir, votre mère vous a appris ça. Elle disait bon sang, débarrasse-toi de ces lunettes, quand vous étiez adolescente, essaie de te rendre présentable, comme s'il n'était pas admissible que vous soyez sa fille à elle.

Vous apercevez votre premier cheveu gris et l'arrachez d'une torsion, puis vous épilez vos minuscules poils presque invisibles du menton, ceux de votre ventre, vous sentez un frisson en les ôtant, comme si votre vie, votre vraie vie, commençait peut-être. À vous de la faire commencer, vous ne pouvez quand même pas baisser les bras. Avant, la vie était une chose qui n'arrivait qu'aux autres. À Théo.

Leçon 33

La vie a grand besoin de changement dans la continuité

Une résolution, à la mi-août. Vous devez sortir de cette période de vagissements, toute pleurnicharde et à côté de la plaque, vous devez vous en extirper vous-même. Résolution selon laquelle certains des aspects les plus importants d'une relation doivent en fin de compte être simplement ignorés si vous voulez la voir survivre, on ne peut se contenter de les assumer pour les balancer ensuite. C'est pourquoi, peut-être, certaines personnes impliquées dans des relations de longue durée ont appris à vivre avec ce qui ne leur plaît pas. Pour restaurer la paix. Vous avez vu cela chez des couples réchappés de l'infidélité, avec le temps et l'âge ils se rétractent sous l'effet de la rigueur. Est-ce que vous *voulez* que la relation survive ?

Il est plus facile de rester que de partir.

Vous ne pouvez vous faire à l'idée de sortir à nouveau, de lire les annonces de célibataires, d'assister à des dîners intimes qui ne donnent rien, de vous trouver quelque chose à faire les vendredis soir. Dire que vous comptiez bientôt avoir un bébé. Cole veut être père un jour. L'avoir trouvé, c'était comme d'éclairer soudain avec une chandelle au fond d'une caverne sombre, abandonner cela au point où vous en êtes, vous ne pouvez vous y résoudre.

Avec lui, vous avez eu la plus satisfaisante de toutes vos relations : vous êtes certaine que l'éclat de la complicité peut renaître.

Cole veut faire durer le mariage. Tout est renié. Il ne veut pas jeter l'éponge.

Vous ne voulez pas que Théo soit vainqueur. Il vous arrive parfois de sentir que cette crainte submerge tout le reste. À cela vous pouvez la battre ; vous n'avez pas le souvenir de l'avoir jamais battue à quoi que ce soit.

Dans ce cas, une résolution.

Vous allez désormais endurer les silences entre vous et Cole. Car vous avez cessé de parler tous les deux, vous restez dans des pièces séparées : lui dans son atelier, vous dans votre chambre, trop souvent. Au moins, il n'est plus question de sexe, ce qui est un soulagement, car ce souvenir se résume désormais à deux choses : quand il ne jouissait pas c'était frustrant et quand il jouissait c'était dégueulasse, le plus souvent sur votre ventre et votre visage, comme un chien qui marque son territoire au pied d'un poteau.

Tant de façons de vivre comme une prisonnière.

Tout de même, une résolution, pour retrouver le chemin d'une vie heureuse. Même si Dieu seul sait quand la fureur s'éteindra en vous.

Pour l'heure, vous vous consacrez à rendre l'appartement très beau, austère et pâle, comme l'intérieur d'un ballon blanc. À *votre* goût, puisqu'il n'est plus question de faire des compromis. Jamais vous n'aviez osé imposer ainsi votre volonté. Les artisans découvrent une femme qui n'avait jamais été autorisée à se révéler auparavant, surtout avec Cole, une femme mal lunée, brusque, directe.

L'appartement, le bel appartement, prêt à poser en encart dans *Elle*, reste silencieux comme un crâne quand vous y pénétrez.

Un vide béant s'empare de son cœur, une pourriture, un silence, quand l'un de vous va se coucher sans dire bonne nuit, quand vous mangez ensemble sans échanger une parole, quand l'un de vous tend le téléphone à l'autre sans rien dire. Un vide béant où chaque nuit que vous passez seule dans le grand lit, éveillée, énervée, étonnée de voir combien la haine peut nicher si près de l'amour, se lover autour sinueusement comme un chat. Un vide béant lorsque vous comprenez que vous n'avez jamais été aussi seule qu'au sein du mariage, dans le rôle d'épouse.

Leçon 34

Munissez-vous d'une bonne provision de sous-vêtements de lin bien confectionnés

Au café de Soho. Un vendredi qui précède un jour férié du mois d'août. Chaud, joyeusement chaud. Il y a un homme assis à une table voisine de la vôtre, il lit un journal, le *Times.* Vous remarquez sa nuque : comme il est étrange d'être attirée par quelqu'un en jetant un simple coup d'œil à sa nuque. Les cheveux sont noirs, comme le ciel nocturne à la campagne.

Vous voici dehors, sur le trottoir. Une conduite d'eau a cédé non loin de là, l'eau s'étend paresseusement sur toute la chaussée. Personne ne semble s'en soucier, pour l'instant. Deux hommes et une femme poussent des cris en riant, les pieds dans l'eau, ils y pataugent, ils ont plus de vingt ans, on n'est pas censé faire cela à cet âge. Ils n'ont cure des gens qui regardent et se retrouvent bien vite trempés.

Vous souriez. Votre exemplaire de l'*Evening Standard* est plié dans votre sac, vous le finirez dans le métro – zut, c'est l'heure de pointe, vous l'avez laissée passer, vous serez debout tout le long du trajet. Vous avez laissé passer l'heure parce que vous ne voulez pas vous retrouver seule dans l'appartement, dans le silence comme un crâne. Vous détestez le vide qu'il y a là-bas quand Cole s'y trouve, tout autant que quand il n'y est pas, quand il est sorti exprès ; comme si plus rien désormais n'allait bien dans votre vie. Vous êtes debout, prête à vous enfoncer dans le flot des passagers aux visages angoissés par le cloître qui les attend chez eux, lorsqu'une voiture franchit l'angle de la rue et cisaille la flaque d'eau, faisant une embardée pour éviter le trio, une gerbe d'eau décrit un éventail dans l'air : vous êtes touchée. Vous êtes pétrifiée, ne bougez plus, votre esprit s'absente comme si quelqu'un venait de raconter une plaisanterie que vous êtes censée comprendre rapidement.

Vous regardez du coin de l'œil l'homme à côté de vous. Lui aussi est trempé. Vous laissez échapper un rire ; la voilà enfin, la plaisanterie. Il rit aussi.

Vous avez besoin d'aide, dites-vous.

Vous aussi.

Vous baissez les yeux. Votre robe de coton blanc arbore triomphalement une large tache d'humidité sur le devant, qui s'accroche à vous comme un bout de soie revêche autour d'un arbre. Vous relevez la tête avec une grimace : oh non. Après quoi, une veste d'homme vous ceint les épaules, un homme vous raccompagne à la table, il vous tient comme seul un mari devrait vous tenir : avec un air de propriétaire.

Il s'agit, bien sûr, de votre homme à la belle nuque.

Leçon 35

Agrafes et œillets

Tout a changé.

Gabriel Bonilla, c'est son nom. Vous le répétez ; dans votre bouche, le son est tout farineux. Vous souriez comme pour vous en excuser. Vous devez attendre que votre robe ait séché jusqu'à être décente ; cela risque de prendre du temps, et ce Gabriel Bonilla vous demande si vous devez rentrer chez vous tout de suite – non, cela ira, il n'y a rien qui m'attende chez moi – ce qui vous fait rire, trop fort, en le disant, c'est sorti comme si quelque chose en vous s'était lézardé.

Eh bien, bonjour.

Vous êtes donc là, une heure ou deux dans ce boui-boui, vous parlez tous les deux de tout et de rien, vos voix se chevauchent et s'entremêlent, vous découvrez vos existences respectives.

Vous vous ébrouez.

Jamais vous ne pourriez parler avec tant de liberté, de légèreté, si vous n'étiez pas liée par ailleurs. Le fait d'être mariée vous confère un air de certitude, de confiance en vous. Mais cela n'empêche pas de rougir. Gabriel Bonilla rougit, lui aussi, tout comme vous, totalement, ridiculement, vous avez le culot de penser que cela signifie quelque chose. Vous hésitez à le questionner sur une compagne ou une famille, vous voulez savoir, devez savoir, mais craignez qu'en commettant l'effort de demander vous n'en révéliez trop, cela vous ferait encore rougir. Comme après avoir été aspergée d'eau, quand vous vous êtes aperçue qu'il avait vu votre corps dans toute sa vulnérabilité, il a vu trop de choses, vos cuisses trop grasses, vos mamelons à travers le soutien-gorge, bon Dieu, tout, votre main vient se placer devant votre bouche à ce souvenir mais lui baisse les yeux comme s'il ne voulait pas s'immiscer, comme s'il avait ouvert par erreur une porte qui donne sur vos pensées.

Il y a quelque chose de fascinant chez cet homme assis devant vous en costume d'été. Vous ne parvenez pas à mettre le doigt dessus mais il s'agit de quelque chose de décent, vieux jeu, bien élevé. Pas à sa place dans ce monde, dans ce fatras de sex-shops et de néons où une jeune fille alanguie sous un porche est en fait une junkie en manque. Ce Gabriel Bonilla n'a rien à faire ici. Il débarque d'une autre époque, d'ailleurs ; le genre de personne qui ne saurait laisser conduire une femme tant qu'il y a un homme dans la voiture. Il a un nom espagnol mais il parle un anglais courant – ma mère est anglaise, mon père espagnol – une fois de plus, vous riez, éclatez de rire ; ah ha, ça explique tout.

Que faites-vous, demandez-vous.

Devinez.

Vous vous penchez en avant, le menton posé au creux d'une main : enseignant, docteur, espion ?

Je suis acteur, dit-il.

Vous vous redressez. Un recul, mais à peine. Vous ne connaissez aucun acteur, vous n'êtes pas sûre d'en avoir envie.

Je ne vous remets pas. Je devrais ?

Non non, dit-il en pouffant. Plus personne ne me reconnaît. J'ai été célèbre, une fois, pendant une semaine à peu près, quand j'avais dix-douze ans. J'ai joué dans un horrible soap opera – il lève une main quand vous posez la question, il ne vous révélera pas lequel – et puis dans deux films hollywoodiens qui ont fait des bides, et depuis pas grand-chose. Aujourd'hui, je vis dans la terreur de me voir apparaître dans une émission du genre *Que sont-ils devenus ?*

Vous riez. Vous vous êtes toujours méfiée des acteurs, les soupçonnant de ne jamais s'être vraiment sali les mains dans ce gâchis qu'est l'existence, d'avoir vécu par procuration. C'est injuste mais vous voici soudain plus brusque. De quoi diable vivez-vous, voulez-vous savoir.

De doublages. De pubs. De droits vidéo vendus à l'étranger. De rôles d'invités d'honneur, à l'occasion. Et puis j'ai été raisonnable quand j'étais jeune. J'ai acheté un appartement.

Que se passe-t-il entre chaque rôle ? À quoi occupez-vous vos journées ?

Voyons voir, je dors jusqu'à une heure de l'après-midi. Je prends un scotch en guise de petit déjeuner. Je me fais une ligne de coke. Vous riez tous les deux. Non, non, je vais au gymnase, je prends des cours à l'*Actors Centre*, je passe des auditions, ce genre de choses. Je lis beaucoup, voyage beaucoup, fais de l'aviron, vais au cinéma, bois trop de thé.

Vous ne parvenez pas à appréhender une telle existence, aucun de vos proches ne vit plus de cette façon si relâchée. Gabriel Bonilla répond à vos questions comme si on les lui avait déjà posées des milliers de fois et que cela ne lui posât aucun problème. Cette absence d'inquiétude vis-à-vis de sa situation sociale, de sa carrière, de ce qu'il fait de sa vie, c'est intrigant, un rien benêt, étrange. Ce qui vous frappe, c'est que cet homme n'est pas obnubilé par quelque chose, il a un appartement et assez d'argent pour voir venir ; il n'a pas besoin de s'accrocher ni de se précipiter. Elle n'est pas repoussante, cette légèreté. Puis il ajoute qu'il travaille à un scénario, sur un sujet qui l'obsède, vous vous penchez en avant : quoi, allez, dites-le moi ?

La tauromachie.

Le début d'un rire. Vous ravalez la fillette en vous, puis vous asseyez sur le couvercle de sa boîte.

La *tauromachie*?

Il rigole aussi, son père a été matador mais il n'a jamais connu le succès parce qu'il n'était pas assez suicidaire, il aimait trop sa vie. Son père n'a jamais combattu que dans des arènes de province, mais Gabriel a une idée de film, il a dit à sa famille qu'il allait enfin se lancer dans une vie digne de ce nom, il passe son temps enfermé dans les merveilleuses bibliothèques de Londres, les meilleures du monde, il fait des recherches, il est dedans jusqu'au cou. Il y écrit aussi, parce qu'il deviendrait fou s'il ne sortait jamais. Vous observez ses mains, longues et fines, comme celles d'un prêtre, vous les prenez dans les vôtres et il vous dit que les matadors comptent sur la force qui réside dans leurs poignets pour laisser leur empreinte sur le monde, vos mains se glissent sous les siennes et vous essayez de les encercler comme des tolets sur des avirons, pour éprouver leur masse, les enserrer, doucement.

Ceux de votre père ressemblent-ils aux vôtres, demandez-vous.

Tout à fait. Rigoureusement identiques. Je tousse comme lui, aussi. Et je ris pareil.

Mais ils sont si fins, le taquinez-vous, jamais ils ne pourraient tuer un taureau!

Ce n'est pas une question d'agressivité ni de force. Oh *dios mio*, vous en avez, à apprendre, et sa tête s'incline vers ses mains toujours dans les vôtres.

Comment la situation en est-elle arrivée là si vite, si soudainement? Vous vous renfoncez dans votre siège. Le regardez. La lèvre inférieure un peu gonflée, prête à se fendre. Les longs cils noirs, comme ceux d'un enfant. Sa raideur quand il est assis, cette légère gaucherie, comme si à l'école, on s'était moqué de lui, peut-être. Le corps maintenu en forme. Il a une beauté bien à lui, qui tient à sa timidité, à sa décence, vous n'avez jamais été avec un homme dont le corps est empreint de beauté, ce n'est jamais entré en ligne de compte, vous n'y avez jamais suffisamment fait attention. Vous imaginez ce Gabriel Bonilla nu, votre main sur sa poitrine, auscultant son étendue et son cœur battant, vous croisez les jambes en serrant les cuisses, en souriant comme une gosse de dix ans qui vient de se faire prendre avec à la main le dernier chocolat de mère-grand.

Je vous emmènerai voir une corrida un jour, dit-il. Ça vous plaira, je vous le promets.

Vous sentez une chaleur vous monter aux joues, vous essayez de la réfréner, vous voyez la chaleur monter à ses joues à lui, aussi. Vous reconnaissez cette timidité, ayant toujours été timide vous-même. Vous ne rencontrez pas souvent d'hommes timides, ils camouflent plutôt cela en arrogance, en brusquerie, en attitude distante. Vous vous ressemblez trop, ce Gabriel et vous. Vous reconnaissez cela dans le fait qu'il ne se tient pas confortablement dans le monde, il a du mal à suivre. Acteur certes, mais à petits cachets, ce qui lui convient parfaitement. Il sourit, en vous regardant droit dans les yeux, cela vous distrait, toutes vos questions sont balayées d'un seul coup. Il ramène la conversation sur vous, vous interroge comme s'il voulait extraire la moelle de votre existence : votre mariage, votre appartement, famille, boulot, collègues, patron. Vous répondez sans détour, avec aisance, les paroles sortent sans accroc de vos lèvres, chargées d'un empressement assez dangereux, quelque chose de léger résonne en vous.

Pourtant vous vous dites que vous ne gâcherez jamais cela en couchant avec lui, vous n'irez pas jusqu'à entacher la relation qui s'est établie avec ça. Vous ne voulez pas retrouver ces silences gênés, ces haleines chargées du dormeur au petit matin, ces cabinets de toilette dont la chasse n'a pas été tirée, ni d'haleine de fumeur, ni de flatulences. Il vous a fallu une année pour péter quand Cole se trouvait dans une pièce voisine, deux pour le faire en sa présence. Il vous arrive de vous mordiller si furieusement l'intérieur des lèvres que le sang finit par couler, la rumination de lapin que vous exercez avec vos lèvres est une chose intime, bizarre, que personne ne vous voit jamais faire, à part Cole. Vous vous coupez les ongles des pieds en sa présence, portez des sous-vêtements qui partent en guenilles, déféquez, pissez. Vous vous ouvrez devant votre mari d'une manière que vous ne pratiquez avec personne d'autre, mais peut-être qu'il en sait trop : que toute magie s'en est allée.

Cole.

Vous parliez ainsi avec lui, jadis, lorsque vous étiez encore deux amoureux en devenir. Vous ne voulez pas que Gabriel Bonilla soit jamais déçu par vous, que les choses se délitent avant même d'avoir commencé. C'est pourquoi cette situation devra être préservée telle quelle, comme un document secret serré dans un pli de votre portefeuille, toujours caché, toujours à portée, que vous pourrez sortir à volonté, pour y rêver, comme la combinaison d'un coffre, une carte au trésor, un plan d'évasion.

Gabriel sort un stylo plume dont le capuchon claque joliment comme celui d'un tube de rouge à lèvres. Il griffonne un numéro au dos de la note. Il y a si longtemps qu'un homme ne vous a pas laissé son numéro. Qu'est-ce que cela implique, que se passe-t-il ensuite, est-ce qu'il joue à quelque chose, est-ce un jeu ? Quand vos doigts frôlent les siens vous les retirez, trop vite.

Il *sait* que vous êtes mariée. Il dit qu'il aimerait rencontrer Cole. Ce qui vous déconcerte.

Leçon 36

Bonheur et vertu résident tous deux dans l'action

Dans le métro sur le chemin du retour vos doigts tripotent le bout de papier comme ceux d'une archéologue avec une trouvaille sur un champ de fouilles. De telles rencontres arrivent rarement, une ou deux fois peut-être au cours de l'existence. À une époque vous auriez sauté sur l'occasion, quand vous étiez jeune ; vous auriez rêvé qu'elle fasse office de tremplin à une énorme et dévorante passion amoureuse, peut-être. Mais aujourd'hui ? Un acteur timide, grand, au chômage, qui a à peu près votre âge sans pour autant avoir l'air adulte, comme s'il n'avait jamais mis un pied dans la vraie vie. Un tête en l'air et un rêveur, suspendu à son téléphone, otage de son agent, qui ne vit que par la volonté des autres.

Tout ce que Cole n'est pas.
Quelqu'un qui a du temps devant soi.

Vous souriez. Vous portez le papier à vos lèvres comme pour l'anoblir. Vous appellerez demain, juste pour dire bonjour, amicalement, rien de plus. Vous avez la sensation d'avoir plongé d'un coup dans la partie peu profonde d'une piscine en un plongeon téméraire, mais tout va bien, vous ne vous êtes pas brisé l'échine ; vous pouvez continuer à sourire tout en vous propulsant, ayant vaincu toute résistance, votre corps échappe au danger, vous avez survécu au risque.

Tout a changé et le sentiment vous enveloppe de sa douceur, un empressement qui vous serre dans ses bras, un frisson en pensant à lui, un frisson secret, secret.

Leçon 37

Le bonheur quotidien des hommes dépend presque entièrement des jeunes filles et des femmes

Où étais-tu, toute la soirée ?

Au cinéma.

Qu'est-ce que tu as vu ?

Un truc iranien, tu aurais détesté.

Hmm.

Cole est au comptoir de la cuisine en train d'avaler un bol de soupe Heinz à la tomate, vêtu d'un chandail chic par-dessus sa chemise classique. Le frigo est désormais un tombeau pour les odeurs étranges et les choses qui poussent : fromage moisi, pain tacheté de bleu, bocaux de purée de tomate ornés d'une collerette de fourrure pâle. Ni lui ni vous ne vous êtes montrés fort soigneux ces derniers temps, le four ne sert plus qu'à ranger des casseroles et des saladiers, il y a longtemps qu'il n'y a pas eu de rôti le dimanche. Il y avait tellement de tendresse avant, chez vous : Théo y débarquait souvent sans prévenir, comme si elle se forgeait une fidélité à cette chaleur.

Aujourd'hui Cole et vous avez arrêté de faire semblant. Jadis, cela vous faisait peur : qu'en tant que couple vous mettriez un terme aux propositions de couler un bain, de faire du thé ou la vaisselle. À vrai dire, on peut très bien y survivre. Le contraire de l'amour n'est pas la haine, c'est l'indifférence. L'indifférence émotionnelle, l'indifférence physique. Vous n'avez pas fait l'amour depuis la chambre d'hôtel aux roses fraîches changées tous les deux jours, mais ce soir vous déposez un baiser au sommet de son crâne et vous laissez vos lèvres s'y attarder, ce qui réveille quelque chose au niveau de votre aine.

Je vais me coucher, dites-vous.

Hmm, de nouveau ; concentré sur les *Simpson* et sur la soupe.

Il n'a pas l'air d'avoir remarqué votre geste, ou bien il n'a pas l'intention de mordre à l'hameçon tout de suite : les *Simpson* durent encore dix minutes.

Vous souriez. Aucune importance. Car vous avez fait un pas en arrière, en plein soleil, il vous réchauffe les épaules. Vous avez un nouvel ami dans la vie, avec qui jouer, vous sentir jeune, vous réveiller.

Leçon 38

Un bain glacé saura faire dormir une personne qui, sans cela, ne le pourrait

Cole reste debout jusqu'à tard, ce n'est pas inhabituel, il va souvent se coucher à une heure différente de la vôtre. En règle générale, il est sur son ordinateur portable, il navigue sur des sites porno. La première fois que vous l'avez surpris, il y a plusieurs années, il en a été gêné : il a rabattu l'écran d'un coup sec. Maintenant, quand cela arrive, il se contente de le tourner de côté. Une politesse à peine ébauchée, insuffisante.

Une fois, au début, Cole vous a dit qu'il restait tard debout parce qu'il aimait que le lit soit chaud, tu es ma bouillotte, disait-il, et vous pouffiez de rire en lui léchant le dos de l'oreille. Vous avez pensé à une époque que loin d'être aussi brouillon et remuant que vous, votre mari était : propre, ouvert, pas compliqué. Aujourd'hui vous savez qu'il y a une vie secrète dont vous ignorez tout, dont vous ne saurez jamais rien, personne ne connaît la vie secrète de qui que ce soit.

Vous voyez plus clair en lui aujourd'hui. Un homme qui a traversé l'âge adulte avec la sérénité et le recul de quelqu'un qui n'apprécie pas les questions trop intimes. Il se cache derrière un masque de calme absolu, ce qui donne l'impression qu'il conserve son énergie pour la consacrer à quelqu'un d'autre. Il semble se satisfaire de son lot, peut-être est-il heureux, peut-être pas. Personne ne lui pose jamais vraiment la question. Il est heureux de maintenir un léger intervalle entre lui et le monde, il ne se révèle pas beaucoup.

Vous voulez maintenant être rapprochée d'un coup. Vous ne voulez plus de cette retraite à l'intérieur du mariage, de cette petite bulle d'intimité qui s'avérait si confortable.

Aux tout premiers jours, vous vous rendiez à l'atelier de Cole, pour vous asseoir sur un haut tabouret au milieu des chevalets, des palettes, des lampes à la lumière d'un blanc bleuté cru, des bouteilles de white-spirit et des gants chirurgicaux. La pièce sentait les peintures à l'huile, les vernis, l'essence de térébenthine, et présentait l'aspect désordonné d'une boutique de cordonnier. Vous adoriez l'homme dissimulé sous ce fatras qui émergeait de façon si spectaculaire de son espace privé. Son tablier sur sa chemise de bureau aux manches soigneusement retroussées était toujours maculé de plâtre et de peinture.

Il travaillait à cette époque-là sur un portrait de Mme Récamier, une beauté célèbre en son temps, le début du XIXe siècle. La toile avait été étendue sur une table chauffante pour en assouplir la surface, il vous a tout raconté à son sujet, tout en restant penché sur elle. Elle fut élevée dans un couvent puis mariée par convenance à seize ans à un riche banquier. L'union ne fut jamais consommée ; une rumeur prétendait que son mari était en réalité son père. Cole vous a dit, tout en brossant délicatement la joue avec un coton-tige en forme de spatule, que pour compenser ce mariage désertique elle eut recours à ses charmes pour piéger des dizaines d'hommes, mais qu'elle resta vierge toute sa vie.

Chacun des salauds qui tomba amoureux d'elle l'a maudite, vous a-t-il dit, debout, jaugeant la surface brillante qu'il venait de travailler. Elle dégageait un calme incroyable. Tous s'y sont laissé prendre.

Je le vois, avez-vous dit. Dans son sourire.

Vous avez regardé votre mari, penché sur la surface crevassée de la toile avec autant de soin qu'un tailleur de pierre sur son bloc, ôtant la suie et la crasse jusqu'à ce que le visage de Mme Récamier puis son corps révèlent leur pâleur brillante. Vous étiez tétanisée par les doigts de Cole s'affairant amoureusement à mener les lèvres à la vie, juste les lèvres, lors d'une merveilleuse après-midi, et lors d'une autre ce fut le pâle renflement de la poitrine.

Le nettoyage reste la partie la plus risquée de l'opération, vous a-t-il dit. C'est l'inconnu. Ce qu'on trouvera peut être splendide, ou bon à jeter. On ne peut pas savoir.

À l'époque, vous auriez pu le regarder et l'écouter éternellement : vous adoriez la séduction que dégage un homme plongé dans son travail. Vous saviez qu'alors cet amour était réciproque et votre vie en était couronnée de joie.

Vous voyez votre mari aujourd'hui. Un homme qui se cache derrière l'art, et la pornographie, qui se nourrit d'un monde intérieur dont vous ne savez rien. Son travail constitue un univers dont vous ne ferez jamais partie, il s'y terre, tout comme il se terre au fond de sa vie secrète et cernée de douves.

Pourquoi l'avez-vous épousé ?

Parce qu'il a dit oui. Et vous en étiez au stade où vous ne pensiez plus qu'un homme pourrait encore vous désirer à ce point. Et il s'est montré un si bon ami, dès le début, un compagnon ; non l'un de ces amants dont vous vous demandiez ce que vous aviez en commun à part le sexe. Et puis il y a ce désir pressant en vous, qui augmente avec la trentaine finissante, le désir furieux.

Donnez-moi des enfants sans quoi je mourrai, a écrit

l'anonyme auteur élisabéthaine de votre vieux bouquin.

Oh oui.

Cole possède une photographie de vous, sa préférée, il dit qu'elle révèle votre moi le plus intime. Elle a été prise pour illustrer un article dans une revue sur les jeunes gens brillants, ceux qu'on doit garder à l'œil, et leurs mentors. Vous aviez été choisie par une de vos anciennes étudiantes, devenue présentatrice du journal sur Independent TV, une jeune femme ambitieuse qui raccourcissait ses voyelles trop marquées par son accent de l'ouest et qui avait connu une ascension fulgurante depuis la presse locale de Bristol jusqu'à l'heure de grande écoute à la télévision. Il y avait aussi un violoniste adulé, un généticien, une architecte, un romancier.

Vous n'aviez pas envie de participer à ça mais bien sûr vous n'avez pas dit non : c'était de la bonne publicité pour votre faculté. En réalité, vous n'aviez jamais apprécié cette fille, vous étiez jalouse et un peu effrayée de son implacable soif de réussite. Elle camouflait sa détermination sous des dehors amicaux voire flatteurs mais vous ne vous étiez pas laissée abuser.

Le photographe était colombien. Votre groupe l'exaspérait, il voulait que vous vous détendiez tous. Il vous demanda de penser à la chose la plus sensuelle que vous puissiez imaginer puis de la crier à haute voix, après quoi il y eut des rires gênés et puis le silence.

Le frottement d'une peau contre la mienne, lança soudain votre ancienne étudiante. Quelqu'un d'autre : le foie gras. La douceur des cuisses d'un bébé. Nager à minuit, nu. L'odeur de l'herbe fraîchement coupée. Le *Sanctus* de Fauré. Le rire d'une amie.

Jusqu'à ce qu'il n'y ait plus eu que vous.

Embrasser la nuque de mon mari, avez-vous dit, pendant qu'il est absorbé dans son travail. Votre voix hésitante et gauche, vous aviez fortement rougi. La photo fut prise à ce moment précis et une fois publiée, votre visage arborait tout cela.

Cole adorait votre regard, il le connaissait bien mais ne l'avait jamais vu capturé.

Il n'avait pas le moindre souvenir que vous l'ayez jamais embrassé pendant qu'il travaillait.

Leçon 39

Une chambre ne saurait être surpeuplée

La nuit, au lit, seule, l'éclat de ce qui s'est déroulé durant la rencontre avec Gabriel s'est imprimé dans votre esprit, comme les lampes fluorescentes trop fortes dans les couloirs de votre école, que l'on n'éteignait jamais. Cole s'est endormi dans le canapé devant la télévision. Vous ne pouvez pas dormir, ne pouvez pas dormir, ensuite c'est l'aube. L'amour est fait de petites attentions auxquelles vous n'avez pas droit : vous vous sentez comme un ballon qui se libère du poing qui le tenait fermement et s'élève en faisant des embardées dans un ciel agité.

Vous pensez à d'autres choses, au lit, seule. Des pensées qui persistent la plupart des nuits, vous bercent jusqu'au sommeil. Un groupe d'hommes vous regardent vous empaler sur un manche à balai. Vous ne connaissez pas très bien les participants. Jamais d'intimité ni de tendresse. La chose est filmée. Parfois des femmes assistent à la pénétration ; avec des bougies, des animaux, parfois les femmes y prennent part. Et les hommes. Des mains parcourent votre corps nu, écartent vos jambes, tâtonnent, s'immiscent. Presque chaque nuit, vous imaginez ces choses pour vous faire glisser vers le sommeil. Les films dans votre tête étaient plus vivaces du temps de votre adolescence, vous vous souvenez encore de leur efficacité vingt ans après, de leur intensité. Aujourd'hui, suite à l'après-midi avec

Gabriel, vous êtes tout à fait réveillée, tenant vos doigts serrés entre vos cuisses, ils désirent retrouver la sensation crépitante de vos années d'adolescence, ils désirent sentir ce qui se consumait alors sous votre épiderme.

Vous avez envie d'appeler Théo, votre confidente vous manque, son silence pèse lourd dans votre vie. Elle était la seule personne que vous n'éprouviez aucun scrupule à appeler après dix heures du soir. Avec elle vous parliez sans fin de sexe, de ce que vous vouliez, et ne vouliez pas ; tout ce que vous n'avez jamais dit à un homme. Vous adoriez sa façon de décrire un bon coup – crade – autrement dit, rien que du cul, du sexe sexy. Un homme qui soit crade, vous avez toujours aimé cette idée. Et le sexe sexy.

Maintenant, seule, vous êtes coincée par la prudence. En tant qu'adulte, avez-vous jamais agi exactement comme vous le souhaitiez ? Vos batteries sont dressées depuis si longtemps ; le bon professeur, la bonne amie, la bonne épouse. Au lit vous êtes passive dans l'ensemble, toute soumise, et désireuse de faire plaisir. Votre vie imaginaire n'a jamais transpiré dans votre vie réelle. Pourtant, maintenant, au lit, seule, une possibilité se fait jour, tel un flot de lumière sur le désert matinal, elle vous attire au-dehors.

Cole entre en titubant dans la chambre vers cinq heures et vient s'écraser contre vous, il tente de s'introduire, comme s'il cherchait à extirper toute la chaleur de votre corps. Vous le repoussez.

Leçon 40

Peu de gens iront jusqu'à s'abîmer
la santé par leur obstination,
mais nombreux sont ceux qui
la détruiront par leur insouciance

Dix heures du matin.

Vous attrapez votre sac à main, espérant que vous n'appelez pas trop tôt, vous ne savez même pas quoi dire, juste salut, est-ce que cela suffira, et je voulais vous remercier pour l'autre jour ; vous avez tout répété, jusqu'à l'absence de gravité dans votre voix. Vous vivez avec plus d'audace, ce sont vos débuts, les paroles de Théo résonnent dans votre tête : ça ne sert à rien d'attendre de voir la lumière au bout du tunnel, il vaut mieux y aller et allumer cette saleté soi-même. Il n'y a pas de mal à se faire un nouvel ami, d'autant plus qu'ils se font rares au fur et à mesure que les années s'accumulent et que votre existence se rétrécit.

Dix heures du matin et votre cœur qui bat, votre cœur qui bat.

Le bout de papier a disparu.

Vous fouillez votre portefeuille, vous scrutez le sol, les marches du palier, le sol dehors, mais il a disparu, vos doigts passent dans votre chevelure, vos dents mordillent vos ongles, les renseignements n'ont pas le numéro, vous n'avez aucune adresse bien sûr, vous vous asseyez sur le sol du vestibule, la tête en arrière contre le mur, très longtemps, très immobile, dans l'appartement, et son silence comme celui d'un crâne.

Disparu.

Comme si on avait arraché des pages dans le livre de votre avenir.

Vous ne pouvez plus bouger, votre vie entière s'est comme effondrée : vous ne voyez plus quoi faire. Vous restez là assise longtemps, une main glissée dans votre culotte, posée tout contre la peau nue. En retirant vos doigts, vous contemplez l'éclat gluant qui les macule, criard. Vous étouffez, votre main tremble ; retombée en adolescence, d'un seul coup.

Vous n'avez pas de numéro, pas d'adresse. Il n'a pas les vôtres. Disparu.

Vous vous sentez épuisée. Vous avez fourni tant d'efforts pour parvenir à ce stade, à surmonter la nausée et la nervosité, vous résoudre à prendre le téléphone. Vous n'aviez pas compris à quel point vous comptiez sur cette possibilité, cette nouveauté qui viendrait combler votre existence, jusqu'à ce qu'elle ait été perdue.

Leçon 41

N'oubliez pas de marcher avec vivacité, sans baguenauder ni perpétuellement regarder les vitrines des boutiques

Vous retournez au café dans Soho, seule, tout au long des mois de septembre, d'octobre, il n'y revient pas.

Un lundi où le soleil brille avec froideur, une jeune femme est assise à côté de vous. Elle lit le numéro spécial sexe du magazine *The Face*; elle est dans sa bulle comme si le café n'était que son bureau et qu'elle avait fait ça toute sa vie. Vous aimeriez pouvoir en faire autant. En rentrant chez vous, vous achetez *The Face*, vous rougissez quand le marchand prend votre argent. Vous n'y retournerez jamais, vous n'êtes pas comme la jeune femme.

Le soir même, seule, dans la chambre, des mots que vous n'avez jamais entendus:

Californiquer: copuler sans vergogne dans toutes les positions possibles. Chili dog: déféquer sur la poitrine d'une femme puis se masturber entre ses seins. Partouze à la bague: plusieurs personnes pratiquant l'amour buccal. Inonder la cave: uriner dans le vagin d'une partenaire. Hum job: faire une fellation en fredonnant un air. Et ça continue comme ça, puis vous fermez le magazine en lissant sa couverture, vous le rangez au fond du tiroir de votre table de chevet, vous vérifiez qu'il est bien dissimulé.

Dégoûtée. Horrifiée. Excitée.

Pensez à la femme du café, à l'homme qui n'y est jamais retourné. Pensez à l'amour sans complication, anonyme. Vous vous excitez sur cette idée maintenant, au lieu de vous endormir dessus ; désirez qu'elle entre dans votre vie.

Leçon 42

Toutes les filles seront leur propre couturière

Le lendemain au café vous êtes comme une anémone qui s'ouvre sous la soyeuse impulsion de l'eau car vous avez décidé que pendant les six prochains mois vous allez vivre une vie différente de celle que vous avez vécue jusque-là : vous allez vous faire plaisir, en égoïste bornée, avant que le mariage et la maternité ne se referment sur vous. Vous rêvez de ne vous consacrer à rien d'autre que votre plaisir, vous rêvez avec une vigueur renouvelée de trouver un coup satisfaisant. Si jamais vous avez assez de courage pour ça.

À une époque, lors de votre dernière année de fac, vous avez couché avec tout ce qui passait, horrifiée à l'idée de vous jeter dans le monde sans la moindre expérience avec les hommes, vierge à vingt-deux ans, honteuse de ça, pleine de dégoût envers vous-même.

Vous aviez une certaine innocence alors, quand vous aviez la vingtaine. Vous en faisiez seize, vous aviez encore l'air de quelqu'un qui doit apprendre, votre visage n'était pas fixé. Du coup un samedi soir chez un ami, vous vous êtes saoulée, enhardie, il fallait que ce soit fait. Il y avait un homme à côté de vous dans le couloir de l'entrée ; il était plus grand que vous, il avait la peau nette, il ferait l'affaire. Tous les autres étaient absorbés par un double épisode de *The Young Ones*, ils ne s'apercevraient même pas de votre départ.

Vous avez pris votre respiration : tu veux monter à l'étage, avez-vous demandé.

Quoi, a-t-il dit en se penchant vers vous.

Si on montait, viens.

Vous avez pris sa main ; il ne se rendait pas compte que votre cœur battait. Vous ne l'avez jamais revu, n'aviez pas envie de ça, son nom vous l'avez vite oublié. Il y en eut beaucoup d'autres ensuite. Ils mordaient tous à l'hameçon, se disant que c'était vous en fait qui succombiez, sans se rendre compte que la fille au visage qui veut apprendre était devenue une collectionneuse, une archiviste en expériences sexuelles. Toutes décevantes ; trop sec, douloureux, antiorgasmique, hésitant, fade.

Alors vous vous êtes tournée vers autre chose. Un homme plus âgé. Votre voisin, un concepteur graphique qui ne s'était jamais assagi. Dix-neuf ans de différence d'âge. Ce fut pire. Il était d'une époque où le sexe ne servait qu'à satisfaire le plaisir de l'homme ; il pensait qu'une bonne baise consiste à vous pilonner bien vigoureusement pendant que vous restez là, à regarder la ligne bleue des Vosges ; il considérait les préservatifs comme une fumisterie. Il vous disait, après, tout en frottant votre ventre plat, qu'il ne pouvait pas coucher avec une femme de plus de trente ans, qu'il n'arrivait pas à les apprécier : leur peau ballante au niveau du cou, les rides sur leur visage, leur corps qui s'épaissit. Encore qu'aujourd'hui, vous ayez compris une autre raison ; c'est parce qu'à cet âge-là, les femmes ont perdu leur docilité, elles sont plus averties, elles en savent trop.

Elles ont leurs propres envies.

Et donc rien n'avait fait d'étincelles. Théo, pendant ce temps, paraissait tailler son chemin parmi les hommes et la vie. À vos yeux, le meilleur moment était toujours celui de l'attente, le frisson de donner aux hommes ce qu'ils voulaient, mais dès que les vêtements avaient été ôtés, quelque chose se perdait. Cela donnait toujours l'impression de deux personnes sur le point d'entrer en contact mais échouant à la dernière seconde, il y avait là un gouffre de solitude, et au bout de plusieurs années, vous avez laissé tomber et vous vous êtes laissée glisser dans le monde de vos rêves chaque nuit. Ainsi passèrent vos vingt ans.

À chaque fois que vous faisiez l'amour c'étaient vos pensées qui vous remuaient, bien plus que les caresses de l'homme. Aucun n'a jamais su qu'il n'était pas l'objet principal de votre concentration, là, monté sur vous, qu'il n'était que le prétexte au film que vous projetiez dans votre tête. Tandis qu'il s'enfonçait en vous, vous vous concentriez sur le scénario qui déclencherait votre plaisir. Cela n'avait pas grand-chose à voir avec la personne qui était en train de vous faire l'amour. Vous n'avez jamais trouvé le sexe sexy ; ce serait peut-être avec le suivant ou celui d'après mais jamais cela ne vous a consumée. Pourquoi en faisait-on toute une histoire ?

Vous y étiez bien meilleure toute seule, dans votre tête.

Leçon 43

Pour tous, la loi dit : le devoir d'abord, le plaisir ensuite

Ce que vous voulez :

La pénombre. Un toucher qui soit délicat, lent, provocant, qui vous mette en confiance, qui vous pousse à désirer trop fort. Un orgasme ; pas nécessairement en même temps que l'homme, mais un orgasme afin que vous sachiez enfin de quoi tout le monde parle. Les yeux dans les yeux. Une éjaculation rapide, pas sur votre poitrine ni sur votre visage. Rester enlacés ensuite, peau contre peau. Des cunnilingus, exactement là où vous le désirez, aussi longtemps, aussi doux, aussi lentement que vous l'aimerez. Du sexe qui ne soit pas compliqué, sans attache, au cours duquel l'homme fera exactement ce que vous voulez. Revendiquer du bonheur pour vous-même : vous êtes si habituée à vous concentrer sur le plaisir de votre partenaire au détriment du vôtre.

Ce que vous ne voulez pas :

Sucer un pénis. L'odeur de fumée rance. Une langue dans votre oreille. Des sous-vêtements de satin, des strings, du léopard ou de la dentelle. Que le sexe vaginal dure trop longtemps. Que la pénétration soit si brusque qu'elle brûle, fasse mal. Avaler. Sucer les seins, lécher les seins, n'importe quoi avec les seins. Qu'on vous demande *à quoi vous pensez.* Qu'on vous l'impose alors que vous êtes fatiguée, sale, pas assez excitée. Qu'on vous cloue au sol. Qu'on se précipite. Une verge trop grosse. Un énorme grognement au moment de jouir, ou un gémissement, ou une expression du genre « ooh oui, chérie » ou « vas-y ». Que le corps de l'autre se tourne tout de suite après avoir joui. Être virée trop vite.

Ce que vous adorez :

La voûte plantaire et les os d'un pied tout écartés comme un râteau. Des ongles larges, émoussés, propres. Des poignets à la Michel-Ange. La propreté. Que l'on se niche au creux de votre nuque. Vous enfouir loin sous les couvertures. Que les habits soient ôtés avec lenteur, en une exquise attente. Des murs froids et lisses contre lesquels on vous culbute. Le son produit tout contre votre oreille par le souffle d'un amant. Qu'il tire sur vos cheveux pendant qu'il est en vous. Qu'il dise tout haut votre nom juste avant de jouir. Entrer en contact, tous deux vibrants d'une palpitation sacrée. Une séduction qui agisse lentement, intrigante, unique, par des flatteries, des gestes extravagants, des mots : un bout de poème sur une serviette en papier, des e-mails répugnants qu'on ne devrait jamais envoyer, des lettres d'amour griffonnées à la hâte sur un passe du métro, un vers écrit au rouge à lèvres sur votre dos pendant que vous dormez, écrit à l'envers, pour être lu dans un miroir ; oh oui, tout cela.

Leçon 44

Si nous avons un chien et que nous ne le laissons jamais sortir, le pauvre bougre aboiera et gémira tel un malheureux

Cole a un cadeau. Il ne vous a rien offert depuis si longtemps, depuis Marrakech, quand vous aviez droit à des chocolats, des magazines, des bijoux venus des souks. Vous protestez mais avec le sourire, sans pouvoir vous en empêcher, car c'est le signal du dégel, d'un retour à la vie facile. Vous le sentez tous les deux, le temps arrondit les angles. C'est ce que vous voulez tous les deux.

C'est une enveloppe. Vous insérez vos doigts entre ses rabats épais de couleur crème.

Une carte d'adhésion nominative à la Bibliothèque de Londres. La bibliothèque des écrivains. La chose est si ironique, adéquate, votre cœur se gonfle, léger et coupable. Votre mari vous fait du chantage à la générosité et vous savez exactement ce que vous allez faire, car une bibliothèque d'écrivains pourrait bien, oui, pourrait contenir un acteur, qui fait des recherches pour un scénario, peut-être.

Je me suis dit que ça pourrait t'aider à mettre le pied à l'étrier, dit Cole. Pour le livre.

Ah, le livre.

Car vous lui avez dit un jour que vous aimeriez faire

quelque chose avec votre livre coquin du XVIIe siècle. C'est d'ailleurs l'une des raisons pour lesquelles il avait insisté pour que vous arrêtiez cette corvée qu'est l'enseignement, pour essayer de faire quelque chose que vous aviez toujours voulu faire… même si parfois vous l'avez soupçonné de ne faire ça que pour vous garder toute à ses côtés. Vous lui avez montré la partie où l'auteur explique que les femmes ne se marient pas pour le plaisir mais pour la propagation des enfants ; et sa conclusion selon laquelle les épouses d'hommes stériles devraient être autorisées à coucher avec d'autres hommes, aptes et concupiscents. Est-ce que ce n'est pas merveilleusement séduisant, vous rappelez-vous de l'avoir taquiné, quand est-ce que je commence ? Cole vous avait attrapé le bras fermement et vous avait fessée d'un coup cinglant.

Au placard. Tout de suite.

Cela vous avait fait rire, mais rire.

Vous aviez dit à Cole qu'il y avait un roman dans le livre, disons une histoire, du genre intimiste qui met les vies privées à découvert. Cela vous a fait du bien de le lui dire, comme si votre propre vie prenait ainsi plus de poids. Pourtant vous n'êtes plus aussi certaine, aujourd'hui, que vous le pensiez vraiment.

Mais lui n'a pas oublié.

Personne en dehors de votre mari n'est au courant de la circonspection qui préside à toute votre existence. Votre âge adulte n'a été qu'une lente retraite face à la curiosité, aux facultés d'émerveillement, une interminable série de retards et de remises au lendemain. Vous vouliez faire tant de choses, à une époque, mais la vie se mettait toujours en travers de votre chemin. Vous vous êtes épanouie durant vos études de journalisme mais vous n'avez jamais eu assez d'ambition pour passer à la salle de rédaction. Vous redoutiez les démarches par téléphone, le fait de vous immiscer dans la vie des gens. Vous avez passé une maîtrise de lettres, échouant dans l'enseignement, sans jamais cesser de douter de vos capacités : vous disiez *ne vaut-il pas mieux demander à quelqu'un d'autre* quand vos collègues vous pressaient de vous présenter à un poste plus élevé, vous demandiez *Moi ? Vraiment ?* quand on vous offrait une promotion, n'avez jamais demandé une augmentation de salaire. Vous vous êtes casée. Avez esquivé la créativité, l'élan, les risques, jamais eu le courage de mettre un rêve, n'importe quel rêve, à l'épreuve de la réalité.

Aujourd'hui vous portez une enveloppe à vos lèvres en souriant et embrassez votre mari sur le front. Vous irez à la Bibliothèque demain, vous dites que c'est là le cadeau idéal. Vous ne lui dites pas que vous chercherez un homme en costume soigné, à la nuque très belle. Cole vous séduit par sa prévenance et vous voulez qu'il sache à quel point vous lui en êtes reconnaissante.

Mais il y a ce sentiment qui papillonne en vous, qui vous rend à la fois légère et coupable.

Vous savez ce que Théo ferait dans cette situation. Vous vous le demandez, pour la femme de la période élisabéthaine. Si elle est jamais passée à l'acte, après ses discours, si elle avait ce courage, ou si elle était stupide. Complaisante. Égoïste. Hardie.

Leçon 45

Aide-toi, le ciel t'aidera

Le temps s'arrête dans la Bibliothèque de Londres, qui vous attire au sein de ses sombres et riches profondeurs, où elle vous retient, captive, absorbée, perdue. Vous vous trouvez un coin où écrire dans la vieille salle de l'encyclopédie; il y a des prises discrètes dans le sol pour brancher les ordinateurs portables. Votre petit volume est modestement posé sur le bureau, avec sa couverture de cuir brillant couleur café, ses fermoirs cassés. Et ses déclarations choquantes, écrites d'une main ferme et soignée.

Ève est meilleure qu'Adam. Ève est moins pécheresse qu'Adam.

Un mari elles désirent avoir, non pas tant pour qu'on les reconnaisse femmes que pour devenir mères. Car elles sçavent que les femmes seront sauvées par la maternité.

Où, sçachez-le, pourrions-nous trouver un homme qui soit assez âgé, stérile, faible et débile, qui soit assez bon et courtois envers son épouse au point qu'il souhaite céder sa place à un autre homme plus apte, afin que sa femme conçoive?

Les femmes dictent la loi aux hommes.

Pourquoi l'auteur de ces lignes s'est-elle senti obligée d'écrire de telles choses? D'où vient cette froideur en vous, cette irritation ? Pourquoi faites-vous toujours ce que vous ne vouliez pas faire, maintenant que vous êtes engluée dans cette relation ? Vous avez toléré tant de choses avant, sous l'éclat de l'amour nouveau, que vous ne tolérez plus aujourd'hui. Pourquoi vous sentez-vous plus forte et plus sereine lorsque vous êtes seule, au point que vous ne voulez plus que votre mari soit trop présent ? Tout le monde vous a toujours considérée comme une candidate parfaite au rôle d'épouse ; vous êtes accommodante, sociable, vous endurez, avec un enthousiasme feint, les dîners avec la belle-famille, les films d'action, les pots avec des clients. Si seulement ils étaient au courant de l'impatience qu'il y a en vous, des petits coups qui vous tiraillent aux épaules, au bas de la jupe.

Vous n'êtes pas certaine de ce que vous devez faire avec le livre ; essayer d'y accéder, c'est comme de marcher sous l'eau. Mais cela viendra. Et puis il y a beaucoup de choses pour vous divertir : les magazines et les journaux, l'Internet et, toujours, chercher Gabriel.

En particulier dans la salle de lecture, à l'heure du déjeuner, au cas où.

L'endroit est gaîment éclairé grâce à de hautes fenêtres, il bruisse de cogitation, tout empreint d'une ambiance composée d'érudition et de sommeil. Plusieurs vieux fauteuils de cuir sont alignés en une pose majestueuse, leur ventre frôle le sol. Vous finissez par connaître les habitués. Le monsieur âgé magnifiquement vêtu qui dispose un mouchoir de lin blanc sur son siège avant de s'y asseoir en prenant un temps infini. Le gros homme toujours endormi, sa tête en arrière, la bouche ouverte, les mains croisées par protection sur un livre ouvert sur sa poitrine, comme la bible d'un mort placée là par sa veuve. La femme effacée qui arrive hâtivement à midi tous les jours et s'agenouille près d'un homme qui lit, et pose sa tête sur ses genoux. Il passe avec indifférence ses doigts dans sa chevelure à elle, ils ne parlent pas pendant une demi-heure et puis s'en vont, et votre cœur déborde de tendresse pour ce qu'il y a dans leur couple – et que vous aviez, à une époque – et puis se serre en pensant à ce que, peut-être, ils deviendront.

La Bibliothèque vous procure un sentiment d'agitation industrieuse, elle soutient votre vie. Vous vous habillez comme pour aller au travail ; vous n'êtes pas la seule à le faire. Un homme d'âge moyen en costume rayé passe ses journées à lire le *Times* de la première à la dernière page, vous devinez qu'une épouse – qui ne se doute de rien – se cache derrière la rigidité veloutée de ses cols et de ses manchettes, vous vous demandez combien de temps il va tenir.

Bientôt vous fréquentez la Bibliothèque avec avidité, vous en avez besoin quotidiennement, comme avec le café, avant. Dans la cohue de Londres, au milieu de son énergie crasse et musculeuse, le bâtiment étriqué vous est un refuge aussi bien qu'un tonifiant. Et toujours, vous cherchez. Car vous êtes intoxiquée par l'idée de Gabriel et vous sentez, avec une étrange certitude, qu'il va venir.

Leçon 46

Les gens paresseux qui restent enfermés sont souvent malades

La salle des ordinateurs à la Bibliothèque, où vous écrivez des courriels à vos amis tout en parcourant les journaux en quête de ragots sur les vedettes du show-biz : les derniers mariages qui se sont écroulés, les plus belles robes de soirées et les plus moches lors des dernières cérémonies de remises de prix, les maternités hollywoodiennes, les arrestations. Vous êtes assise à une table, pieds déchaussés, genoux relevés, sur le bord du siège – cela a quelque chose à voir avec la volonté d'être de nouveau jeune, de vivre une existence plus vive.

Un homme jette un coup d'œil amusé par-dessus votre épaule, essayant de lire ce que vous lisez et, surprise, vous le regardez. Il vous demande si vous aimeriez venir boire un verre après le travail, avec quelques habitués. Vous jetez un œil dans la salle, comprenez que ces six autres personnes se connaissent, forment une bande. Votre premier réflexe est de dire non, c'est votre manière à vous de refuser la seconde tasse de thé, le siège dans le métro, le verre après le boulot. Mais quelque chose, cette fois, vous arrête.

Oui, ça me dirait bien.

L'homme sourit. Il jette un coup d'œil à votre alliance, peut-être, au milieu de votre tas de bagues.

Vous le regardez comme si c'était la première fois que vous le voyez. Calvitie précoce, cheveux coupés ras. Il porte de luxueux pantalons de velours noir qui sont mal assortis à sa chemise rayée. Plus jeune que ce que vous aviez cru tout d'abord, en le voyant de loin il y a plusieurs semaines, et de meilleure apparence que celle que vous lui aviez concédée. Il ne vous faut qu'une seconde pour savoir que vous ne coucherez jamais avec lui, c'est là un jeu auquel vous jouez dans votre tête avec tous les hommes que vous rencontrez. Pas à cause du velours, c'est seulement qu'il n'est pas votre genre. Il ne fera pas trembler vos lèvres, ne vous fera pas rougir, ne vous paralysera pas. Vous lui souriez chaleureusement ; vous pouvez vous détendre.

Leçon 47

Toutes les filles savent danser et doivent apprendre à le bien faire

Au pub, il y a trois hommes et une femme, bien vite vous leur dites plus que vous n'en aviez l'intention, avide de contact, un peu ivre. Ils ignorent tout de vous. C'est exaltant, comme d'aller vivre dans un pays étranger où personne ne connaît votre passé ; vous pouvez vous réinventer suivant l'inspiration du moment. Tout en expliquant votre livre, vous devenez plus savante, sûre de vous, pleine d'esprit, ferme, les plans du projet jaillissent de vos paroles. Vous évoquez l'épouse obéissante qui écrit en secret, tard dans la nuit, sa plume qui se précipite page après page, qu'elle dissimule dès qu'elle entend son mari derrière la porte, elle ouvre sa bible, efface toute expression de son visage en passant ses doigts sur ses joues enflammées. À son amant, elle lance des allusions selon lesquelles elle écrit un livre, car elle a un amant ; oui, oui, il le faut.

Son mari découvre la chose. Il la tire par les cheveux jusqu'au placard où il l'enferme à double tour, il se couvre les oreilles de ses mains pour ne pas l'entendre crier ; elle implore sa pitié, il ne dit rien. Enfin, au bout de plusieurs jours, ses cris sont devenus des gémissements, puis ils s'éteignent. L'amant ne saura jamais ce qui s'est passé. Il apprend par la cameriste de la femme qu'elle a été envoyée dans un couvent lointain et rigoureux ; il ne parvient pas à la retrouver, il parcourt le pays en tous sens. Jamais il ne saura si elle l'aimait vraiment ou si elle ne faisait que le prétendre. Il meurt en homme brisé. Ainsi que le mari.

Peut-être, peut-être.

Ce soir, tout se déroule à la perfection. Le groupe n'a pas à savoir que vous allez rentrer dans un appartement très calme. Surprise, vous contemplez la femme que vous êtes devenue, qui insiste pour payer la tournée suivante et demande quand aura lieu le prochain rendez-vous.

Demain, dit votre homme aux pantalons de velours. En fait, presque tous les soirs.

Alors, à demain ; puis vous sortez rapidement, comme si vous aviez quelque chose d'autre à faire. Cette impression illusoire, brillamment exécutée, vous transporte tandis que vous descendez la rue.

Leçon 48

Savoir ce qui est juste est certes une bonne chose, mais le faire est préférable

Dimanche suivant.

Vous feuilletez les magazines. Vous arrêtez sur la chronique de Théo. Depuis Marrakech, vous n'avez pas pu vous résoudre à la lire, jusqu'à aujourd'hui. Vous jetiez cette page à la corbeille avant que Cole ait une chance de la lire.

Cette semaine, ce sont les requêtes du genre habituel :

Chère Dr Théo, mon nouveau petit ami est de plus en plus frustré. Pendant l'amour, il préfère que je sois au-dessus mais je me sens si empruntée ; cela me paralyse. Cela le rend fou, il dit qu'il est le seul à faire des efforts.

Chère Paralysée : ah oui, être au-dessus. Cela peut être merveilleux mais seulement si vous n'avez aucune inhibition en ce qui concerne votre apparence. Si votre corps vous pose un problème, alors c'est une position qui rend les femmes extrêmement vulnérables. Mais qu'y faire ? Eh bien, ma petite, vous devez vous habituer à partager une certaine nudité, amicale et détendue, avec votre petit ami. Si ce pas est encore trop difficile à franchir, pourquoi n'essayez-

vous pas de porter une de ses chemises ? En général, les hommes adorent ça.

Chère Dr Théo, mon ex-mari mettait un temps fou à parvenir à l'orgasme, je me demande si j'étais assez étroite pour lui. Serait-il possible que mon vagin soit trop grand ?

Chère Soucieuse, vous savez quoi, peut-être que tout simplement, votre ex aimait savourer toute la chose. Lui avez-vous jamais posé la question ? Nous, les filles, nous ne posons pas assez de questions, croyez-moi ! Il n'empêche que certains exercices peuvent renforcer les muscles de votre plancher pelvien – pour savoir où ils se trouvent, essayer d'interrompre le flot quand vous êtes aux toilettes. Si vous pratiquez cela régulièrement, vous finirez par assurer sur vos hommes une prise délicieusement ferme !

Vous lisiez toujours ces chroniques parce que c'était ce qu'elle attendait de vous, mais vous n'avez jamais été jusqu'à les mettre en application dans votre vie ; c'était bon pour en rire un coup, pas plus. Votre mère les cherchait avec avidité. Il vous a toujours paru légèrement obscène qu'une femme ménopausée puisse les apprécier à ce point. Elle a été anéantie lorsque vous lui avez appris que c'était Théo qui rédigeait la plupart des lettres.

Pourtant, pourtant, à une question concernant un amant qui fait très bien l'amour et est-ce suffisant pour quitter un mari et deux enfants, Théo donne sa réponse en termes solennels et définitifs :

Non, cela n'est pas suffisant. N'oubliez pas, seule une personne forte aura le courage de rompre une relation qui ne fonctionne plus, avant de s'embarquer dans une nouvelle. Seule une personne faible trompera quelqu'un.

À lire cela, votre cœur cogne. Vous enfoncez le magazine au fond de la corbeille. Comment ose-t-elle écrire cela ; comment ose-t-elle prétendre à la face du monde qu'elle est sans tache ; qu'elle est quelqu'un d'autre ? À qui écrit-elle ces mots ? À Cole ? À vous, pour vous lancer sur une fausse piste ? Les femmes sont si adroites à combattre selon des règles subtiles, ingénieuses, furtives ; à gainer leurs mains traîtresses d'un velours des plus doux. Et puis en général c'est contre d'autres femmes qu'elles se battent, pas contre des hommes.

Leçon 49

La paraffine est hautement inflammable

Vous rationnez vos soirées avec les écrivains à une, peut-être deux par semaine ; il ne vous semble pas correct, en tant qu'épouse, de sortir tous les soirs. Cole s'est montré amusé lorsque vous lui avez parlé de ces réunions ; il considère que c'est là un nouveau passe-temps pour vous, une manière de vous ouvrir à la vie. Vous avez bien pris soin de lui préciser que tous les hommes sont liés, à des petits amis, à des petites amies, à des épouses.

Un vendredi soir. Vous vous retrouvez à huit dans le pub ; vous êtes tous venus directement de la Bibliothèque avec vos portables et vos paperasses dans des sacs à bandoulière. Puis un autre homme apparaît et le groupe pousse des exclamations en tendant leurs bras vers lui.

Il rougit de vous voir, et les autres vous lancent des regards renouvelés. Votre nouveau personnage se dissout en un instant, le temps de le voir lui, vous voilà de retour au sein de votre ancienne personnalité : votre lèvre supérieure tremble en l'accueillant.

Nous nous connaissons déjà, dit Gabriel, vous interrogeant du regard.

Quoi de neuf ? Votre voix est rauque, ces trois mots sont tout ce que vous parvenez à faire sortir.

Il ne fait que passer boire un coup, le reste du groupe veut savoir comment il va, où diable était-il fourré, quand se trouvera-t-il un ordinateur, histoire d'entrer dans le XXIe siècle, comme tout le monde. Vous vous mettez en retrait pour observer. Vous êtes de nouveau frappée par la gentillesse singulière, voire la timidité. Il était à L.A., passant des auditions pour des épisodes pilotes de feuilletons, c'est là-bas qu'aboutissent tous les acteurs anglais à cette époque de l'année, et puis il s'est arrêté à Rome, ensuite à Barcelone pour un mariage dans sa famille, il parle poliment, avec affabilité mais il préférerait de beaucoup que l'on parle d'autre chose. Vous connaissez ce trait; il n'est pas doué avec les groupes. Vous êtes de nouveau frappée par sa chevelure noire comme la nuit, et cette petite surface dégagée derrière ses oreilles, blanche et claire. Vous voudriez la lécher. L'intérieur de vos cuisses se tend lorsqu'il se penche devant vous, par-dessus le comptoir, pour payer son verre de vin, et non sa bière comme les autres. Il est encore une fois en costume, bien sûr, comme s'il ne lui venait jamais à l'idée de mettre quelque chose d'autre, comme s'il s'apprêtait toujours à rendre visite à sa mère ou s'il allait à l'église. Dans votre vie, personne ne va à l'église. Ses costumes ont un petit air millésimé; c'est peut-être dû à son style personnel, ou parce qu'ils lui viennent de son père, ou qu'il est plus pauvre que vous ne le pensiez. Il y a tant de questions à poser.

Il ne cherche pas à ressembler aux autres. Pourquoi ne devrait-il pas porter un costume, écrire en sténo et disparaître plusieurs mois d'affilée? Il est très apprécié, cet homme; il est comme un rocher longuement baigné de soleil et maintenu chaud. Vous voyez en lui le seul garçon d'une famille pleine de sœurs aînées qui l'adorent, le petit dernier, la merveilleuse erreur de parcours: il n'affiche aucunement l'air grave et responsable d'un aîné. Il y a tant de douceur en lui. Tout est dans son sourire.

Vous respirez bizarrement, par à-coups insuffisants, vous ne parvenez pas à apaiser votre souffle. Les autres lancent des plaisanteries au sujet de ce scénario qui met sacrément longtemps à s'écrire.

Une femme du nom de Martha s'en mêle. Vous l'avez déjà remarquée : sa démarche a un air sévère, comme si elle était tout le temps en train de serrer les poings. Elle taquine Gabriel en disant qu'il a déjà écrit vingt-huit pages, un travail de génie, mais qu'il a fallu onze mois pour les mener à bien, et qu'il leur paraît douteux à tous que vingt-huit autres pages puissent un jour être terminées, et c'est à ce moment que vous constatez que vous n'êtes pas la seule à être mordue.

Quel est le titre, parvenez-vous à articuler.

Je ne sais pas encore.

Son sourire adolescent, son haussement d'épaules. Vous voulez sortir de ce bar, il est guindé, encombré, vous n'y êtes pas à votre place. Il a rougi en vous apercevant, cela signifie forcément quelque chose, vous faites un effort pour calmer votre respiration, une gorgée de vin disparaît dans un coup de glotte. Un par un, les autres s'en vont, même Martha, Martha qui traîne un peu, enfin, enfin, vous êtes seuls. Un moment de silence, puis vous riez tous les deux.

Eh bien.

Eh bien.

Vous demandez pardon de n'avoir pas rappelé, lui dites que vous avez perdu son numéro, vous en avez été terriblement perturbée, et aussitôt vous vous en voulez d'avouer cela. Mais en fait, cela le flatte, le réjouit. Je suis content que vous ayez eu de la peine, dit-il, ça me remonte le moral. Vous le regardez, essayant de le percer à jour : il ne cherche pas à se masquer.

Puis la discussion, une heure ou deux ou quelque chose comme cela, sur tout et sur rien, un peu comme vous en aviez l'habitude avec Cole, à l'époque étourdissante qui avait suivi la première baise, quand l'amitié avait éclaté en quelque chose d'autre. L'époque où vous baisiez avidement, quand vous sombriez d'épuisement à la fin des nuits langoureuses, pour tout recommencer le soir suivant. Quand le sexe appelait le sexe, que les rouages grippés en vous étaient lubrifiés. Avant que la familiarité, l'épuisement et le stress vous aient vidée et que, moins vous en aviez, du sexe, moins vous en vouliez. Après quoi, vous aviez arrêté.

Vous ne voulez pas cela arrive avec Gabriel. Jamais.

Vous vous sentez si vivante, rien que par sa présence. Vous avez toujours adoré les gens qui font cela : ceux qui exaltent, pas ceux qui rabaissent. Il vous fait rire à nouveau, rire avec les yeux. Vous parlez comme si ce devait être votre ultime conversation, qu'il n'y avait plus le temps, vous devez tout savoir maintenant avant qu'il ne soit trop tard.

Comment ça s'est passé, à L.A. ?

Je ne sais pas. Je n'arrive jamais à savoir. On me dit toujours que je suis le meilleur second choix. La liste des échecs est très longue.

Il n'y a ni colère ni frustration ni angoisse ; peut-être son affabilité est-elle une forme particulièrement douce de défense mais vous soupçonnez plutôt votre Gabriel de ne pas être du genre à se frayer trop hardiment un chemin dans la vie. En quoi est-ce un tel problème ? Tout le monde est si doué aujourd'hui pour s'emparer des choses, surtout Théo ; sa vie entière consiste à pourchasser les bonnes affaires, les petits avantages, les meilleures ventes, rien de rare ou de désirable n'échappe à la vigueur de son emprise. Gabriel, lui, est satisfait de laisser toute emprise glisser sur lui. Il a cette gaîté de caractère qui vous donne envie de le protéger et de conserver ce qu'il a.

Quand il écoute, sa tête penche d'un côté. Il dit souvent *intéressant* à la fin de vos phrases ; savoure vos paroles. Il est avide de vous connaître. À une époque, vous étiez ainsi avec les inconnus, dans les soirées, les mariages, les rendez-vous arrangés, vous faisiez preuve d'un zèle de collectionneuse, vos questions fusaient, vous restiez masquée. Avant que tout cela ne se retrouve enfoui sous une complaisance cotonneuse, lorsque Cole et vous avez cessé de manifester le moindre intérêt l'un envers l'autre. Gabriel veut savoir ce que vous pensez, il vous laisse parler : de la part d'un homme, c'est reposant. Vous réagissez comme une enfant oubliée au fond de la classe, qui a un nouveau professeur et s'épanouit soudain sous son attention. Et devient quelqu'un d'autre.

Grâce à lui, vous vous sentez belle. Désirée. Confiante. Unique. Cole ne perçoit jamais rien de cela en vous, il aime vous dire comment vous êtes, à quoi vous ressemblez ; vous mettre en boîte.

Lorsque la soirée se termine, vous dites au revoir à Gabriel – pas de baiser, juste un frôlement de joues échauffées – puis vous descendez la rue, propulsée, pleine d'énergie pétillante, vous vous sentez capable de sauter pour frôler les nuages. Vous avez son numéro, il a le vôtre, et dans le métro, une fois de plus, vous embrassez le morceau de papier du bout des lèvres.

Celui-ci vous ne le perdrez pas.

Leçon 50

Faire un lit avec des draps humides frôle l'assassinat

De la lumière sous la porte d'entrée. En général, vous rentrez la première – vous apaisez votre visage. Cole vous demande où vous étiez, vous répondez à la Bibliothèque, ils font nocturne le mercredi, tu t'en souviens ? Bien, dit-il, je suis content que ça te mène à quelque chose. Il le dit en levant les yeux de son *Evening Standard*: il en aime le côté ragots urbains autant que vous-même. Hé, dit-il, tu as deux taches rouges sur les joues, comme les clowns.

C'est le froid, le temps a fraîchi, tu ne le sens pas ?

Avec quelle facilité le mensonge est sorti, c'est étonnant, si souple, si rapide. C'est parce que vous tenez en laisse la confiance de votre mari, comme un bloc de béton tient sa bouée ; vous êtes la bonne épouse, tout le monde le sait. Les paumes de vos mains volettent devant vos yeux pour dissimuler la rougeur, vous regardez Cole en pensant qu'à ce moment précis il serait facile de faire tout ce que vous voulez puis, soudainement, que sa générosité et sa confiance sont un crève-cœur. Vous vous dites, à ce moment précis, qu'il n'a peut-être jamais eu d'aventure avec Théo. C'est si difficile à imaginer, en le voyant assis là en manches de chemise, avec son journal, ses olives et sa bière. Vous jonglez mentalement avec l'idée, pour la première fois, qu'il a peut-être dit la vérité tout du long. Il ne s'est jamais défendu avec à-propos face à vos doutes mais peut-être ne le pouvait-il pas : votre opinion était arrêtée. Le temps estompe tout et vous commencez tout à coup à douter de vous-même : de ce que vous avez entendu, de ce que vous aviez si rapidement décrété. Peut-être, peut-être aviez-vous tort.

Cette nuit-là, vous posez votre main sur la poitrine de Cole qui dort à côté de vous, vous recueillez son pouls au creux de votre main en coupe, comme une ampoule sur une sangsue. Vous ne pouvez dormir, ne pouvez dormir. Si vous commettez l'adultère dans votre tête, est-ce que vous commencez à rejeter votre mari, votre mariage, toute votre vie jusqu'à ce jour ? Ou bien, est-ce que vous complétez la soudure ? Et si c'est le cas, comment le mariage peut-il redevenir chaleureux et riche ?

Vous faut-il une excuse ?

Vous ne mentez jamais. Sinon à vos partenaires pour leur dire que vous avez eu un orgasme ou à vos amies pour leur dire que vous adorez leur nouvelle coiffure ou toutes ces choses qui ne comptent pas, qui sont faites pour apaiser et protéger. Vous ne volez pas. Vous ne découchez jamais. Mais vous y pensez. C'est déjà bien assez d'y penser, de vous imaginer au lit avec presque tous les hommes que vous croisez.

Quelle est l'envie furieuse qui vous habite, vous vous posez la question.

Pourquoi convoitons-nous les choses qui ne nous sont pas destinées, vous vous posez la question.

Leçon 51

Entre les lignes de toute missive, l'on peut dénicher un Inspecteur des calamités

Une autre chronique de Théo. Elle vous intrigue et vous répugne à la fois. Vous ne devriez plus les lire, vous savez qu'elles vous blessent ; vous ne pouvez pas vous en empêcher.

Comme vous vous y attendiez, il y a autre chose sur l'adultère. Planqué au sein d'une question au sujet d'un petit ami infidèle mais qui pratique très bien le cunnilingus, la lectrice voudrait le rendre monogame, le veut à elle toutes les nuits, parce que c'est trop succulent pour s'en passer. Comment peut-elle l'avoir tout à elle ?

Chère Perdue dans les délices, la bonne nouvelle c'est qu'on peut apprendre à n'importe quel homme à faire de merveilleux cunnilingus. Prenez sa main dans la vôtre, dites-lui d'imaginer que les sillons de votre peau sont comme les plis de votre chair intime, puis montrez-lui exactement ce que vous voulez, en vous servant de votre langue, de votre souffle, de vos doigts. Je vous garantis que cela marche. Toutefois, chère Perdue, j'ai bien peur que le fait de rester collée à votre petit ami n'en vaille pas la peine. Comment espérer établir une relation durable avec quelqu'un qui a été infidèle par le passé ?

Une relation durable. Ouais, ouais… Qu'est-ce qu'elle y connaît, elle, en relations durables ?

Vous froissez le magazine. Osez dire à Cole que la chronique de Théo, c'est nul, ainsi d'ailleurs que tout le journal pour lequel elle écrit : peut-être cette opinion lui sera-t-elle transmise ? Vous n'en auriez strictement rien à faire si elle apprenait que vous ne la lisez plus, que ses messages sournois ne vous atteignent pas.

Chérie, dit Cole, je sais que ce journal est nul. C'est pour toi que je l'achète.

Eh bien, arrête, répliquez-vous, je ne l'apprécie plus.

D'accord. Comme tu veux, répond Cole sur un ton badin avant de s'approcher de vous en ouvrant son peignoir et en vous invitant à y trouver refuge. C'est là un vieux geste que vous avez toujours adoré. Il apaise toutes vos tensions, tout votre corps se laisse aller contre lui.

Leçon 52

La jovialité est qualité fort charmante chez une infirmière

Novembre vacille dans l'hiver et vos joues sont souvent toutes rouges, désormais. Votre cœur se serre chaque fois que la voix de Gabriel est au téléphone, votre estomac tournicote et quand le combiné a été raccroché, vous courez un peu partout à travers la chambre, vous sautez au plafond, vous tapez dans les globes de papier faits main qui masquent les lumières, vous couinez vers le ciel. C'est à la fois délicieux et vexant de revivre ainsi ; si jeune, si délurée. Vous n'auriez jamais cru que cette sensation papillonnante referait irruption dans votre vie, qu'elle attendait son réveil, quel que soit l'âge que vous atteindriez.

Vous prenez le café avec lui. Vous allez au cinéma à deux heures de l'après-midi, aux matinées théâtrales, aux conférences du National Theatre. Il est ravi que vous ayez une voiture, il a envie de se faire Londres comme un touriste ; jouons-la historique, dit-il. Vous allez aux Jardins botaniques de Kew, à l'Alexandra Palace, à Chiswick House, à Hampton Court. Il veut conduire ; vous le laissez faire. Il est comme un enfant avec son jouet, il n'a jamais eu de voiture. Il vous emmène à son endroit préféré, la salle Rothko du Tate Modern Museum, après quoi vous l'emmenez à la section Corps – allez, rien qu'un coup d'œil ! – où il y a une installation de Duchamp, une peinture sur verre, et ce qu'il regarde c'est votre curiosité à vous debout devant l'œuvre : c'est si étrange, vous n'en saisissez pas le sens.

Quoi, demandez-vous à cause de son regard, non mais arrêtez, riez-vous. Et *vous*, savez-vous seulement de quoi ça parle ?

Eh non. Après quoi il s'éloigne en riant, ses mains levées en signe d'abandon.

Il passe son temps à bondir pour laisser sa place aux gens âgés dans le métro, à bavarder avec le personnel des cafés, à aider les mères qui descendent des escaliers avec leur poussette. Toutes ces choses que vous devriez faire aussi mais ne faites pas ; toutes choses que Cole n'est même pas capable d'envisager. Gabriel est si empreint de compassion, jamais précipité, toujours détendu. Les gens ne sont pas comme ça. Cela s'apparente à de la naïveté. Comment survit-il face au monde ? C'est un homme qui ne connaît pas le mépris, ce qui, bien sûr, est tout le contraire de Cole. Tout se passe comme si la dureté inhérente à la vie londonienne ne l'avait pas encore marqué de son empreinte.

Parfois, avec un sentiment coupable, vous prenez le thé chez vous, et à la fin, Gabriel s'en va avec la poubelle, sans que vous le lui demandiez, un petit geste certes, pourtant conséquent, que Cole n'accomplit jamais sans que vous deviez l'y inciter. Avoir Gabriel chez vous a paru si étrange la première fois que vous vous êtes contentée de regarder : son côté ténébreux et svelte, son costume aux manchettes qui dépassent, ses chaussures éraflées avec un bout de carton pour boucher un trou à l'une des semelles car, dit-il, Charlie Chaplin le faisait et ça marchait. Il a arpenté tout le séjour, ses mains dans le dos en un geste de contentement, regardant les photos de mariage encadrées, les CD, les livres ; recueillant les traces de votre train de vie. De celui de Cole. Il a posé des questions à son sujet, comme s'il faisait montre d'une interminable curiosité envers cette histoire de mariage.

Vous cuisinez pour lui ?

Pas trop.

Vous portez un tablier ?

Non.

Il se régale, il sourit, ses yeux disparaissent derrière deux fentes : vous adorez qu'il sourie aussi complètement.

Repassez-vous ses chemises ?

Non.

Est-ce que vous l'expédiez, le matin, d'un bécot sur la joue ?

Non. Non. Non, vous secouez la tête, vous riez.

Il vous tient les portes, achète vos tickets de métro, paie les notes au café, refuse d'envisager que les choses se déroulent autrement. Les jours s'accumulent en petites gentillesses, chacune teintée d'une minuscule décharge érotique, qu'à chaque fois vous retournez – lui tenir la main, le tirer par la main, l'étreindre avec délice – car la petite fille en vous est de retour, gaie, sautillante. Parfois, il n'y a pas de sous-vêtement sous votre jupe qui s'arrête au genou, ce qui vous procure des décharges de plaisir. Pour vous ce n'est pas grand-chose mais en fait c'est énorme ; inimaginable il y a encore un an. Une infraction privée, mais pas moins excitante pour autant.

Vous n'êtes plus motivée par votre projet de livre. Vous n'éprouvez plus le désir de rappeler vos anciennes copines de travail, malgré la promesse que vous aviez faite en partant. Rien ne vous enchante, sinon les moments avec Gabriel. Vous adorez le côté soyeux de cet affolement, flirtez avec les possibles, vous détendez dans le jeu. Quand vous allez à la Bibliothèque, vous déviez de vos itinéraires, vous vous baladez en finissant par lire des chapitres entiers tirés d'étagères qui ploient, et parfois lors d'après-midi particulièrement dorées de soleil, tout un recueil de contes de fées ou un court roman que vous aviez l'intention de lire depuis toujours. Les sombres recoins de la Bibliothèque vous attirent, de vieux livres de cuisine, ou d'étranges manuels d'instruction pour les femmes d'intérieur de l'ère victorienne qui accompagnaient leur mari aux colonies. Gabriel vous attire, à son bureau, vous le distrayez de son propre travail langoureux.

Vous n'avez rien en commun, sinon le temps que vous passez ensemble. Il y a d'énormes vides dans sa vie dont vous ignorez tout, il passe son temps à esquiver vos questions et détourne l'attention sur vous. Il se sert de vos propres trucs, vous les reconnaissez fort bien. Sa curiosité est sans fin mais il n'ira pas jusqu'à satisfaire la vôtre.

Qu'est-ce que c'est que cette histoire de corrida, demandez-vous après un film d'Almodóvar, vous prenez ses deux mains, les scrutez une fois de plus à la recherche des secrets de sa vie.

Venez avec moi en Espagne, viens assister à une corrida.

J'adorerais, mais comment faire ?

Un haussement d'épaules désemparé. Tous deux, n'osant pas parler de ce qui vous attache, le tiraillement insistant comme un courant, déterminé, inexorable, rapide. Quand il se penche vers vous il y a une sensation trépidante, la proximité de vos peaux, de son énergie, sa différence. Les nourritures différentes qu'il mange, le soleil différent sous lequel il a grandi, le ciel différent, tout cela est marqué sur sa peau. C'est le même genre d'exaltation que vous ressentez en arrivant dans un pays pour la première fois, lorsque vous posez le pied sur le sol après l'aéroport, quand toute l'étrangeté vous agresse les sens, car Gabriel vous paraît si rafraîchissant, fascinant, unique, nouveau territoire à explorer ; si vous osez poser vos doigts sur ses hanches quand il est devant vous, si vous osez commencer.

Leçon 53

Toute femme digne de ce nom,
et qui comprend pleinement sa mission,
désire être un objet agréable
à la vue de ses congénères

Cole est au courant pour lui.

Il a insisté pour rencontrer vos amis de la Bibliothèque lors d'un apéritif après le travail, il voulait en être. Un peu comme s'il voulait garder un œil sur votre nouvelle vie ; c'est le prix de son cadeau, peut-être. Vous avez dû dire oui.

L'acteur, là, il n'est pas net, a-t-il dit lorsque vous vous êtes assis côte à côte dans le métro pour rentrer chez vous.

Pourquoi ?

Il est amoureux de toi, a-t-il dit.

Qu'est-ce qui te fait dire ça ? La sueur tremblotait sur votre front, comme lorsque vous avez mangé trop de chocolat.

Je ne sais pas, un regard peut-être.

Et Cole de s'en retourner à son *Standard.* En sécurité dans son fief, sachant implicitement quel genre d'homme vous aimez et quel genre vous n'aimez pas. Il présume toujours qu'il vous connaît si bien : commande vos boissons sans plus vous consulter, insiste pour que vous goûtiez tel plat étant sûr que vous l'aimerez, enregistre des émissions de télé dont il estime que vous devez les regarder. Et toujours il considère ces gestes comme des preuves de gentillesse.

Gabriel ne présume jamais, il veut apprendre.

Désormais, deux rougeurs à vos joues, souvent.

Vos ongles sont vernis pour la première fois depuis des années et comme vous ne cessez de l'oublier, vous captez du coin de l'œil la pieuvre de vos doigts, comme s'ils ployaient sous le poids d'une vie propre. Vous écrivez plus proprement avec eux, vous mangez aussi plus proprement, et moins. Vous perdez du poids, vous avez une raison maintenant, vous avez fait couper vos cheveux plus courts car vous voulez que les gens voient le nouvel éclat qui illumine votre visage. Vous vous procurez des lentilles de contact. Avec elles, vous vous sentez plus grande, plus audacieuse. Vous étiez devenue paresseuse par bien des côtés, vous aviez laissé tomber. Vous vous sentez toute radieuse, vous brillez d'un nouvel éclat.

Votre livre élisabéthain est empreint d'une nouvelle ardeur quand vous lisez ces pages :

Elle mit courageusement ses plus beaux atours afin d'attirer l'approbation de tous les hommes qui la verraient. Qui peut ignorer à quel point cette fourberie qui est la sienne prospéra et à quel point elle s'en trouva embellie et louée par là même.

Vous refermez le volume en tremblant, vous apaisez votre main en lissant sa surface. Vous nichez le petit livre au fond de votre tiroir, car soudain vous ne voulez plus que Cole le voit traîner partout, qu'il feuillette ses pages couleur cacao et la subversion de sa belle écriture.

Vous apprêtez votre existence, mais à quoi ? Vous ignorez jusqu'où iront les manœuvres de séduction et les coups de téléphone. Gabriel ressent-il la même chose que vous ? Vous n'osez pas trop réfléchir à cela, car vous ne voulez pas que ce soit dissipé par une trop forte attention de votre part, ne voulez pas que cela sorte de votre vie.

Leçon 54

Dans certains cas, il est nécessaire de changer de bas et de flanelles tous les jours

Hé, murmurez-vous en passant la tête par-dessus la séparation du bureau de bois, lors d'un long après-midi à la Bibliothèque. Je meurs de faim.

File, je dois travailler.

Allez, viens.

Il vous jette son stylo, plusieurs têtes se lèvent, quelqu'un fait un bruit désapprobateur. Au café, dites-vous en prenant son bras à deux mains et en tirant fort.

Où en es-tu ?

À la grande scène. Le combat de taureau. Je dois y retourner.

Est-ce que le matador meurt ?

Presque plus, maintenant.

Mais je croyais…

Non, non, le sport a changé, il n'y a plus la même tension qu'avant. Le taureau n'est plus brave, le matador encore moins. Toute la beauté de la chose est perdue.

La beauté de la chose, une décharge érotique venant de cela.

Alors, comment le taureau *devrait*-il mourir, demandez-vous.

Comme ça, puis Gabriel se penche par-dessus la table du café et frôle votre nuque, trouve le point vulnérable et chuchote C'est là que l'épée pénètre, tu sens, juste là, ce doit être fait proprement, ça doit trancher l'épine dorsale, il vous parle de la splendeur du coup parfait, quand il parle, la chair de poule parcourt votre peau comme un éclair. Vous vous reculez dans votre chaise. Frottez votre nuque. Vous tremblez pour lui, gardez les genoux serrés. Votre visage a encore une certaine innocence, à trente-six ans, vous passez pour en avoir vingt-six, comme si vous aviez encore à apprendre, avec votre cardigan coupé, vos ballerines, votre jupe qui tombe aux genoux. Les muscles de vos cuisses se tendent souvent désormais, lors des déjeuners du dimanche avec les clients de Cole, des dîners ou des apéritifs avec la belle-famille ; un désir vous affole, douloureux, le désir que Gabriel vous touche le con. *Con.* Vous avez toujours détesté ce mot, pourtant d'un seul coup il vous excite ; vous souriez, secrètement, salement, en le répétant dans votre tête.

Pourtant vous ne parvenez pas à imaginer que les choses en arriveront là car la seule fois où vous l'avez embrassé (un bécot sur la joue, qui s'est attardé, un au revoir qui a duré trop longtemps après une après-midi pleine d'élan) il a tressailli comme un mustang que l'on dompte. À chaque fois que vos peaux entrent en contact, il se rétracte, vous le sentez : le recul.

Leçon 55

À la fin de chaque année, vous ne manquerez point de vérifier que votre jardinière est nettoyée et bien rangée

L'obscurité se fait avide, maintenant, elle empiète sur les après-midi. L'année s'avance au galop vers Noël. Cole est souvent sorti, il se constitue un réseau lors des occasions festives : apéritifs dînatoires dans des salons du quartier de Belgravia ou dans des ateliers à Saint-James ou dans des clubs privés de Soho. Pour la première fois depuis que vous le connaissez il ne vous demande plus de l'accompagner. Il admet que, désormais, il ne parvient plus aussi facilement qu'avant à vous faire faire des choses.

Gabriel est en Espagne, dans sa famille, il n'est pas sûr de savoir quand il reviendra. Il se pourrait qu'il aille à Prague ensuite, puis de nouveau en Grèce, pour voir un ami. Vous ne vous sentez pas abandonnée car vous avez la certitude qu'il reviendra ; la situation reprendra exactement là où elle a été laissée. L'existence de Gabriel a un certain charme parce qu'il ne donne jamais dans le quotidien. Le fait qu'il se contente d'un petit nombre de possessions est plein de charme, de même son absence d'épanouissement dans le travail, son papillonnage permanent d'un endroit à l'autre ; tout cela est effronté, désinvolte, audacieux, léger.

Vous vous dites que ce n'est pas un crime de prendre une tasse de thé, de visiter une galerie, d'avoir le cœur qui tressaille. Vous vous dites que votre mari mérite votre infidélité, parce qu'elle vous maintient avec lui, elle conserve votre mariage en l'état, et c'est ce que vous voulez tous les deux.

Cela n'ira pas plus loin. Vous ne voulez pas que la culpabilité devienne une infection.

Mais tout au long des longues nuits de décembre vous vous demandez pourquoi certaines personnes se sentent obligées de laisser le chaos envahir leur existence. Pour attirer l'attention ? La sympathie ? L'amour, pour l'affirmer ? Est-ce que vous faites tout cela pour Cole, peut-être ; pour qu'il vous remarque à nouveau, pour qu'il soit attentif, comme il l'était à une époque ?

Noël est enduré. Promptement expédié.

Je déteste ce qui arrive entre nous, dit soudain Cole au matin du Nouvel An, un matin fort tranquille.

Moi aussi.

Rien n'est ajouté, rien n'a besoin d'être dit, il y a la reconnaissance inexprimée que vous voudriez tous les deux revenir en arrière, à l'ancienne méthode. La nuit, curieusement, est un baume au cœur, même si rien n'a encore été arrangé. Vous êtes tous les deux au lit vers dix heures. Cole vous enveloppe de sa chaleur et vous ne le repoussez pas. Vous ne pourriez expliquer pourquoi votre mariage fonctionne maintenant, mais il le fait, suffisamment. Suffisamment pour ne pas avoir à recommencer votre vie ailleurs, pour retourner à cette corvée qu'était l'université, pour reconsidérer le plan bébé. Vous avez cessé d'interroger Cole à tout bout de champ sur Théo, pour savoir ce qui s'est vraiment passé, car vous avez appris que le fait de pénétrer le secret de vos psychés serait plus destructeur pour votre mariage qu'un simple coup d'éponge sur tout ça. Alors vous laissez aller. Pour reprendre votre vie. Pour négocier une route qui ramène à la paix, si vous le pouvez.

Janvier. Cole a un contrat à Athènes. C'est pour une vieille connaissance qui est dans le transport maritime, un milliardaire qui collectionne les nus pré raphaélites. Cette fois, il a quelque chose de différent, le portrait jusqu'à la taille d'une exquise Vénus médiévale, il ne veut pas qu'elle s'éloigne de sa vue. Cole vous a montré les photos, il a fait le rapport d'analyse, la peinture se boursoufle et s'écaille. Il y a plusieurs zones endommagées, des coins de toile complètement dépourvus de peinture, Cole va devoir prendre sa palette, ses pinceaux et créer quelque chose qui corresponde, sans solution de continuité. Il est impatient de poser ses mains sur elle. Elle a une peau pâle d'un ton froid, comme sculptée dans le marbre. Elle a des petits boutons en guise de tétons, des espèces de Smarties couleur peau, sans aréole bien sûr. Un serpent s'enroule autour de son cou allongé, dont les écailles sont aussi douces et luxueuses que du velours noir.

Cole est parti trois semaines, durant lesquelles votre moi intérieur se révèle, s'épanouit. Vous en arrivez à souhaiter que durant toutes ces années à le connaître vous lui ayez montré plus souvent qui vous étiez exactement. Or, vous ne le révélez que lorsqu'il n'est pas à la maison.

Ceci.

La musique, forte, *votre* musique, toutes les chansons pop reléguées de votre jeunesse, les Wuthering Heights et Blondie, la BO de *Grease*, et Nina Simone, rauque, au mieux de sa forme, le genre de musique qu'il déteste, toute concentrée sur des cassettes de compilation, rangées sous le lit, comme la boîte de chocolats secrète d'un diététicien. Vous dansez, vous chantez faux et trop fort, ivre de votre solitude à vous. Vous redisposez les meubles, les tirant, les poussant avec des tremblements du sol raclé, comme cet espace pourrait être parfait si vous y étiez seule – dehors ! l'énorme téléviseur, dehors ! les bouteilles de scotch et les polars à deux sous. Vous ne dînez plus que de biscuits au chocolat, par paquets entiers, ou alors d'une tranche de pain grillé et d'un verre de vin rouge, la vaisselle se languit, les bougies se consument jusqu'au bout et quand la nuit se termine, vous vous étirez sur le divan, vous vous sentez jeune et vivante, comblée, satisfaite. Car seule, vous retrouvez un éclat, une clarté, vous trouvez votre moi comme distillé.

Vous ressentez une liberté enivrante lorsque Cole n'est pas avec vous, pourtant vous ne voulez pas qu'il disparaisse. Vous repensez aux deux genres de solitude que vous avez connus récemment : celle, merveilleuse et étincelante, qui rafraîchit l'âme, et celle, désespérante, qui retire le souffle de votre existence même.

Leçon 56

Dans une chambre à coucher on ne doit rien laisser traîner d'impur une minute de plus que nécessaire

Une lettre, pesante sur le paillasson. Épaisse, en papier beige filigrané, italien, ses franges douces comme des plumes. D'une sensualité telle que vous songez à l'embrasser. Les mots tapés à la machine, leur frappe, aussi soigneuse que du braille.

Je veux ôter tes vêtements dans la pénombre, je veux te dénuder. Je veux te toucher, centimètre après centimètre.

Le bout de vos doigts parcourt les mots avec la dextérité d'un lézard. Vous tremblez, recouvrez la lettre de votre main, devez composer avec son étrangeté.

C'est comme si tu m'aidais à vivre.

Pas de nom, pas d'adresse d'expéditeur. Votre cœur en chute libre, séduit par le texte. Vous restez près de la fenêtre du séjour, une main tenant la lettre contre votre poitrine, l'autre ouverte telle une araignée sur le carreau froid, votre souffle givre le verre, vous avez chaud aux joues. C'est comme si vous pénétriez, avec hésitation, sur un étrange nouveau chemin et, prestement, les arbres se referment sur vous, le ciel a disparu, et la lumière, vous êtes perdue, et au beau milieu de tout cela, dans une clairière, vous serez attirée, noyée, dans un lit de soie.

Rejoins-moi. Repartons de zéro.

Le téléphone. Cole. Pète le feu. Vous savez ce qu'il va dire : il sera en retard de deux ou trois jours, il est toujours penché sur la peinture, ne parvient pas à s'en extirper. Il a toujours aimé vous parler des menus détails de son travail, vous écoutez si bien.

Pendant qu'il vous parle, vous regardez votre montre, puis la lettre, désirez qu'il raccroche. Il a des soucis avec les lèvres de sa Vénus, un quelconque imbécile, à un moment donné, a fait une tentative maladroite pour les retoucher, il n'est pas évident de les rattraper.

Ne les change pas trop. Pas de Botox, mon pote.

Ouais, ouais, puis il rigole.

L'objectif de son travail, c'est d'en faire un minimum, de réparer le moins possible, vu qu'il trafique là avec une œuvre d'art originale. Parfois, quand même, vous dit Cole, il aimerait qu'on le laisse agir à sa guise.

J'ai envie de lui couvrir les tétons, dit-il, elle a l'air d'avoir si froid. Il lui faut des vêtements, cette pauvre petite.

Peut-être qu'elle est positivement ravie, chéri. Peut-être qu'il y a un homme sous sa jupe.

Oy, fait Cole en riant. Du calme. Qu'est-ce qui te prend ?

Rien, rien, et vous raccrochez, tout en souriant face à l'ironie de ce mari si absorbé dans sa tâche qu'il n'a pas l'air d'avoir remarqué les changements sur le visage de sa femme au cours des derniers mois.

Leçon 57

Soyez généreuses et prêtez

Comment ils ont séduit :

De lents doigts inquisiteurs sur votre peau, dans un appartement à Édimbourg, puis vous avez ôté votre pyjama, submergée par quelque chose qui vous a transpercée sans que vous puissiez l'endiguer.

De la marijuana, une fois, mais vous vous êtes endormie.

L'alcool. Le champagne a toujours été des plus efficaces.

Du porno. Une vidéo pour vous amadouer, vous étiez intriguée au début mais la monotonie vous a rapidement dégoûtée, après ce fut la partie de jambes en l'air la plus froide et la moins imaginative de toute votre vie.

L'ardeur dans un baiser.

Une chambre d'hôtel onéreuse qui vous a fait culpabiliser.

Une chanson qui vous excite à chaque fois que vous l'entendez, un vers surtout : *elle ne jouit que lorsqu'elle est au-dessus : foooolle.*

Les compilations sur cassette ; et ô combien d'hommes vous en ont offertes ! Qu'est-ce donc qui leur fait croire qu'ils en savent plus que vous ? Vous ne leur avez jamais imposé vos goûts.

Des lettres. Les lettres ont toujours fonctionné.

Mais *vous*, comment séduiriez-vous ? Comment vous y prendriez-vous pour ne pas faire fuir un homme ?

Ils ont, souvent, l'air si volage, difficile, contrariant, facilement effarouché. Vous n'êtes pas convaincue que ce soit toujours l'homme qui pourchasse car dans la plupart de vos expériences et celles de vos amies, c'est la jeune femme qui prend le taureau par les cornes, qui invite à sortir, qui va dénicher. Chercher, ne pas trouver.

Leçon 58

On ne doit jamais, au grand jamais, garder quoi que ce soit sous un lit

Il n'y a plus que vous et Martha dans le pub, car les hommes de la Bibliothèque ont tous regagné leur famille, et après un temps mort incongru Martha vous demande si vous avez baisé récemment, ce qui vous fait rire et vous répondez non, pas depuis des siècles, vous avez même oublié comment on fait, ça remonte à si loin. Martha vous raconte qu'elle dort sur le canapé depuis six ans parce que son mari a la chambre, c'est très anglais, tout ça, vous dit-elle. Nous sommes de fervents catholiques, nous ne nous séparerons pas. Vous riez d'un rire profond qui vient du ventre, vous aimez soudain beaucoup cette femme. Comme l'honnêteté est séduisante. Vous la questionnez, mine de rien, sur Gabriel, que sait-elle sur lui, vous n'arrivez pas à le cerner. Elle vous lance un regard perçant. Ah! Gabriel, dit-elle, Gabriel, puis elle vous dit qu'elle a une théorie sur lui et se penche vers vous.

Je crois qu'il n'a pas eu beaucoup d'expériences avec les femmes. Il n'a dû avoir qu'une ou deux petites amies dans sa vie. Je pense qu'il a besoin d'aide.

Quoi?

C'est assez excitant, tu ne trouves pas?

Mon Dieu, je ne sais pas, puis vous appuyez vos tempes

sur vos phalanges, vous pensez à la lettre, aux costumes, au genre d'homme qui ne laisse pas une femme conduire tant qu'il est dans la voiture, peut-être.

Il est si… étrange, dit Martha. D'accord, dans le genre superbe, mais tu vois. Il a quelque chose d'un ermite, tu ne trouves pas, cette façon de disparaître plusieurs mois de suite et puis de resurgir d'un coup. Dieu seul sait ce qu'il fait vraiment et comment il gagne sa vie. Il n'est pas très ouvert, avec aucun d'entre nous. C'est quand même un peu bizarre.

Vous frottez la ligne au milieu de votre front, essayant de la faire disparaître à force de la pétrir, Martha rit en disant que, bien sûr, tout cela est pure hypothèse, il circule même une vague rumeur selon laquelle une petite amie lui aurait jadis brisé le cœur et depuis, pas l'ombre d'une.

Vous ne savez rien de lui. Vous n'êtes jamais allée chez lui. Il y a tant de choses que vous n'avez jamais demandées. Délibérément, parce que vous ne voulez rien savoir d'une petite amie qui traîne en coulisse, ni d'une épouse. C'est mieux si vous l'ignorez, afin que la magie ne soit pas réduite à néant ; pour ça, vous n'êtes pas prête.

Cependant, vous ressentez maintenant une certaine fatigue, à vivre au cœur de la toile que vous avez tissée étroitement à l'aide de vos propres élucubrations. Depuis qu'un homme, un vrai, s'y est pris les pieds et a commencé à en tirailler les fils de soie.

Leçon 59

D'aucuns aiment à se servir d'oreillers rembourrés de graines de houblon mais la meilleure préparation au sommeil, c'est de travailler dur, honnêtement et d'avoir bonne conscience

Un matin vous revenez d'une course tardive au Tesco et les sacs et le manteau de Cole encombrent le vestibule. Il est de retour d'Athènes, un jour plus tôt que prévu, sans avoir averti. Une autre lettre est arrivée mais il n'a pas eu l'occasion de trier le courrier, vous enfoncez l'enveloppe au fond d'une de vos poches, écoutant le récit de son voyage sans l'écouter vraiment.

La salle de bains, dès que possible. Vous vous asseyez sur le siège des toilettes, déchirez le rabat.

Certains jours, loin de toi, je souffre tant mon désir est fort. En d'autres, tu me recouvres telle une grande vague de chaleur. Je me surprends à sourire dans le vide. Je rêve que nous nous en sortons.

Le tiraillement extrême pendant que vous lisez, comme une main à l'intérieur même de votre estomac. Les mots, si proches, que vous pourriez presque les saisir. Vous posez la lettre sur votre ventre, votre peau touche le papier froid et lisse. Vous vous levez, vous êtes restée trop longtemps, vous déposez distraitement un baiser sur le sommet du crâne de Cole en train de défaire ses bagages et cela vous replonge à une époque où l'amour irradiait, l'espace d'un moment, et puis cela se dissipe. Vous vous asseyez à la table de la cuisine, le journal du jour devant vous, non lu, le front posé dans vos mains.

Peut-être Gabriel est-il comme Ruskin[1] qui, c'est la rumeur, idolâtrait tant les femmes qu'il fut incapable de consommer son mariage en découvrant avec horreur que son épouse avait des poils pubiens. Peut-être est-il heureusement marié, avec quelqu'un en Espagne, et sept enfants ; peut-être que Martha a tout inventé pour vous envoyer sur une fausse piste. Peut-être a-t-il une relation illégitime, est-il homosexuel, paralysé par la peur, qu'il ne supporte pas qu'on le perçoive pour ce qu'il est. Peut-être est-il un de ces hommes irrémédiablement paumés – vous en connaissez plusieurs, des frères ou des oncles d'amis, des gens perdus qui n'ont jamais trouvé de terrain assez ferme dans leur vie, qui sont terrassés par le défi que représente l'existence dans ce monde et qui s'en retirent pour devenir solitaires ou ivrognes. Et qui font vivre un enfer à leurs parents et à ceux qui les aiment.

C'est alors que l'idée vous frappe.

Et s'il n'avait jamais connu de femme.

Et s'il ne savait pas s'y prendre. *Un vierge*, peut-être, et tout s'éclaire. La timidité. Le recul quand vous le touchez. Le bout des oreilles qui rougit quand vous lui faites la bise. N'est-ce pas plausible ? Vous avez un ancien collègue qui est vierge à trente-deux ans et vous n'avez pas de

1. John Ruskin : auteur anglais (1819-1900), grand défenseur de la peinture de son temps, il épousa la très belle Euphemia Chalmers Gray qui divorça six ans plus tard ; il ne se remaria jamais. (NdT)

certitude en ce qui concerne votre cousin Rupert. Lequel, tout comme Gabriel, est un homme grand et viril, d'apparence très masculine qui, tout comme Gabriel, ne semble jamais avoir d'attache.

Gabriel en serait-il diminué pour autant, à vos yeux, si c'était le cas ?

Non. C'est étrangement attachant. Et passionnant.

Une idée, belle dans sa simplicité. Initier Gabriel, lui enseigner exactement ce que vous désirez. Créer un homme de plaisir, rien d'autre que cela, l'amant dont rêve toute femme. Vous serez aux commandes, pour la toute première fois, vous pourrez dicter exactement ce que vous voulez. Et il n'y aura aucune présomption de ce que vous êtes censée faire.

Cette nuit-là Cole se glisse dans votre lit et se love contre votre dos, son corps en forme de point d'interrogation.

Une idée belle dans sa simplicité. Et impossible.

Car vous ne faites pas ce genre de choses. Cela se voit à la sérénité de vos vêtements, à votre visage sain, au fait que vous rougissez d'un coup. Cela se voit à l'horreur que vous ressentez en apprenant une relation illégitime, à votre réponse toute faite : moi, jamais je ne pourrais faire ça à une autre femme.

Ni à Cole. Vous ne le croyez pas.

Leçon 60

Certaines personnes sont terrifiées par les courants d'air, au point qu'elles préfèrent s'empoisonner lentement plutôt que de sentir le souffle de l'air frais. Cela est excessivement déraisonnable et conduit à de nombreuses affections

On livre un colis. Très joliment empaqueté.

Un vibromasseur.

Vous déglutissez. Il n'y a pas de mot. C'est obscène, fascinant, ridicule, vous n'en aviez jamais vu d'aussi près. Pendant un moment vous ne le touchez pas puis vous le regardez sous toutes les coutures, vous vous reculez au fond du lit, vous l'allumez. Vous pouvez le *contrôler*, le faire aller où vous voulez, aussi longtemps que vous voulez, ou aussi vite.

Il est assez petit pour tenir dans votre sac à main et vos doigts le frôlent souvent, en imaginant des voyages exotiques et des douaniers qui fouillent vos bagages, vous devez l'expliquer, en bégayant. Vous n'avez jamais été fouillée, vous avez toujours eu l'air trop innocent, trop respectable pour cela.

Il n'y a aucun mot dans le colis mais votre adresse figure

sur une étiquette, dactylographiée. Vous caressez les lettres du bout des doigts, leur lourde empreinte.

Anonyme, bien sûr. Depuis quand est-il revenu ? Était-il seulement parti ? Est-ce un autre jeu ? Vous téléphonez, laissez des messages sur son répondeur, il ne vous rappelle pas.

Une autre lettre.

Je veux être la main sur ta nuque qui te pousse en avant.

Tremblante, mouillée, le dos effondré contre le mur. Prise au collet.

Leçon 61

Il est plus facile de mal faire que de bien agir

Une autre lettre, jusqu'à ce qu'il y en ait quatre. Toutes dactylographiées, toutes courtes, leurs mots gravés en vous comme à l'acide.

Te tenir seulement, j'en meurs d'envie, poser mes lèvres dans la vallée de ta nuque et glisser le long de ton corps. Je n'aime pas être loin de toi, ne pas entendre ta voix, ne pas t'avoir près de moi.

Le téléphone sonne, cinq minutes après que vous avez ouvert la dernière lettre.

Héééé. Il étire le mot, il est toujours un peu joueur dans ses salutations, comme si le fait d'entendre votre voix était une adorable surprise.

Hé, le revenant, répondez-vous.

Je suis de retour, dit-il en chantonnant gaîment.

Depuis quand ?

À l'instant. Quand pouvons-nous nous voir ? Tu es libre ?

Oui, oui, attends, donne-moi une heure, non deux.

Cela commence à vous faire le même effet que l'infidélité, pendant que vous vous préparez, hésitante et distraite, la douche est trop forte, trop chaude, vous forcez votre corps à rester immobile sous le lent suintement chaud du vin rouge, puis vous fermez les yeux en écoutant de la musique, le CD de Jeff Buckley que Cole ne supporte pas, *elle t'a attaché à la chaise de la cuisine, elle a brisé ton trône et coupé tes cheveux et de tes lèvres elle a extirpé l'alléluia*, vous souriez, mouillée de plus en plus, empressée.

Vous sortez, la tête haute, vivante, avide, l'air averti. Les possibles s'ouvrent devant vous, aussi vastes qu'un lac, où vous désirez plonger, plonger profondément.

Sans culotte.

Leçon 62

Plonger dans l'eau froide : rien n'est plus revigorant et délicieux pour une fille robuste

Il est déjà assis et vous ressentez un frisson loin au fond de vous, vous éprouvez une tendresse douloureuse en le voyant assis dans le café, depuis l'autre côté de la rue. Il lève les yeux, un sourire éclot sur son visage ; votre cœur est comblé.

Vous traversez en courant vers le café crasseux avec ses toasts aux haricots et son thé trop infusé jamais assez chaud, vers l'endroit où tout a commencé huit mois plus tôt quand une voiture vous a éclaboussés. Les lettres sont dans votre sac à main et vous êtes plus audacieuse maintenant, plus sûre, toute cette incertitude et cette tension, les jeux, les petits tourments, l'attente, tout cela vous rend vraiment malade. Vous avez besoin que cela soit dit, vos joues sont rouges et vous lui demandez directement : pourquoi continuons-nous ainsi, nous pourrions, tu sais, prendre une chambre à l'hôtel, ou aller chez toi, je ne sais pas, et vous arrêtez là, vous souriez, confiante dans sa réponse.

Son visage.

Pardon, demande-t-il.

Son désarroi.

Hum, vous vous entendez rire, faux, trop fort, d'accord, désolée, votre visage picote sous l'embarras. Mais les lettres, commencez-vous à dire et puis vous arrêtez et vous lâchez : ça ne fait rien. Vous vous excusez, vous devez y aller, vous devez sortir. Vous attrapez votre sac, il est pris dans le pied de la chaise, vous trébuchez en sortant puis vous descendez la rue, vous cognant à des épaules, évitant des poteaux de justesse et… attends… attends… entendez-vous derrière vous, mais ne vous retournez pas, enfin voici la bouche de métro où disparaître, sombrer.

Qu'avez-vous fait, qu'avez-vous fait ?

La tête entre vos mains dans le métro qui fonce droit chez vous, massez vos tempes de vos phalanges pliées, essayez d'en exprimer tout ça.

Idiote, *idiote.*

De penser que vous le connaissiez.

Leçon 63

Ne gardez jamais de bottes ou de vêtements humides

Il y a de la lumière sous votre porte d'entrée. Vous recomposez votre visage. Cole a préparé le dîner, c'est la pagaille, l'eau qui devait faire cuire les légumes s'est entièrement évaporée et l'appartement est saturé de l'odeur âpre d'un fond de casserole carbonisé. Au moins a-t-il essayé.

Un sourire crispé.

Tu ne m'aurais pas écrit des lettres, des fois, lâchez-vous, tendue.

Des lettres, non. Pourquoi aurais-je fait ça ? Quelles lettres ?

Oh rien, rien. J'ai reçu quelques lettres. Un peu bizarres. C'est sans doute le gosse qui habite un peu plus loin, dans la rue.

Qu'est-ce qui se passe ? Quelqu'un te harcèle ? Est-ce qu'on doit avertir la police ?

Oh là là, non, laisse tomber. C'est tout bête, inoffensif. Qu'est-ce qu'il y a, à manger ?

On pourrait remplir la boîte de Pandore avec les questions qui volettent dans la tête de Cole, cela se voit sur son visage. Vous vous excusez, ne pouvez rien avaler, vous sentez malade. Votre bévue avec Gabriel est irréparable, il est sorti de votre vie.

Idiote, *idiote.*

Tu n'aurais pas quelque chose à me dire ? La voix de Cole vient de derrière la porte fermée de la salle de bains.

Non, non, laisse tomber.

Fais-moi voir ces lettres. C'est qui, ce gosse ? Il y a de l'inquiétude dans sa voix, il ne lâchera pas le morceau.

Je lui ai prêté de l'argent pour prendre le bus et depuis il me court après. Ce n'est rien, vraiment, je peux m'en charger. Vous réussissez à rire. Ça va aller. D'accord ? Vos doigts entortillent vos cheveux jusqu'à vous faire mal.

D'accord, d'accord. Un temps. Tu veux du thé ?

Vous flanchez, vous fermez les yeux, vous souriez, lèvres serrées.

Oui. Oui, merci ; votre voix tout étouffée. Puis sous la porte, par l'interstice, apparaît une fine barre de chocolat Lindt. Vous parvenez à peine à formuler un merci. Car en de tels moments, le plaisir de votre mariage est soudain de retour, magnifique.

Vous succombez.

Leçon 64

Balayer et faire la poussière

Pas longtemps.

Le lendemain il n'y a aucun appel de Gabriel, ni le surlendemain. Tout au long de la fin de l'hiver et du début du printemps, il n'y a aucun contact, seulement un répondeur automatique pour recevoir vos messages soigneusement répétés, appels qu'il ne retourne jamais. Le vent de l'énervement souffle au long de toutes vos nuits, éloignant le sommeil jusqu'à ce que vous tombiez, finalement, à l'aube, dans des rêves intermittents en technicolor. Dans lesquels il est impliqué plus souvent qu'à son tour. Il s'est frayé un chemin jusque dans les moindres recoins de votre vie, il est le fin résidu laissé par le passage du plâtrier, la poussière sous le lit, une pellicule blanche sur le rideau de douche qui revient encore et encore, peu importe la fureur avec laquelle vous l'essuyez. Vous voulez qu'il vous surprenne, sachant au fond de votre cœur qu'il ne le fera pas.

Entendre sa voix seulement, pour que votre force revienne.

Vous n'auriez jamais cru avoir de telles facultés d'annihilation, jamais rêvé que vous pourriez être réduite à quelque chose de semblable. Les jours s'étirent en longueur, et le silence dans l'appartement, et vos ongles rongés jusqu'aux cuticules et lorsque vous mâchouillez l'intérieur de vos lèvres, vous allez jusqu'au sang. Vous rejouez son trouble dans votre tête, ce qui vous pousse à vous exclamer à haute voix sous le coup de l'horreur. Comme la fois où votre patron à la faculté, il y a des années, vous a dit que sa femme avait eu un bébé et Comme c'est triste aviez-vous répliqué, Dieu sait pourquoi, comme c'est triste, et vos termes étranges et stupides n'ont cessé de vous hanter depuis.

Pourquoi n'appelle-t-il pas, pour apaiser votre esprit ? N'a-t-il donc jamais eu envie de vous baiser ? Voulait-il seulement de l'amitié, arrive-t-il *jamais* que les amis masculins hétérosexuels veuillent cela ? Était-il paralysé par la gêne ? S'est-il aperçu qu'il tombait amoureux de vous et que ça ne marcherait jamais ? Votre auteur élisabéthaine ne vous est d'aucune aide, elle ne fait qu'embraser d'autres questions, d'autres doutes :

Contemplez l'homme qui aima une femme si pitoyablement et si malhonnêtement qu'il n'eut de repos tant qu'il ne l'eût profanée ; il la força à coucher avec lui, puis pour parachever sa veulerie, lui voua une haine plus forte encore que l'amour qu'il lui avait porté.

Est-il plus simple de disparaître ?

Les questions, les questions et le vent qui souffle tout au long de vos nuits, racle les vitres et geint pour que vous le laissiez entrer. Vous tournez et vous retournez, comme si vous vomissiez du sommeil.

Leçon 65

Les poisons ont des conséquences nuisibles à la vie

Plus tard une autre lettre, plus belle, plus ardente que tout le reste.

… *Tu m'aides à vivre. Tu transpires par tous les pores de mes journées, c'est merveilleux, une torture, et tout à la fois transcendant.*

Vous frottez, frottez la ligne au milieu de votre front. Pourquoi ne se contente-t-il pas de téléphoner, pourquoi est-il si obscur, choisit-il toujours de battre en retraite ? L'incertitude vous brûle, seule vous ne parvenez pas à vous y sentir assez forte, vous échapperez au gâchis qu'est votre vie s'il le faut et vous serez seule, rendue folle, s'il faut en passer par là.

Il n'y a personne à qui en parler, demander conseil. Vous souhaitez l'opinion directe de Théo, il vous manque tellement, le petit pop que produit sa cigarette quand elle l'ôte de sa bouche et que s'amorce la conversation, eh bien, *voici* ce que tu dois faire, ma fille. Combien de fois vous a-t-elle dit cela par le passé ? Au début de votre relation avec Cole, elle vous a dit qu'il n'était pas assez bien pour vous ; elle a dit, souviens-toi de la chanson de Madonna, ne craque pas pour du second choix, ma chérie. Mais plus tard elle a changé son fusil d'épaule en constatant au fil des ans combien il était prévenant envers vous; elle a cessé de douter quand vous lui avez dit que la propension à la tendresse de Cole parvenait toujours à vous dérouter et, en vous écoutant, elle était très immobile: elle n'avait rien à répondre à ça. Vous vous demandez, avec la curiosité d'une ex, où elle est maintenant et ce qu'elle fait, déboussolée, vous détestant, paumée.

Vous rampez sur les genoux dans la cuisine, la bouche gavée de chocolat, par plaques entières, et de biscuits aussi, de pleins paquets de sucreries, de glace, de beurre de cacahuète directement au pot, que vous lapez, que vous sucez au bout de vos doigts par grosses boulettes croquantes, vous cherchez à faire mal mal mal, oubliant pour un instant la puissante influence de la sveltesse. Incapable de penser, lire, faire les magasins, écrire, de bien vous concentrer sur quoi que ce soit tant Gabriel envahit vos pensées, vos actes. Toute l'efficacité et le contrôle de votre facette professionnelle sont fichus, vous dormez jusqu'à pas d'heure et vous restez étendue sur le canapé à regarder dans le vide, sur vos cuisses de moches revues à ragots, pas lues. Vous ne pouvez vous résoudre à appeler une seule de vos amies, pour un café ou un déjeuner, vous n'êtes pas prête à expliquer quoi que ce soit, ne pouvez pas. Vous n'avez pas envie qu'elles jugent vos cheveux sales ou vos boutons, qu'elles abondent dans votre sens ni qu'elles s'apitoient ni qu'elles s'en mêlent. Vous appelez Gabriel et raccrochez après la deuxième sonnerie, vous appelez Théo pour faire la même chose. Vous parvenez à peine à vous souvenir de la femme que vous étiez à une époque, la maître de conférences universitaire et raisonnable promptement réveillée chaque matin, à six heures cinquante-six.

Est-ce de l'amour, une idée fixe, un béguin? Vous l'ignorez. Vous repensez à un terme étrange et inquiétant que vous avez lu un jour quelque part, *limérence*, un terme de psychologie, qui désigne un amour de type obsessionnel, un état proche de celui que provoque la drogue. Le besoin, comme un loup, qui parcourt le périmètre de votre univers, aller-retour, aller-retour, sans jamais renoncer. Vous êtes dans un état de concentration intense sur votre proie, et vos doigts, souvent, se retrouvent entre vos jambes, caressent, titillent, remuent pendant que Cole dort. Vous êtes consternée par ces nouveaux appétits en vous, qui frappent du pied et tentent de se frayer un chemin hors de vous à coups de griffes.

Au fil des jours, vous trouvez un apaisement dans les pages de votre petit livre. La voix puissante et singulière de son auteur ne faiblit jamais, il y a tant de rigueur dans le texte et ses délicieuses bordures rouge et noir. A-t-elle jamais rampé au sol à cause d'un homme ? Vous ne parvenez pas à l'imaginer.

Peut-être n'a-t-elle jamais eu d'amant, peut-être que tout cela était dans sa tête.

Vous vous demandez soudain si elle pouvait n'être pas mariée, dans un couvent, peut-être ; le célibat, ô combien plus forte grâce à cela.

Peut-être s'épanouissait-elle dans son isolement, car il lui permettait précisément de travailler.

L'auteur méprisait-elle l'état marital ? Cherchait-elle à le changer de fond en comble ? Peut-être le livre est-il encore plus subversif que vous ne l'aviez cru. Vous la soupçonnez d'avoir écrit pour toutes les femmes sauf elle-même.

Non pas les femmes qui sont soumises aux hommes mais les hommes aux femmes.

Comment avait-elle été libérée ?

Leçon 66

Bonheur et vertu résident tous deux dans l'action

Mai. Le froid cesse d'être vif, il y a une légèreté dans l'air.

Les rayons de la Bibliothèque. Dehors la lumière est pleine d'entrain, mais lugubre à l'intérieur. Il y a longtemps que vous n'êtes pas venue ici. Chacun des étroits passages s'éclaire en tirant sur un cordon qui pendouille à chaque extrémité et vos pas résonnent sur les grilles de fer forgé en produisant le même bruit assourdissant qu'un geôlier. Un bibliothécaire en train de remettre des livres en place regarde en l'air depuis un niveau inférieur, ce qui vous rappelle, trop tard, que vous ne devriez pas venir ici en jupe, c'est une vieille légende de la Bibliothèque : les larges espacements entre les grilles permettent aux gens de voir par en dessous. Pour ressentir une décharge de courage érotique vous n'avez pas mis de culotte, mais soudain cela vous paraît déplacé, vous, ici, dans cet état ; essayant de travailler mais vous demandant si vous apercevrez Gabriel par hasard, essayant d'effacer une idée fixe à l'aide d'une autre, en un endroit si imprégné de l'un et de l'autre.

Il n'est pas ici. Vous souhaitez seulement parler, pour apaiser votre esprit. En vous éloignant sur la passerelle, certaines des grilles bougent légèrement sous le pied, ce qui produit un léger vertige, désagréable, et vous détestez ce besoin mal défini en vous qui ne sied pas à votre visage public.

Vous vous asseyez à un bureau. Vous agrippez à sa bordure. Respirez à fond. Vous devez vous concentrer sur votre propre livre, vous devez le mettre en œuvre : il faut une échine à votre vie.

Et puis cela vous frappe, avec la même beauté et la même obéissance qu'un collier emmêlé que vous tentez depuis longtemps de dénouer, une simple boucle de ses rangs de perles glisse à travers une autre et le nœud se défait comme par magie.

Vous allez répondre à votre mystérieuse auteur du XVIIe siècle.

Vous allez écrire un livre en secret, exactement comme elle. Pourquoi pas ? Toute écriture est revanche, n'est-ce pas. Oui, *oui.* Vous vous humectez les lèvres. Prenez votre carnet de notes. Puis en une après-midi perdue au sein de la profonde, profonde paix d'un travail solide et épuisant, vous produisez trois listes :

Les hommes avec qui vous avez couché, ce dont vous vous souvenez le plus.

Comment ils vous ont séduite.

Et sur quoi.

Leçon 67

Les lits de plume sont plus luxueux que les matelas mais on dit qu'ils sont moins bons pour la santé

Des lits, bien sûr :

Un futon taché, à même le sol. Le lit d'une sœur, qui sentait l'herbe. Un matelas dans un grenier perché comme une aire d'aigle. Une banquette dans une caravane, vaguement humide. L'austère lit d'appoint de chez vos beaux-parents, avec ses draps si glissants que vous en êtes tombée. Un délicieux et vaste lit d'hôtel à Honk Kong, plus large que long. Deux matelas individuels tenus ensemble par une fermeture Éclair, vous aviez l'impression qu'ils pouvaient s'écarter à tout moment, qu'ils vous avaleraient.

Et les non lits :

Le capot d'une voiture. Des tapis à poils longs qui vous râpaient la peau. Tout un pâturage de vaches intriguées. Une piscine à trois heures du matin, son eau qui vous portait sous un chapiteau d'étoiles. Il y avait une quiétude pendant que vous baisiez, vous vous en souvenez avec beaucoup de clarté, le doux clapotis de l'eau, son froufrou, pendant que vous vous agrippiez l'un à l'autre, sans parler, pas un mot, concentrés sur l'intensité du contact, la caresse de la peau.

Une voiture de location. Le sable. La table de la cuisine chez une tante vieille fille.

Tous les clichés. Ce qui est remarquable, c'est à quel point la plupart des techniques des hommes se ressemblaient, et cependant chacun est bien différent dans vos souvenirs, même si ce n'est pas le cas pour leurs noms. Votre souvenir des expériences désagréables est plus vivace que celui des agréables ; vous vous souvenez pourquoi ça ne marchait pas. Et de votre déception. Que ce n'était pas mieux que ce que vous aviez espéré, en commençant, quand vos vêtements étaient ôtés. Vous l'avez toujours dissimulé.

C'est une honte, cela.

Leçon 68

Avril est le mois de l'espoir pour jardiner

Vous retournez à la Bibliothèque encore et encore. Vous arpentez l'audacieux squelette de fer du magnifique bâtiment, qui est le *vôtre* autant que le sien. Ce n'est pas parce qu'il vient ici que vous ne le pouvez plus, et vous retirez vos chaussures, vous arquez la plante de vos pieds en collants qui pianotent sur le fer. Des rubans de tuyauterie fluorescente jettent des babioles lumineuses ici et là ; au-dessus et au-dessous de vous, des lecteurs sont assis ou penchés, chacun dans son petit cercle de lumière. De vieux bureaux de bois attendent à chaque extrémité d'allée comme les aires de repos sur une autoroute, l'odeur enivrante du papier et du cuir, des mots, patients. Vous commencez, enfin, à vous attaquer au livre. À poser des questions :

Pourquoi les femmes ont-elles autant de contraintes en ce qui concerne leur propre plaisir, pourquoi sont-elles si obnubilées par le plaisir des autres au détriment du leur ?

Qu'arrive-t-il si elles tentent de vivre de façon égoïste ?

Mais alors une flaque de lumière, en philologie, par une insolente journée de printemps.

Votre cœur sursaute.

Il est assis par terre, le dos à un mur, il lit en prenant

des notes sur un carnet posé à côté de lui. Vous n'approchez pas, vous regardez seulement : sa nuque, ses cheveux qui tombent devant ses yeux, sa main lovée autour de son stylo qui produit des cliquetis aussi agréables que ceux d'un rouge à lèvres, sa montre des années quarante avec son gros cadran tacheté par l'âge.

Quelque chose lui fait lever les yeux. Vos regards se croisent.

Son sourire, comme un parapluie soudain retourné par le vent.

Le vôtre, en retour.

Tous les deux pris au piège, vous le voyez bien. Sur son visage.

Leçon 69

N'oubliez jamais de dire vos prières

Un nouveau café. Il tient votre main par-dessus la table, il la tient en coupe comme une petite carapace de tortue, il ne la lâchera pas ; comme s'il rechignait à abandonner tout contact maintenant qu'il a été rétabli. Il y a une tasse de thé devant vous, froide, une écume laiteuse et tachetée s'est formée à sa surface.

Gabriel, es-tu vierge ? Directement.

Oui.

Comme ça, c'est tout. Vous n'attendiez pas l'aveu si vite. Dans son sourire, toute l'honnêteté du ciel du désert ; comme s'il n'avait jamais proféré cette affirmation à quiconque auparavant, c'est un soulagement, et quel soulagement, de l'avoir dit. Il dit oui, de nouveau oui, ses doigts caressent les vôtres distraitement, ils caressent vos phalanges, ils ne s'arrêteront pas. Puis il dit je crois que j'ai besoin d'aide, j'y pense nuit et jour et vous acquiescez, vous ne dites rien de vos propres nuits et de vos jours.

Comment cela se fait-il, demandez-vous doucement.

Il se redresse sur son siège, rit. Eh bien, dit-il lentement, il doit lutter pour entamer, va pour dire quelque chose, se ravise. Puis il commence. Il y avait une fille quand il avait quinze ans. Elle s'appelait Claire. Ils faisaient tous deux partie d'une comédie musicale. Il s'agissait d'une coproduction entre son école de garçons au nord de Londres et l'école religieuse du quartier. Il venait juste de déménager depuis l'Espagne.

C'était quoi, la comédie musicale?

Vous voulez vraiment le savoir? *Nos vertes années.*

Vous riez tous les deux.

Elle était américaine. Ses parents étaient espagnols mais elle, de Californie. Elle était différente des autres. Superbe. Chaleureuse. C'était comme, je ne sais pas, elle gardait tout le soleil sous sa peau, ou quelque chose comme ça. J'étais... conquis.

Vous opinez, vous souriez, vous pouvez deviner toute l'histoire: qu'ils sont tombés amoureux, avec folie, douceur, consomption. Qu'un enseignant les a découverts, dans un débarras, pendant une répétition. Qu'ils n'étaient pas allés bien loin mais qu'ils avaient ôté leurs vêtements, vous les imaginez tous deux: leurs mains, leurs visages, intimidés, tremblants, émerveillés, concentrés, effrayés. On les avait séparés. Les parents de Claire étaient très stricts; on la retira du spectacle, qu'elle ne vit jamais. Gabriel fut sommé de ne plus téléphoner, on lui interdit de la revoir, il lui envoya une lettre où il disait qu'il l'attendrait et ne regarderait personne d'autre mais il n'a jamais su si elle l'avait reçue. Elle changea d'école. Il ne put la retrouver, elle était perdue.

Ma famille dit que j'ai fait une idée fixe sur elle, dit-il. Je suppose que oui, je n'en sais rien. Pas un seul jour je n'ai cessé de penser à elle, à ce que j'avais perdu. C'est une idée fixe?

Oui, je crois que oui, dites-vous en souriant. Vous tournez votre main dans la sienne, afin que vos paumes se retrouvent l'une en face de l'autre, à plat.

Eh bien, ma mère dit que j'ai une personnalité plutôt dépendante. Il sourit tristement. Enfin bref, j'étais décidé à être acteur... peut-être que, quelque part, c'était une manière d'essayer de la retrouver, je ne sais pas; j'ai passé si longtemps à faire semblant et à imaginer, c'était tout dans ma tête. Enfin bref, un jour, j'avais vingt ans, je marchais dans Charing Cross Road, et la voilà, juste là, face à moi. Il est nerveux, il y a une petite toux dans sa voix, sa gorge qui s'éclaircit, cela vous rappelle les moments où quelque chose le désarçonne : quand il doit interroger un serveur au sujet d'une addition, peut-être, ou répliquer à l'hostilité d'un fou dans le métro. J'avais attendu si longtemps, reprend-il. Nous sommes allés à mon appartement. Vos mains se crispent autour des siennes. Gabriel est muet, il se passe la langue sur les lèvres, il vous regarde droit dans les yeux. Je lui ai dit qu'elle devrait être gentille, dit-il. Je ne savais pas quoi faire. Je n'avais jamais été avec une femme. Dans ma tête, j'avais toujours une liaison avec elle. J'avais attendu si longtemps.

Vous posez une main sur sa joue, vous retenez votre souffle.

Elle a ri. Elle a juste… ri.

La colère en lui, toujours, après toutes ces années.

Elle avait tellement changé. Il y avait une telle dureté en elle, elle était si… cynique, dessalée. Toute la douceur disparue. Et puis elle avait teint ses cheveux, elle avait trop de rouge à lèvres, et cet horrible maquillage épais sur le visage. Elle n'en avait pas besoin, pas le *moins* du monde. Je ne sais pas ce qui m'a pris. Je l'ai saisie par les épaules et je me suis mis à la secouer, à la secouer comme si je voulais extirper le rire de son corps. Je ne pouvais plus m'arrêter.

Vous serrez ses mains entre les vôtres comme une belle pierre lisse que vous auriez trouvée sur une plage.

Et puis, je ne sais plus, tout devient flou, je ne pouvais plus penser à rien, c'était comme si un virus d'incertitude me rongeait. Tout le monde me connaissait ; bon Dieu, des filles avaient des affiches de moi sur leurs murs ; tout en parlant, sa main se faufile hors des vôtres et ses doigts se mettent à triturer une serviette en papier, la déchirent, la réduisent en un amas plein de petits trous. Je ne pouvais pas dire que je n'avais jamais couché avec quiconque. Cela me paralysait. Je me disais que, le temps d'avoir vingt-deux ans, j'aurais été avec une femme, et puis j'en ai eu vingt-cinq, et puis trente, et puis mon Dieu, comment pouvais-je dire ça à qui que ce soit ? Après, bizarrement, au fil des années c'est devenu facile de dire non. De faire semblant. C'était comme de vivre derrière une vitrine, de regarder tout le monde, sans pouvoir toucher. Et il rit, doucement. Ensuite j'ai rencontré une femme, dans un café.

Votre souffle se coince dans votre gorge.

Je l'appréciais, beaucoup. Il parle très lentement ; vous parvenez à peine à l'entendre par-dessus les martèlements de votre cœur. Elle était mariée, ce qui voulait dire, d'une étrange manière, qu'elle était libre. Il n'y aurait pas de complications, pas de conséquences fâcheuses. J'y ai beaucoup pensé. C'était quelqu'un en qui je pouvais avoir confiance. De plus, elle était enseignante. C'est drôle, ça.

Votre bouche est desséchée.

Pourtant je ne peux pas lui demander de m'aider, c'est impossible. Je ne pourrais jamais lui demander ça. Elle me l'a demandé une fois, mais j'ai échoué, j'ai eu la frousse, je n'étais pas prêt. Et puis… je ne pouvais pas faire face. Je suis désolé.

Vous le regardez assis devant vous, pratiquement mis à nu, son visage si désemparé, son front tout plissé, et vous êtes émue, si émue par le courage de sa franchise. Vous pensez au contraste avec Cole, à la fermeté de sa mâchoire quand vous lui posiez encore la question au sujet de Théo, la tension dans ses mains quand il repoussait vos interrogations. Gabriel est en train de faire un bond énorme par ses paroles, vous êtes certaine que personne d'autre ne les a entendues. Il y a toujours eu chez lui une étrange absence, une pièce du puzzle dont vous ne disposiez pas, et aujourd'hui soudain, le voilà présent, d'une manière si attachante et transparente qu'une tendresse vous envahit telle une onde. Vous ne le jugerez pas, ne le condamnerez pas. En fait, vous le respectez ; pour n'avoir pas succombé à la pression et à l'affolement liés à la perte de la virginité, pour avoir su résister, n'avoir pas cédé. Cela est si vieux jeu, discipliné, si austère, noble et désuet. Plus personne ne fait cela.

Gabriel se recroqueville soudain et plonge la tête dans ses mains comme s'il refusait de croire à ses aveux. De sa vie il n'oubliera ce moment : marcher sur des œufs, il vous faut. Ne pas le blesser, ne pas l'effrayer, ne pas obscurcir la vitrine. Il est plus proche de vous que jamais, il est entièrement vulnérable, à nu, et vous savez que vous aussi, vous vous souviendrez toute votre vie de ce moment, comme de la lumière fluorescente trop vive du néon dans le couloir communal qui ne s'éteignait jamais, ce moment où Gabriel est assis devant vous, nu, où tous les non qui se sont engorgés en vous depuis si longtemps deviennent un énorme

oui.

Leçon 70

Plutôt vous attacher une meule autour du cou et vous jeter au fond d'un étang que de prendre de l'opium

Vous allez chez lui à pied. Sans oser parler; vous tenant par la main, vous, frissonnante, mouillée.

Chez lui tout est dépouillé et propre, comme chez un moine, ici et là quelques beaux objets ramenés de ses voyages, des livres de poche en petites piles, quelques cartes postales en noir et blanc sur les murs. Il n'envahit pas l'espace avec lourdeur.

Son lit est étonnamment grand. Vous éteignez. Où commencer, vous êtes le professeur, devant vous l'ardoise vide: Seigneur, la responsabilité de cela. Vous réfléchissez, pas de précipitation. Vous ne voulez pas qu'il éprouve un tant soit peu la douleur ou la déception que vous avez si souvent ressenties. Combien de femmes ont la chance de faire ceci, avec un homme, lui faire perdre sa virginité? Il faut que ce soit formidablement mémorable pour lui, quelque chose à déguster tout le reste de sa vie.

Vous lui dites que vous voulez qu'il vous lèche, lentement, l'intérieur du poignet, vous remontez votre manche comme une toxico qui se prépare à recevoir son premier fix. Gabriel vous regarde. Il se penche, hésitant. Le bout de sa langue glisse sur votre peau, décrivant une ligne pure, à peine esquissée. Vos yeux se ferment, vous laissez échapper un petit bruit de gorge, sa langue s'arrête. Vous ôtez sa veste, vous déboutonnez sa chemise, vous le découvrez, sa vulnérabilité. Sa poitrine est large comme une cathédrale, vos mains en auscultent l'ampleur comme les voûtes d'un plafond, vous sentez son cœur au galop, vous posez le creux de votre main droite dessus, en interprétez la course. Il sent le propre, l'agréable, si bien que vous ne saisissez rien de son odeur à lui. Son corps est jeune, pas tout à fait achevé, on le dirait étrangement intact, peut-être est-ce dû à l'hésitation en lui, il y est tout engoncé. Vos lèvres empruntent la douceur de son bras côté intérieur, douces comme une tipule, escaladent cette pâleur. Vous levez les yeux, souriez pour le rassurer, et pour une raison ou une autre vous tenez sa tête comme une mère tient celle d'un enfant, il va pour parler et dire quelque chose mais chhh, murmurez-vous, pas parler, vous tenez sa tête dans l'étreinte de vos mains, il est si concentré, si réfléchi, chh, murmurez-vous, chh, l'embrassez lentement comme si toute la tendresse du monde se retrouvait dans ce contact et ce faisant, vos mains serpentent doucement vers l'érotisme de ses hanches.

Agenouillée, vous débouclez sa ceinture.

Son pénis est légèrement incliné sur un côté, il est grand ; cela vous surprend toujours, à quel point ils peuvent devenir gros. Il vous regarde d'en haut, sa respiration est rapide.

Vous le tenez, le léchez, doucement, comme de la soie, le bout.

Il a un rire nerveux, ne parvient pas à se détendre. Il tente de vous repousser. Vous le propulsez, gentiment mais fermement, sur son lit, sur le dos. Enlevez vos vêtements, vite ; mouillée, tellement mouillée.

Vous prenez position, très lentement, sur lui, à califourchon.

Du calme, doucement, le sentir tout du long. Puis vous restez assise, un moment, vous êtes pleine de lui, vous souriez dans ses yeux et très lentement vous bandez vos muscles pour le recueillir tout en vous : vous touchez Gabriel de tout votre épiderme. Il vous regarde, tout en émerveillement, reddition, choc, et vous rejetez la tête en arrière, vous ne pouvez plus le regarder, vous devez savourer ce moment toute seule. Vous continuez à bouger sur lui, doucement, en rythme, les yeux clos, chh, lui dites-vous, chh, quand il va pour dire quelque chose, quand vous lui parlez par votre peau, vous vous penchez en avant, vous frôlez ses lèvres du bout des doigts, chhh.

Puis il jouit.

Il est consterné ; c'est si rapide.

Vous souriez, restez sur lui, le sentez en vous, le sentez qui perd sa fermeté. Cela, aussi, est délectable. Vos mains s'écartent en éventail vers le haut, sur son ventre, sa poitrine, savourant la peau étonnamment douce, qu'aucune autre femme n'a touchée depuis si longtemps, vous inclinez la tête, l'embrassez, par reconnaissance, à la jonction du cou. Vous n'avez pas eu d'orgasme, vous n'avez rien appris de nouveau mais c'est un début, adorable : car c'est la première fois que vous avez été entièrement aux commandes. *Ce sont les femmes qui dictent leur loi aux hommes.*

Vous le désenfourchez. Vous étirez avec langueur, vos paumes tournées vers le ciel comme pour le repousser. Vous vous sentez comme un chat sur un fauteuil qu'il n'a pas le droit d'occuper habituellement, vrombissante de chaleur et de lumière du soleil.

Gabriel roule sur le ventre. Vous vous approchez de lui, vous couchez à son côté ; le bout de vos doigts glisse sur chaque bosse de sa colonne vertébrale.

Il y a *eu* une autre fois, dit-il sans vous regarder. Vos mains s'arrêtent. Le jour de mon vingt et unième anniversaire, dit-il. J'étais ivre. Mes parents avaient organisé une grosse fête pour moi. Il y avait une fille, rien qu'une fille, une amie de la famille, elle aussi était ivre, nous sommes allés dans une chambre à l'étage. Mais quand j'essayais d'entrer en elle, je devenais… flasque. Je ne pouvais penser qu'au rire de Claire. Je ne pouvais pas continuer.

Vous posez un bras, comme une aile, en travers de ses épaules, que vous pressez. Gabriel se tourne vers vous, appuyé sur un côté, une main sur la joue.

Donc… merci, dit-il, incongru, timide. Puis il marque une pause, et son espièglerie est de retour. Quelle est la suite des événements ?

Vous secouez la tête, vous vous couvrez les yeux, vous riez : non, non non, nous devons arrêter, n'est-ce pas ?

Excusez-moi, madame, mais vous ne quittez plus cet appartement.

Leçon 71

Ceux qui mangent trop ne doivent pas oublier qu'ils volent à ceux qui n'ont pas assez

Marcher le long de la rivière en direction du métro.

La Tamise couleur de thé au lait, froid.

Vous vous sentez vivante, intensément, comme si des années avaient été arrachées à votre corps. Entre vos jambes, une sensation congestionnée, dodue, radoucie, comblée. Vous souriez au crépuscule impatient, vos doigts volettent devant votre nez, le mélange d'odeurs, l'empreinte des deux corps qu'ils portent.

Vous vous sentez exaltée comme une adolescente qui vient de terminer ses examens, avec devant elle la resplendissante étendue des vacances d'été.

Mais cette nuit-là vous restez éveillée, amplement éveillée, tandis que Cole pousse en vous sa chaleur confiante. Sa main repose sur une de vos hanches, vos yeux sont grands ouverts avec un appétit pour quelque chose d'autre, maintenu en laisse, quelque chose de violent, terrible et à la fois exaltant en vous. Théo a-t-elle jamais ressenti cela ? Et la culpabilité ? Reprendrait-elle avec bonheur sa vie maintenant ? Car il n'y a pas si longtemps vous rêviez d'une transgression, une seule, qui endiguerait le raz-de-marée de la désintégration maritale et vous évacuerait à l'extérieur, pour que vous puissiez reprendre votre vie d'épouse ; sans jamais regarder en arrière.

Vos dents mordillent un bout de peau têtu sur votre lèvre, elles le mordillent jusqu'à ce qu'un sang chaud coule dans votre bouche.

Leçon 72

Il appartient à chacun d'être serviable et d'aider ses semblables autant que faire se peut

Ainsi cela commence.

Une après-midi en semaine. Une fois par semaine. Toujours à l'appartement de Gabriel.

Vous êtes une bonne enseignante, vous l'avez toujours été et aujourd'hui après des années à être la bonne enseignante, vous ne voulez plus vous contenter de donner, vous voulez quelque chose en retour. Il y a une condition, vous voulez que ce soit clair dès le départ : cet arrangement ne doit pas, en aucun cas, s'immiscer dans votre vie normale. C'est le seul moyen pour que vous puissiez faire en sorte que ça marche. Quand les leçons toucheront à leur fin vous disparaîtrez chacun dans son univers afin qu'à l'avenir, si vous vous croisez par hasard dans la rue, vous ne montriez aucun signe de reconnaissance, ni pour vous-mêmes ni pour ce que vous avez fait durant ces après-midi de semaine, dans cet appartement. Cela vous autorise à explorer exactement ce que vous désirez. Il n'y aura ni photographies, ni lettres, rien de concret à ce sujet, ni de près ni de loin, rien qui puisse servir de preuve. Les souvenirs sont la seule chose que chacun de vous sera autorisé à conserver. Les règles se forgent rapidement, avec clarté, elles facilitent la justification de ce que vous faites.

Une fois par semaine. Ce sont les seuls moments où vous vous voyez. Durant vos autres heures de veille, vous vous repaissez du souvenir de ce que vous avez fait.

La pulsation de cela.

Il ouvre toujours sa porte en costume trois pièces, comme s'il venait de rentrer du travail. L'air dans son appartement sent Londres intra-muros, trop de circulation stagnante, le goût du fer est dans votre bouche. Des hommes et des femmes d'affaires marchent devant sa fenêtre en rez-de-chaussée, bavardant dans leurs mobiles, en talons qui claquent ou souliers vivaces. Tout cela rend les leçons plus délibérées, puériles, faites pour assouvir, comme une après-midi ensoleillée dérobée au temps de travail et que l'on va passer, en secret, au cinéma. En pire, en bien pire.

Donc, semaine après semaine. Lentement, sans vous presser. C'est comme si vous aviez tout le temps pour vous savourer l'un l'autre, après vous être précipités vers cette première baise miraculeuse : ce n'était qu'un début. Il y a tant à apprendre, maintenant. Pour tous les deux, car au fur et à mesure que vous lui enseignerez, vous aussi allez apprendre, même s'il n'est pas nécessaire qu'il en soit informé.

Un programme est grossièrement établi.

Un, le déshabillage. Vous apprenez sa peau, centimètre par centimètre. Lui, la vôtre.

Deux, le contact, lécher. Exactement là où vous en avez envie. Le lobe de l'oreille, le bout de sa langue sur votre lèvre supérieure. La peau au-dessus du vagin, son tendre pourtour, votre clitoris. Vous lui précisez exactement où vous voulez qu'il aille, vous le guidez, lui donnez comme instruction de ralentir ou de ne pas arrêter ou de ne plus bouger ou de continuer. Avec tout ça, finalement, tandis qu'il écoute avec ferveur et qu'il fait précisément ce que vous désirez, vous avez votre premier orgasme, un nouveau monde s'ouvre à vous : vos yeux se serrent sous les flots de chaude humidité, vous cisaillez des jambes sur le lit, le dos arqué, essayant d'exprimer les ultimes tremblements ou de les prolonger, vous ne savez plus quoi, cependant les implosions vous traversent le ventre puis ralentissent et cessent, vous ne pouvez plus bouger, vous êtes vidée, tout ce que vous pouvez faire, c'est rester là, allongée sur le lit, à rire, en état de choc. Gabriel vous regarde. Mon Dieu, dit-il, mon Dieu, répète-t-il. Vous vous relevez, en position assise. Passez votre main dans vos cheveux. Vous devez vous concentrer : il ne peut s'agir de votre seul plaisir, c'est au tour de Gabriel. Puisqu'il vous donne tant, vous voulez lui rendre des flots de délices : vous avez un but, pour la première fois de votre vie, voir un homme complètement épuisé.

Par vos mains, lèvres, langue. Si vous y parvenez.

Donc, lécher, là où *il* veut : essentiellement, sur la partie plate du gland, puis la face inférieure, il peut à peine supporter le contact de votre bouche dessus, tout en n'étant jamais rassasié, et pendant que vous faites cela vous le serrez à la base. Vous découvrez tout cela ensemble, vous apprenez tant de choses tous deux, vous levez les yeux vers lui : étonnés, enchantés, tous les deux. Puis le pourtour de son anus. Ses couilles, leur fermeté en dessous, et c'est son tour de vous dire de ne pas arrêter.

Trois, le baiser clandestin en public, tout habillés. Le baiser dans la chambre, déshabillés, les endroits pour ça.

Quatre, une bougie. La poignée d'une brosse. Le goulot d'une bouteille de champagne, à quel point vous devez tous les deux faire preuve de délicatesse, à en avoir des frissons. Comment se fait-il que les objets inanimés vous fascinent plus qu'un pénis ne le fera jamais ?

Cinq, le vibro. Qui titille votre clitoris, qui reste dur

en vous. Sous son gland, dans son cul, vous savourez son visage qui se crispe quand il jouit.

Six, les revues porno. Il doit les acheter, c'est son travail. Seules les pages de courrier vous intéressent, rien d'autre; vous ne voulez pas savoir ce qu'il fait du reste. Vous vous délectez des mots qui n'avaient jamais franchi agréablement vos lèvres: *chatte, baiser, cul.* Vous êtes la femme d'intérieur au visage angélique qui s'exprime soudain avec aplomb, c'est comme si vos aspects extérieur et intérieur ne correspondaient plus. Baise-moi, lui dites-vous, allez, baise-moi la chatte, ce qui vous consterne et vous excite à la fois, les mots qui se glissent hors de votre bouche.

Sept, les poignets liés aux montants du lit. Immobilisé, un bandeau sur les yeux, attaché.

Huit, la douche, pilonnée contre le carrelage.

Neuf, dormir. Lovée contre son dos, votre corps sa couverture, le creux de votre main sur son cœur parce que certaines fois, lui dites-vous, c'est tout ce qu'une femme veut.

Dix, la baise proprement dite. La première fois n'a pas compté, il n'y avait rien à apprendre, il fallait le faire et c'est tout. Il vous faut du temps, maintenant pour y parvenir correctement; vous êtes décidée, finalement, à faire en sorte que cela marche. Il provoque trop de soubresauts, il vous irrite, il est mécanique, vous saviez que ce serait ainsi, ce qu'il fait n'a rien de musical, et bien sûr il jouit trop tôt. Vous avez toujours voulu que ce soit rapide avec Cole; mais là c'est différent, vous devez retrouver ce raffinement que vous savez exister. Vous aviez espéré quelque chose d'autre avec Gabriel mais l'acte lui-même, pour vous, n'est pas encore ce qui vous embrase. Vous faites un effort héroïque pour ne pas lui montrer votre déception, ne pas vous détourner, frustrée, boudeuse.

Vous prenez une profonde inspiration.

Dites-lui, délicatement, que vous avez besoin de vous entraîner. Dites-lui qu'il a besoin de ralentir un peu, regarde-toi, de ne pas s'enfermer dans son petit monde.

Dites-lui qu'en réalité, vous ne retirez rien de tout ça. Il donne un coup de tête en arrière, cela l'agace, il a l'impression d'être allé si loin, c'est dur de lui dire que ce n'est pas assez. Il se retire. Laisse un gâchis gluant. Vous l'agrippez tendrement, en guise d'excuse, mais il se précipite à la salle de bains, vous disant qu'il en a assez.

Vous ne l'appelez pas de la semaine.

L'appelez le matin de la séance suivante et il répond, trop vite.

Puis-je te voir cette après-midi ?

Oui : ronchon, sec.

Bien, dites-vous, j'en suis ravie, dites-vous avec chaleur, sachant qu'il répondrait cela. Le désirant si fort.

Progressivement, progressivement, vous faites ralentir Gabriel, le laissant pénétrer peu à peu, vous relevant quand il essaie d'aller trop vite. Lui apprenant qu'une des clés du raffinement réside dans l'attente, l'abstention, la retenue ; vous avez toujours été des experts à cela, depuis que vos mains se sont frôlées dans un café, au moment où un numéro de téléphone était échangé. Vous y puisez maintenant : mettre en œuvre la règle de non contact pendant la semaine, ne pas vous déshabiller dès que vous avez franchi son seuil, s'asseoir pour boire un thé puis, lentement, distraitement, remonter votre jupe, pas de culotte bien sûr, vous toucher doucement tout en bavardant. Écarter vos jambes, le dos tendu, regarder son affolement, son incapacité à rester assis : approcher sa tête de vos lèvres quand vous jouissez.

Vous amenez Gabriel à vous toucher comme un aveugle qui lirait du bout des doigts les secrets de votre chair intime. Vous le faites changer de rythme, vous l'admonestez gentiment s'il s'égare dans la monotonie, lui apprenez les secrets de la tendresse, du relâchement, de la surprise, lui apprenez tout ce que vous désirez. Vous le défroissez littéralement jusqu'à ce que l'intérieur de vos cuisses se mette à palpiter, que votre pelvis soit douloureux à force de vous étirer sous lui, jusqu'à ce que vos cuisses tremblent encore des heures après votre départ et même le jour suivant.

Gabriel veut des leçons plus fréquentes que vous, il enrage de tout ce plaisir qu'il a manqué, il a peur de manquer de temps. C'est comme s'il voulait faire l'amour sans cesse pour consolider ce que vous faites à sa vie, pour solidifier le temps que vous passez ensemble et installer une habitude que ni lui ni vous ne pouvez plus briser. Il se dit heureux, très heureux. Il n'aurait jamais cru avoir toute cette avidité en lui.

Vous le prenez dans vos bras, vous riez, le serrez très fort. Vous ne lui dites pas que vous ressentez la même chose.

Vous n'allez pas vous laisser bousculer. Vous refusez d'augmenter la fréquence, d'accélérer la cadence : vous désirez faire traîner les choses. Vous ne prolongerez pas les leçons dans la soirée, malgré son insistance. Quand vient la nuit vous devez arrêter. Les leçons ne peuvent être menées qu'à la lumière du jour, c'est comme si vous viviez dans la peur de vous endormir au côté de Gabriel et d'être éveillée par le baiser de la lumière matinale, d'être piégée à vie, dans la sienne.

C'est comme si vous n'aviez jamais ressenti le moindre plaisir jusqu'à aujourd'hui. C'est comme si tout ce qui, avant, passait pour du plaisir, n'en avait été en fait que le négatif. Car vous n'avez jamais été aux commandes, jusqu'à présent ; vous n'avez jamais eu, avant, exactement ce que vous désirez.

Leçon 73

Un indice pour faire les magasins : toujours acheter le meilleur article dans sa catégorie

Vous voulez que Gabriel vous mette un doigt dans le cul pendant qu'il vous baise, vous le lui dites, vous avez toujours voulu essayer. Il y a tant de choses sur lesquelles vous vous êtes toujours posée des questions et maintenant, il y a un partenaire consentant qui ne provoquera pas la moindre gêne en vous, car il ne sera jamais mêlé à votre vie normale. Avec son doigt dans le cul, vous avez votre premier orgasme pendant qu'il y a un homme en vous et vous souriez largement, sans pouvoir vous arrêter : vous pourriez bien en arriver à trop aimer ça.

Et puis se lécher, de pleines après-midi gorgées de cela. Cela n'avait jamais vraiment marché pour vous : Cole, en particulier, est toujours persuadé d'en savoir plus que vous. Maintenant vous dites à Gabriel où vous le voulez exactement, autour du clitoris pour l'essentiel, de vos doigts vous le dégagez, vous en étirez la chair de part et d'autre. Il se dresse, hardi, d'un rouge féroce. Vous élevez votre bassin pour le presser contre la bouche de Gabriel, vous ne le laissez pas se redresser, vos poings serrent les draps et les entortillent. Puis il aspire délicatement, et sa langue plonge en vous, elle s'insinue de plus en plus profondément, jamais vous n'auriez cru pouvoir mouiller autant. Il vous regarde jouir, il regarde ce qu'il a fait, vous détournez le visage, lui disant de ne pas regarder, va-t'en ; vous ne voulez pas qu'il vous voie si écartelée. Mais il continue à regarder, joyeusement, ses doigts en l'air devant son sourire, comme en prière.

Mais je t'aime comme ça, dit-il. J'aime ça, c'est tout.

Gabriel n'a pas peur de votre sexualité. Votre plaisir lui donne du plaisir, cela l'excite et il ne vous demande rien en retour, physiquement : personne ne lui a appris à faire ça, exiger quelque chose. Il est votre premier amant qui soit totalement désintéressé, il ne demande pas de fellation, c'est du sexe purement altruiste, féminin.

Vos orgasmes se font de plus en plus intenses, ils se chevauchent au point que, à peine sa langue a-t-elle touché votre peau, vous devez le repousser et mettre vos doigts entre vos jambes pour tenter d'endiguer la jouissance, la ralentir, vous plaquez votre visage sur l'oreiller, pour y étouffer des sons que vous n'aviez jamais proférés auparavant et qui viennent de la base de votre échine.

Vous vous sentez vivante. Brusquement réveillée après des années d'apathie au point que vous jouissez presque quand il vous embrasse pour vous dire bonjour, ou au son de sa voix quand il téléphone.

Vous vous demandez parfois s'il apprécie tellement de faire les cunnilingus, car un de vos collègues a laissé entendre une fois que le goût d'une femme quand il la lèche le fait étouffer, qu'il n'y a jamais eu de femme dont il ait apprécié l'odeur, même si toutes ont une odeur différente. Mais vous êtes accro désormais et, de nombreuses après-midi, il est entre vos jambes jusqu'à ce que vos cuisses tremblent et que vous le suppliiez d'arrêter parce que c'est trop délicieux, cela tourne à la douleur, vous le supportez à peine. Pourtant il continue, il tente d'effacer en vous le souvenir de tous les autres hommes, vous sombrez dans le plaisir de cela, vous en êtes saturée, chavirée, égarée.

Vous embrassez, doucement, la vallée de sa nuque, vous embrassez, doucement, la pâle clairière derrière ses oreilles, vous l'aspirez profondément, vous agenouillez, le faites enfler. Désirez tant lui donner en retour, qu'il soit aussi terrassé par la sensation que vous l'êtes vous-même.

Changée, complètement.

Et chaque semaine, rentrant chez vous en titubant par le métro, vous vous demandez comment tout cela va finir, jusqu'où vous pouvez aller dans vos exigences. Car tout le reste est oblitéré par ce plaisir explosif à la base de votre échine, toute votre vie d'à côté est emportée. Ni lui ni vous ne parlez de mari ou de famille, ou de ce qui va bien pouvoir se passer ensuite, car vous ne supportez pas de penser à quoi que ce soit qui pourrait mettre un terme à tout cela.

Leçon 74

Dès lors que vous avez grandi, couchez-vous avant dix heures et levez-vous à cinq ou six heures

Vous appelez votre mère. C'est son anniversaire; vous lui avez envoyé une jolie paire de bottes d'équitation faites main en Espagne, qui coûtaient beaucoup trop cher, mais dans cette nouvelle vie vous vous sentez très généreuse, vous faites preuve de largesse.

Hé, tu as l'air en pleine forme, dit-elle.

Ouais, je le sens. Je me repose à fond, et je fais de l'exercice.

Vous crevez d'envie de lui parler de Gabriel, mais si qui que ce soit vient à l'apprendre vous aurez perdu un peu de votre contrôle: vous ignorez quand se produira le retour de gifle.

Continue à faire ce que tu fais, dit-elle en guise d'au revoir. Ça te réussit, ma chérie.

Vous souriez. Prenez une vieille photo sur le manteau de la cheminée. Votre mère dans le désert de Gobi, sur un champ de fouilles, un seau à la main, une bêche dans l'autre, ses yeux plissés pour faire face au soleil, des mèches de cheveux qui lui fouettent le visage. En grandissant, vous détestiez son train de vie relâché et tapageur: la façon qu'elle avait de se balader à poil dans la maison, de vous mettre dehors pour aller faire des expériences dans le monde, de vous amener à d'interminables dîners pour y rencontrer un de ses hommes, un de plus.

Aujourd'hui vous admettez que votre mère faisait exactement ce qu'elle voulait, et que, au milieu de la cinquantaine, c'est toujours le cas. Elle est maintenant une célibataire heureuse de l'être. Elle vit une existence pleine d'éclat, qui consiste parfois à regarder des vieux films en noir et blanc jusqu'à trois heures du matin, dormir jusqu'à midi, ne prendre que du thé en guise de petit déjeuner et rien d'autre. Sauter dans un avion en apprenant qu'on a trouvé tel ou tel fossile, partir pour un mois. Se montrer réticente dès qu'il est question de rencontrer des gens. Renâcler devant ce à quoi cela pourrait conduire : partager sa vie avec quelqu'un.

Ils sont si ennuyeux, tous autant qu'ils sont, dit-elle. Tout ce qu'ils veulent, c'est te parler d'eux. Ou te poser un lapin. Je préfère de beaucoup sortir avec une amie qu'avec un homme.

La plupart de ses amies sont divorcées, ne veulent pas d'un autre homme, semblent plus heureuses seules. Elles ont fait les gosses, elles ont été la bonne épouse. Mais vous vous demandez si votre mère s'est montrée complètement honnête avec vous. Car qui, vraiment, choisit d'être seul ? Vous avez dépensé tant d'énergie, une fois adulte, à tenter d'échapper à cet état.

Vous vous demandez ce que votre mère penserait de vous maintenant, avec votre vie secrète. Approuverait-elle ; s'inquiéterait-elle pour Cole, ou dirait-elle que c'est ce qui vous est arrivé de mieux à tous les deux ? Il s'est tellement enfoncé dans le travail qu'il ne semble même pas avoir remarqué la plénitude langoureuse de vos mouvements quand vous préparez son dîner. N'a pas remarqué vos doigts qui savourent vos lèvres enflées, rougies, pendant qu'il regarde la télévision, bavarde, mange.

Vous êtes une bonne épouse, une bonne actrice : c'est étonnant comme c'est simple, de maquiller. Vous jouiez la comédie depuis tout ce temps sans même en avoir pris conscience. Mais vous voulez vieillir avec Cole, cela vous le voulez toujours. Vous seriez parfaitement heureuse de ne plus jamais faire l'amour avec votre mari, à part pour faire un enfant ; des amies mariées vous ont déjà dit une telle chose. Cole représente quelque chose de plus vaste que le sexe : il est incrusté dans votre projet d'existence.

Mais où va le désir ? Ce sentiment fugitif finira-t-il par s'évanouir ? Ou bien, maintenant qu'il est retombé, restera-t-il à l'affût en vous, tout émacié et insatisfait, jusqu'à ce que vous soyez âgée, n'attendant que de faire trébucher votre vie ?

Vous avez pris vos précautions, Cole ne saura jamais. Gabriel ne parlera pas, car il vous a confié son secret qui en est la parfaite garantie. Combien la chose est-elle mutuellement avantageuse, comme cela est parfait : vous avez trouvé un amant qui fera exactement ce que vous désirez.

Qui ne parlera jamais.

Qui vous a éveillée.

Leçon 75

Le vil commerce

Un colis, identique à celui qui contenait votre vibromasseur. Magnifiquement emballé. Des menottes. Pas de mot. Vous souriez, vous n'avez plus besoin de demander à qui que ce soit désormais.

Elles conduisent à une autre leçon, avec le ciel de lit. Il y a les giclées chaudes et cuisantes de votre foutre ; le choc en est si délicieux. Votre voix devient plus grave lorsque Gabriel est en vous, elle descend d'une octave et vous écoutez, abasourdie, la femme que vous êtes devenue.

Vous faire baiser par le cul, voilà quelque chose qui vous a toujours intriguée. La douleur, le raffinement, le caractère *illicite* de cela. Vous n'en voulez pas trop souvent, cela doit conserver son tranchant, il faut que cela reste unique.

Gabriel en voudrait plus, mais il respecte vos désirs quand vous dites non, il n'insiste pas.

Il y a de la beauté dans sa prévenance, sa détermination attentionnée ; vous vous dites, avec un certain amusement, qu'il apprend avec la même concentration qu'un conducteur qui ne s'est jamais assis derrière un volant. Il est sérieux et reconnaissant. Vous lui enseignez à toucher avec assurance, confiance ; vous lui enseignez à masquer sa peur, mais vous pouvez déjà dire que, pour lui, l'amour sera un vice quand il viendra, l'agrippera de toutes ses forces, l'engloutira tout entier. Votre cœur saigne déjà pour lui, pour ce qui l'attend.

Vous le trouvez encore plein de charme ; son honnêteté est pleine de charme. Vous adorez son halètement quand vous jouissez, vous adorez regarder ses yeux, délicieux, étonnés, autant par vous que par lui-même. Vous ne parvenez pas à vous convaincre de lui dire que tout cela ou presque est nouveau pour vous aussi, que d'une certaine manière, vous avez entamé ces leçons aussi virginale que lui. Que tout ce que vous désirez ne se trouvait depuis longtemps que dans votre tête ; que vous n'en aviez jamais parlé avec franchise.

La femme élisabéthaine l'a fait, cela s'entend à la confiance dans sa voix. Vous l'entendez chuchoter, avec délices, dans votre sang même : va plus loin, plus profond, ne retombe pas en arrière.

Nombre de femmes sont admirées non pas tant pour leurs vertus que pour leurs vices et leurs imperfections.

Leçon 76

Rares sont les femmes qui vivent toute leur vie sans qu'on les convoque pour prendre soin d'un ami ou d'un membre de leur famille

Votre mère téléphone. Théo l'a appelée.

Vraiment ? Pourquoi ?

Je ne sais pas. Elle voulait bavarder un peu. Elle s'est souvenue de mon anniversaire.

Ça fait un moment que je ne lui ai pas parlé.

Elle l'a mentionné.

Nous sommes un peu en froid.

Elle l'a mentionné, aussi. À quel propos ?

Oh, des trucs. Je me sentais étouffée par elle. Elle commençait à me faire suffoquer un peu.

Ce n'est pas très grave, peut-être. Les gens, ça va, ça vient. Je l'ai toujours trouvée trop… chère à l'entretien. Exténuante, tu le sais.

La réserve de votre mère au sujet de Théo constituait depuis toujours l'étincelle qui déclenchait de nouvelles disputes mais vous le comprenez aujourd'hui, elle a raison. Votre meilleure amie a toujours été divertissante mais le revers de la médaille, c'étaient les coups de fil incessants, la jalousie envers un nouvel amant ou ami, et, le plus étouffant de tout, les interventions insistantes dans votre vie. Votre mère a rangé Théo dans la catégorie des gens envahissants dès l'âge de treize ans : elle avait même demandé que vous soyez mises dans des classes différentes dès le trimestre suivant et, rendue furieuse qu'elle s'immisce ainsi, vous ne lui aviez pas parlé pendant un mois.

Elle dit qu'elle et Tomas essaient d'avoir un bébé, dit-elle maintenant ; la conversation s'épuise.

Oh ?

Elle voulait que tu le saches.

Oh.

Donc, Théo passe en tête. Elle le fait toujours, depuis qu'elle a eu ses règles à onze ans, qu'elle a perdu sa virginité à dix-huit, qu'elle s'est mariée : et aujourd'hui, ça. Pourquoi a-t-elle choisi de vous en informer, veut-elle vous faire savoir que quelque chose lui a bien été transmis ?

Vous n'avez rien dit à votre mère, au sujet de vous et Cole ; effrayée à l'idée du ton entendu dans sa voix, peut-être, désireuse de débrouiller tout cela vous-même. Maintenant, ça ne vaut plus la peine de le lui faire savoir, semble-t-il. Vous avez dépassé ce stade. La colère s'apaise en vous, enfin ; comme un feu qui s'affaisse sur ses braises, elle est presque éteinte.

Leçon 77

Règles pour bien choisir

Tandis que l'automne prend le pas sur la lumière, il n'y a parfois que le sommeil avec Gabriel, rien d'autre, plusieurs heures de cela ; peau contre peau et sa chaleur adorable. Et, couchée là, vous pensez à ce qu'il y a ensuite, peut-être : des groupes d'hommes, du sexe anonyme, des femmes.

Vous vous dites, où est-ce que ça s'arrête ?

Vous ne parvenez pas à imaginer comment vous mettrez fin à ces après-midi mais un jour il le faudra. Vous craignez, déjà, qu'elles ne se transforment en quelque chose d'autre, vous sentez un attachement qui vous emberlificote tous deux. Le premier jour de novembre Gabriel vous lave les cheveux dans la baignoire puis vous les siens, ensuite vous le serrez tendrement, calmement, vous vous émerveillez de tout ce qui s'est déroulé ces quelques derniers mois, de cet été si différent du précédent. Vous avez fait l'amour comme si vous n'aviez jamais aimé auparavant, vous ne vous étiez jamais sentie capable de tant donner, ni que l'on puisse tant vous donner en retour. En faisant l'amour avec Gabriel, vous avez rajeuni, vous vous êtes laissée aller, vous avez laissé paraître une autre personne, pour la première fois de votre vie, votre vrai moi. Une femme qui vous abasourdit et vous effraie. Une femme exigeante, égoïste, étincelante, aux commandes. Il vous a permis d'être une amante accomplie, il vous a donné confiance en vous.

La situation en est là, et aucun de vous ne tient à parler de ce qui doit advenir ensuite. Dans le métro qui file chez vous, vous pensez aux sons issus de vous que vous n'aviez jamais proférés avant, à votre dos arqué, à vos poings serrant les draps. Mais vous voici à la maison, bien vite, à six heures, vous n'êtes jamais en retard. Et chaque nuit, il y a Cole comprimé en vous – son bras, ou une de ses fesses, ou son torse – chaque nuit il y a son poids confiant, épuisé. Vous attachez encore de la valeur à votre mari, beaucoup : vous ne voulez pas que tout ce qu'il représente sorte de votre vie. Couchée, éveillée, vous tentez de dégager une voie pour que vos besoins et vos envies puissent coexister en paix ; vous ne voyez pas comment ils le pourraient, pas encore.

Oui, vous avez commencé, quand Cole vous a offert la liberté, vous avez trouvé un moyen d'emplir vos journées. Vous vivez dans l'éclat et dans la culpabilité de cela.

Dans un va-et-vient de délice, et de doute.

Troisième partie

Ainsi qu'il a été dit :
L'amour et une toux
ne sauraient être cachés.
Même une petite toux.
Même un petit amour.

Anne Sexton

Leçon 78

Quand une fille a le visage rose et sain nous savons que ses poumons fonctionnent parfaitement

Plus vous faites l'amour, plus vous en avez envie.

Peut-être, maintenant, avec un homme qui a toujours insisté pour le faire à sa manière, ce que jamais vous n'avez apprécié. Vous êtes assise à votre bureau, les ongles de vos pouces accrochés entre vos dents, souriez face au défi que cela représente.

Un samedi après-midi. Vous dites à Cole que vous êtes bloquée avec le livre. Vous riez en disant que vous pourriez fort bien tout balancer et vous amuser un peu ; vous pourriez écrire sur ce qui intéressait vraiment votre femme d'intérieur élisabéthaine : le sexe.

Toi ?

Vous donnez des pichenettes à la mousse de la vaisselle. Oui, moi. Peut-être que je vais écrire sur ce que veulent vraiment les femmes, mon petit pote.

Oooooh, fait-il, levant les mains en un geste de terreur ironique.

Une demi-heure plus tard, langoureuse et indolente. Soleil citronné par les hautes fenêtres, grains de poussière qui dansent dans la lumière. Les suppléments magazines du dimanche sont éparpillés sur le lit et Cole entre dans la chambre et vous embrasse sur la bouche, à sa manière spéciale, et il dit, bon, que veux-tu *réellement*, avec une nouvelle ardeur : c'est comme s'il réagissait enfin à la nouvelle énergie qui crépite autour de vous et vous ne reculez pas devant son baiser. Vous lui chuchotez que vous voulez qu'il vous rase ; vous ne lui avez jamais rien dit de semblable.

Son souffle coupant, doux.

Sa voix est à peine audible, un mot, *oui*, c'est tout. Il vous regarde comme s'il soupçonnait depuis toujours qu'il y avait une telle femme en dessous. Il va dans la salle de bains et en ramène votre rasoir, se ravise et revient avec le sien : il est plus affûté, dit-il, plus efficace, l'excitation dans sa voix, et cette étrange nouvelle ardeur, vous vous étendez sur le lit, vos cuisses écartées, au-dehors il y a un ciel optimiste, l'air chargé de l'été approchant, et vous ne savez pas ce qui va se passer. Vous attendez Cole, une main entre vos jambes et l'autre au-dessus de votre tête. Vos tétons sont érigés, ils n'ont pas souvent durci grâce à lui ces dernières années, comme s'ils avaient mieux à faire que de se mettre dans un tel état. Maintenant vous avez envie de lui, vite : déjà vous faites onduler le bas de votre dos, en vagues souples.

Qu'est-ce qui te prend, demande-t-il.

Vous ne dites rien, vos mains se croisent derrière sa nuque et l'attirent pour un baiser. Puis il s'y met, et quand il passe son rasoir sur votre toison pubienne un changement s'infiltre en vous comme de l'encre qui se disperse dans l'eau, vous commencez à vous sentir jeune de nouveau, adolescente, à ressentir avec toute l'intensité de ces années. Quelque chose se consume en vous, c'est comme la main du peintre qui fouette l'air au-dessus d'une toile, comme si toutes les textures au plomb qui alourdissent votre vie depuis si longtemps se trouvaient transpercées de lumière. Vous ouvrez la bouche pour aspirer de l'air, vous prenez les doigts de Cole dans les vôtres, les serrez fort. À la fin vous regardez tous les deux, fascinés, horrifiés, la fente quasi enfantine. Cole se débarrasse maladroitement de son pantalon comme s'il ne voulait rien perdre de ce moment, comme si lui aussi savait à quel point c'est un moment rare. Il jouit rapidement – trop vite, croit-il – mais pour vous, c'était parfait, vous détournez le visage vers les fenêtres, vers l'adorable lumière citronnée, vous souriez d'un large sourire.

Car vous venez d'avoir votre premier orgasme avec votre mari.

Plus tard cette nuit-là. Au restaurant italien juste à côté, votre préféré. Il y a une éternité que vous n'y êtes pas venus avec Cole ; vous y alliez souvent au début de votre relation. Qu'est-ce qui te prend, demande-t-il encore, en buvant une bouteille de vin rouge qui vous réchauffe tous les deux. Vous souriez, une main volette vers votre gorge.

J'ai découvert une section spéciale à la Bibliothèque, dites-vous, elle regorge de livres, des livres érotiques, et vous arrêtez, vous rougissez, vous ne pouvez aller plus loin.

Cole se recule au fond de son siège. Il croise les bras comme un proviseur qui vient d'écouter une fable débordante de remords.

Je n'arrête pas d'y retourner, dites-vous.

Eh bien, à la Bibliothèque de Londres, dans ce cas, et il lève son verre.

Leçon 79

On ne devra laisser aucune saleté dans les fentes intérieures

Vous ne dites rien à Gabriel, vous le laissez découvrir par lui-même. Bien sûr, vous ne portez pas de culotte. Vous ressentez un vertige délicieux quand il s'agenouille devant vous, quand ses mains remontent votre jupe.

Il recule.

C'est quoi, ça ?

C'est Cole qui l'a fait.

Gabriel se crispe, tout son corps, son visage.

Tu couches encore avec lui, demande-t-il.

Eh bien, oui. C'est mon mari.

Il y a un picotement d'irritation, à devoir dire cela.

Il se lève et va à la salle de bains. La porte est claquée.

Gab ? Gabriel ?

Il parle derrière la porte : je croyais que tu ne le baisais plus. Je croyais… puis il y a un soupir.

Quoi ? Gabriel ?

Je n'en sais rien. Je ne sais pas ce que je croyais.

Je suis mariée, rappelle-toi.

Gabriel ressort, il est tout rouge, il vous fait asseoir sur le lit et ses mains serrent vos bras. Il dit que vous n'êtes pas heureuse avec votre mari, que vous êtes malheureuse avec lui depuis si longtemps, il vous demande pourquoi vous retournez vers cet homme que vous n'aimez pas. Je n'ai jamais prétendu une telle chose, dites-vous irritée, vous secouez la tête : la question est trop importante, il n'a pas le droit. Allons en Espagne, dit-il, pour être ensemble, pas seulement pour quelques heures. Ma famille possède une petite villa près de la mer.

Vous vous levez. Vous savez en cet instant que Gabriel est à votre merci, vous pouvez faire ce que vous voulez, il vous appartient complètement et ayant pris conscience de cela, quelque chose vous délaisse, que vous sentez se glisser hors de vous comme un poisson hors du filet.

Je ne veux pas que ça s'arrête, dit-il. Toi non plus, dit-il. Nous ne pouvons pas. Nous faisons tous les deux partie de l'existence de l'autre, désormais. Tu le *sais*. Ne te mens pas. Je crois que les deux mois qui viennent de passer ont été les plus heureux de toute ma vie ; la seule période où je me sois senti vivre.

Vous faites un pas en arrière. Gabriel est tombé amoureux de vous et vous l'en méprisez presque ; cela fait désordre à vos yeux, cet homme rendu fou par l'incertitude et le désir. Il a enfreint la loi ; il réclame l'exclusivité, exige les nuits. Vous n'êtes plus sûre, tout soudain, de ce qui vous liait à lui. Un béguin, peut-être. L'envie qu'un homme soit tendre avec vous, d'un homme à toucher. Le défi, le frisson de la chasse. La revanche. La soif d'apprendre, d'élargir l'horizon de votre existence.

Et le voilà capturé.

Et vous ne savez plus, à ce moment-là, que faire ensuite.

Vous êtes debout face à Gabriel, une main sur votre bouche, comme sous le choc d'une terrible nouvelle, comme si vous alliez vous sentir mal. Vous avez l'impression de tout apprendre sur l'amour en le regardant, depuis l'autre côté. Il vous imagine quitter votre univers londonien confortable pour un homme dans la trentaine sans vrai travail, qui se déplace encore en autobus, qui n'a jamais trouvé de stabilité dans la vie. Le poète, le rêveur, vous seriez tombée amoureuse de lui à une époque. Mais vous êtes trop vieille aujourd'hui. Vous voulez seulement baiser. Comme le voulait l'auteur du petit livre.

Où croyez-vous trouver un homme qui soit si aimable et si courtois envers sa femme qu'il aura le désir de substituer un autre homme à sa propre place ?

Il n'y avait rien là-dedans qui parlât de quitter son mari. Ce n'était pas le but.

Gabriel est toujours sur le lit, un poing serré, appuyé sur son front. Vous évaluez la situation avec votre tête, pas avec votre cœur. Vous voulez qu'il ait une vie en dehors de vous, qu'il ait d'autres femmes, qu'il voie du monde. L'idée vous a jadis procuré des frissons de joie frivole : vous avez rêvé qu'il allait se trouver d'autres femmes pour percer leurs secrets à elles aussi, et qu'il vous ramenait tout ce qu'il avait trouvé.

Comme un escargot agacé d'un bâton, vous battez en retraite.

Est-ce que tu rentres chez ton mari, demande-t-il.

Oui.

Va te faire enculer.

Il y a tant de force dans ce va te faire enculer, cela vous rend acerbe, cet aspect de lui vous prend par surprise : il l'avait bien caché.

Lui aussi tu n'as qu'à l'enculer, crache-t-il.

Quelque chose se fige en vous ; de défensif, protecteur. Laisse Cole en dehors de ça, dites-vous. Vous avez envie de votre mari, soudain, très fort. Son calme, la confiance qu'il inspire, sereine. Vous avez soudain peur pour lui, de ce que Gabriel pourrait lui faire. Car vous venez d'avoir un aperçu de la véhémence de quelqu'un qui est capable de secouer une jeune femme pour extirper le rire de sa personne, de la secouer si fort qu'elle ne reviendra jamais vers lui.

Vous vous habillez. Vous partez. En silence.

Leçon 80

Les mangeurs d'opium maigrissent, leurs yeux se creusent, leur peau jaunit et toujours, ils paraissent en quête de quelque chose

Les leçons doivent prendre fin. Vous pouvez voir que Gabriel, soudain, opère un détournement de votre existence.

Et puis il y a en vous une nouvelle sensation bizarre de tiraillement envers Cole ; vous ne vous y attendiez pas, vous n'auriez jamais pensé que la relation moribonde pourrait être ranimée.

Vous hélez un taxi et ressentez la nudité crue entre vos jambes quand, le bras levé, votre corps se tend. Le chauffeur vous demande où vous voulez aller, il est jeune, pas très présentable, un père, peut-être. Mais sa nuque est fort belle. Vous dites, estomaquée, réfléchissant à peine, je veux faire l'amour, voulez-vous coucher avec moi, j'en ai besoin, s'il vous plaît, puis il se tourne et vous regarde, il se gare. Vous répétez la question. Vous ne le reverrez jamais, vous vous en assurerez. Vous vous teindrez les cheveux après ça, vous changerez d'apparence, vous serez quelqu'un d'autre. Vous dites, retrouvez-moi dans deux heures à… à… et de l'autre côté de la rue, un peu plus loin, il y a un hôtel Hilton. Au Hilton, dites-vous. La chambre sera au nom de Green. Vous vous sentez flotter, les conventions et les affectations s'effondrent de toutes parts et les mots se glissent hors de vous, si simples, si vite, car vous avez répété ce que vous alliez dire et faire depuis longtemps, la nuit, dans votre tête.

Deux d'entre vous, ce serait bien, ajoutez-vous, je crois.

Il vous regarde, comme s'il savait exactement d'où vous venez. Vous détournez le regard, le bout de vos doigts, tremblants devant votre bouche, d'écœurement. Il vous laisse sortir. Vous payez avec un billet de vingt. Vous ne prenez pas la monnaie. Il ne dit pas s'il viendra.

Vous savez exactement quoi faire. Dans une papeterie vous demandez où se trouve le distributeur automatique le plus proche. Vous tirez du liquide, beaucoup. Vous vous inscrivez sous le nom de Green, vous aimez le nom de Green ; vous donnez comme adresse celle de Théo. Vous tendez votre carte de crédit pour en faire une empreinte, vous rendant soudain compte qu'il y a votre nom dessus, mais la femme ne vérifie même pas, vous avez l'air trop respectable pour ça. Vous allez à votre chambre, vous douchez, vous versez un verre de vin rouge puis un autre, et vous attendez.

Ils viennent à trois.

Vous leur dites de faire ce qu'ils veulent.

Votre visage est jeune, encore doux, vous pouvez voir leur surprise : ils ne s'attendaient pas à ça. C'est ce que vous avez toujours voulu, même enfant, au tout début de l'adolescence, vous en avez toujours rêvé, nue, écartelée, un groupe d'hommes qui vous caressent, curieux, de plus en plus hardis, de plus en plus excités, ils approchent. Vous faites les choses que vous avez toujours voulu faire, celles que vous dévoriez dans les pages courrier des magazines porno que vous piquiez à votre oncle quand vous aviez quinze ans. Vous n'êtes pas intimidée par ces hommes parce que vous n'avez aucune envie d'établir le moindre lien avec eux, vous n'avez aucune envie de parler, ni de quoi que ce soit qui vous dévoilerait. Vous ne les reverrez jamais. Vous n'irez plus à l'appartement de Gabriel, les leçons doivent s'arrêter, vous ne prendrez plus de taxi pendant très longtemps. Ce sera la dernière page de ce chapitre de votre vie. Tout est déjà écrit, aussi vous êtes libre, dans cette chambre d'hôtel, de faire tout ce que vous voulez.

Ils sont brusques, vous ne savez pas s'ils ont senti ou non que c'était ce que vous vouliez. C'est ce que vous voulez. Ils ne vous respectent pas. Vous n'êtes rien d'autre qu'un récipient, un ensemble de trous à boucher. Votre chatte, cul, bouche, tout sert, parfois simultanément, tout est baisé. Vous restez passive, obéissante, c'est exactement ce que vous voulez. Pour effacer Gabriel, pour repartir de zéro.

Quand vous en avez assez, vous le leur dites, ils rechignent, vous les poussez dehors. *Allez-vous-en*, s'il vous plaît, partez.

Vous ne voulez pas prendre de douche. Vous rentrez en métro, la tête inclinée, vous avez le vertige, triomphale, la paume de vos mains en coupe devant votre bouche, votre nez. Inspirant profondément cette après-midi que vous ne revivrez jamais, que vous n'oublierez jamais, tandis que la raideur dans vos cuisses s'installe. Vous êtes engorgée, boursouflée, un filet de foutre dégouline quand vous bougez sur votre siège, vous le sentez, et l'irritation entre vos jambes, sur votre pubis, parce que les hommes étaient mal rasés, cela vous brûle, vous démange, Dieu sait combien de temps cela durera.

Vous êtes à la maison, rapidement, à six heures, vous n'êtes jamais en retard.

Dégueulasse et endolorie, exaltée et lavée, renouvelée.

Leçon 81

Prenez un bain chaud, trempez vos pieds dans l'eau chaude avec de la moutarde, avalez un gruau d'avoine puis allez au lit bien couverte afin de transpirer tout votre content

Mais cela ne l'efface pas.

Vous pensez à Gabriel tout au long de cette nuit douloureuse, une main entre vos jambes, passant un baume sur la douleur, essayant de l'extirper. C'était comme s'il vous entraînait de plus en plus loin dans la vie et que tout, soudain, s'était arrêté : parce qu'il a décrété que les règles n'étaient plus valables. Pourquoi a-t-il fallu qu'il détruise le monde secret que vous aviez créé pour vous deux ? Il l'a écrasé par son amour, son attachement. Il n'y a pas de retour en arrière possible maintenant, car Dieu sait comment cela se terminerait si vous y retourniez.

Vous imaginez Gabriel en train d'attendre le coup de fil qui ne viendra pas. Vous avez attendu si souvent, de par le passé ; otage du silence de l'amant, vous ne connaissez que trop bien les gifles au cœur que cela peut infliger. Vous déconnez avec sa vie de manière inconséquente, et vous ne faites pas le ménage derrière vous. Vous avez créé l'amant dont rêvent les femmes, qui connaît les secrets, ce que veulent vraiment les femmes, ce qu'elles ne veulent pas. Mais que *veulent* vraiment les femmes ?

Vous n'en êtes plus si sûre.

Quelqu'un à chérir ? De l'argent ? La sécurité ?

Elles ne veulent pas, nécessairement, tomber amoureuses.

Cole dort le dos tourné vers vous, la plante de votre pied épouse la forme chaude et incurvée de son mollet ; vous faites souvent cela en dormant.

Leçon 82

Ne restez pas dans les courants d'air

Le téléphone sonne le lendemain et le surlendemain, à l'heure habituelle de Gabriel, sa voix sort du répondeur mais vous ne décrochez pas. Après l'appel du troisième jour, même heure, vous claquez la porte de l'appartement derrière vous.

Vous avez de nouveau envie des chauffeurs de taxi. Ils prennent leurs pauses à la baraque verte des taxis de Notting Hill Gate. C'est l'Écossais qui vous l'a dit, celui dont le visage semblait buriné par le vent, il vous a dit qu'il voulait vous voir tous les jours à la baraque, tout en fourrant sa queue dans votre chatte endolorie et insensible ; il disait qu'il foutrait la cantinière dehors. Il voulait que tous ses potes soient là aussi, il disait cela en vous retournant, il vous veut écartée sur la table, disait-il en vous bourrant le cul.

Vous vous installez à l'arrêt de bus en face de la baraque. Vous êtes juchée, inconfortablement, sur la barre de plastique rouge. Vous attendrez le temps qu'il faudra. Cela prend une heure et demie. Le premier chauffeur auquel vous vous étiez adressée vient se garer et vous allez droit à sa portière. Vous ne dites rien. Il vous regarde, il sourit, il baisse sa vitre.

Je veux qu'il y ait une femme aussi, dites-vous.

Il prend une inspiration, vous le voyez qui savoure l'instant mais il ne veut pas le montrer. M'ouais, fait-il. Il va me falloir un moment, dit-il. Disons vers six heures.

Vous allez dans une cabine. Pour dire à Cole que vous serez en retard. Martha a subi un choc, il faut qu'elle sorte prendre un verre, qu'elle en parle à quelqu'un. Vous quittez la cabine en imaginant une femme qui vous lèche pendant que les hommes regardent ; que l'on vous urine dessus, que l'on vous remplit.

En ouvrant la porte de la chambre d'hôtel vous ne portez qu'un peignoir. Vous ne voulez pas qu'ils voient vos vêtements, qu'ils vous analysent, vous ne voulez même pas qu'ils entendent le son de votre voix.

Deux hommes cette fois, et une femme. Dès que vous l'apercevez, ça ne va pas. Elle est jeune, méfiante, une amie à eux, pas une partenaire, elle est là pour se marrer un coup. Elle porte une chemise dont le col est sale, ce qui vous agace. Elle vous scrute, vous soupèse mentalement, elle vous connaît comme les hommes ne vous connaîtront jamais. Soudain c'est la honte. Vous vous étendez, dans une posture incongrue, sur le lit. Les draps sont trop glissants. Vous avez froid. Vous entendez le journal télévisé dans la chambre voisine, trop fort. Rien ne va, tout cela est rigoureusement antiérotique, à un point douloureux. La femme reste en arrière, regarde, tripote un bouton de sa chemise. Vous sentez votre corps se refermer, peu à peu, comme un immeuble de bureaux dont les lumières s'éteignent une à une, le soir venu. Vous repoussez les hommes et leur dites de s'en aller.

Oh, *allons*, fait celui avec qui vous avez tout commencé.

Il a changé, cette fois vous n'appréciez pas le ton de sa voix.

Sortez.

Vous ne parvenez pas à les regarder en face ; vous allez en titubant à la salle de bains, un goût de métal dans la bouche. Vous vous enfermez à clé et vous asseyez sur les toilettes, prise de tremblements, puis d'un coup vous vomissez dans la cuvette, vomissez et vomissez, comme si vous cherchiez à vous retourner de l'intérieur.

La porte de la chambre se referme ; ils sont partis. La chambre qu'ils laissent derrière eux a l'air mesquin, miteux, abandonné. Vous ouvrez le placard, il vous faut des vêtements, de la chaleur, il vous faut votre adorable jupe en tweed. Votre sac n'est plus là. Merde. *Merde.* Votre portefeuille dedans. Vos cartes de crédit et votre permis de conduire. Votre nom. Votre adresse.

Oh non, pas ça.

C'est la femme, cela se voyait sur son visage dès le début.

Réfléchissez.

Vous ne pouvez pas le signaler. Vous avez déjà donné à la réception l'empreinte de votre carte, bon, bien, mais vos clés, vos clés : elles sont dans la poche de votre manteau, Dieu merci. Mais votre nom, votre adresse, et puis les larmes, rapides, se mettent à couler, chaudes, à couler. Vous foncez à la salle de bains, sous l'eau chaude de la douche et vous frottez votre peau, frottez jusqu'à la trame puis vous effondrez contre le carrelage et l'eau, les larmes s'écoulent. Vous glissez au sol et y restez, courbée sous l'éventail de la douche, très longtemps, à pleurer et pleurer jusqu'à ce que vous arrêtiez dans un hoquet. Vous fermez le robinet. Vous êtes immobile et mouillée et tremblante. Vous n'arrivez pas à réfléchir à un moyen de rentrer chez vous. Un taxi est hors de question, vous sentez que vous ne pourrez plus jamais entrer dans un taxi, ni seule ni avec Cole ni avec qui que ce soit.

Ils ont vos nom et adresse. Ils ont vos nom et adresse.

Vos larmes, encore. Des années à ne pas chialer de frustration, et tout cela, enfin, sort.

Leçon 83

De l'importance de la bonne nourriture

Vous appelez votre banque depuis la chambre d'hôtel. Vous en partez. Dites au jeune homme brusque de la réception que vous avez oublié votre sac à main chez vous, vous ne savez pas pourquoi il vous faut expliquer cela, vous devez arrêter, vous parlez trop : il sait que vous mentez.

Il reste quelques pièces de monnaie au fond de vos poches ; vous appelez Cole d'une cabine dans la rue, vous êtes certaine qu'il travaille tard. C'est le cas, bien sûr. Vous lui dites qu'on vous a volé votre sac et que vous êtes en rade. J'arrive tout de suite, dit-il. Vous vous rendez au Starbucks le plus proche pour y attendre, penchée sur un chocolat chaud, ravalant vos sanglots jusqu'à ce que Cole entre d'un pas décidé dans le café, vous allez à la rencontre de ses bras et encore une fois, les larmes coulent et coulent. Il vous apaise comme le cœur d'une tempête puis va au comptoir, en revient muni d'un plateau avec des sandwiches que vous ne pouvez avaler.

Viens, rentrons en taxi, dit-il, j'ai du fric sur moi.

Non, non, je préfère le métro, ça va plus vite. Je veux rentrer, c'est tout.

D'accord. Comme tu veux.

Vous marchez dans la rue, vos épaules entourées du bras ferme de Cole. Pourquoi est-il si bon dans de pareils moments ? Votre cœur s'ouvre en deux sous le poids de sa prévenance, comme une fenêtre sous le coup d'une bourrasque soudaine.

Je t'aime, dites-vous, en remerciement.
Vous le disiez tous les jours, à une époque.

Leçon 84

Le vieux linge de maison est inestimable

Les jours suivants, vous vous efforcez d'enfouir le souvenir des hommes, il le faut, car sinon vous serez paralysée par l'angoisse. Vous devez remettre de l'ordre en vous ; vous avez agi de façon répugnante et il est temps de mettre un terme à cette stupidité, de vous attaquer à votre vie normale. Vous réservez une séance de massage, un soin du visage, une pédicure. Nettoyez l'appartement. Appelez quelques vieilles copines, prenez rendez-vous pour boire un café, aller au cinéma, déjeuner. Dégagez un espace dans le bureau pour votre ordinateur portable et des livres : vous n'aviez encore jamais pris la peine de faire ça.

Vous jetez votre boîte de pilules.

Quand vous êtes prête, quand l'idée du sexe ne vous submerge plus de terreur, vous demandez à votre mari de plonger sa langue en vous et de l'incurver autour de votre clitoris ; il vous aura fallu quatre ans pour lui demander cela, pour lui demander précisément de faire quelque chose que vous désirez.

J'adore ces bouquins, dit-il.

Il écarte vos jambes et glisse sa langue entre elles et vous tournez la tête vers la fenêtre en étirant les bras au-dessus de votre tête et vous vous mettez à flotter sur le dos : Cole sait maintenant qu'il doit se concentrer sur votre clitoris pour vous donner du plaisir, il doit l'éveiller. Et par un pluvieux dimanche d'hiver vous restez au lit presque toute la journée comme si vous n'aviez jamais été mariés, comme si vous n'aviez jamais préféré le sommeil à ça. Ses doigts parcourent votre peau comme une eau qui s'écoule, vous ondulez, sommeillez un moment, embrassez, vous vous nichez dans la pénombre grandissante et quand tout est fini vous êtes étendue dans le calme en écoutant sa respiration profonde, régulière puis vous sombrez dans le sommeil.

Le lundi Cole se fait porter pâle, il ne l'avait jamais fait pour vous avant. Cela vous rappelle Édimbourg, quand il voulait être au lit, avec vous, plus que tout.

Vous vous souvenez de lui après tant de temps, l'homme que vous aimiez. Vous vous souvenez d'un temps où l'amour était aussi clair et pur qu'une chute de neige à Noël. C'était simple. Vous vous aimiez, vous vous faisiez confiance, vous n'étiez pas comme les autres couples. Votre mari vous était comme un baume. Il n'y avait pas de doute maladif, aucun poison ne se frayait son chemin. Vous vous souvenez de l'innocence de tout cela à une époque.

Avant la chambre d'hôtel à Marrakech, quand votre cœur a chaviré.

Leçon 85

Il est fort regrettable qu'une femme dont la condition physique est saine soit rendue infirme par un tempérament passionné

Une autre lettre. Vous les aviez presque oubliées. Vous pouvez à peine les lire maintenant, elles exsudent de sentimentalisme, votre cœur et votre sexe lui sont fermés.

Tu imprègnes mes journées, je n'arrive pas à te faire disparaître.

Vous retournez vers Cole, dans la chambre. En fermez la porte derrière vous, sans bien savoir pourquoi.

Le téléphone sonne, les matins de semaine, à son heure habituelle. Vous ne décrochez jamais.

Allô, sur le répondeur, allô ?

Recroquevillée sur le canapé, mains entre vos jambes, désirant qu'il cesse. Essayant d'oublier tout ça, de vous immerger, pour Cole, dans le rôle de la bonne épouse.

Le téléphone sonne, tard, dix heures du soir. Cole vous dit de ne pas y faire attention. Vous savez qui c'est ; il n'avait encore jamais osé s'immiscer ainsi dans votre vie. Vous n'avez pas envie que votre mari entende sa voix sur le répondeur. Vous décrochez d'un coup sec. Faites semblant qu'il s'agit de Martha, dites à Gabriel que vous êtes fatiguée, de ne pas appeler aussi tard, vous rappellerez demain.

Vos mains tremblent en raccrochant.

Vous lui dites, le lendemain matin, de ne plus jamais appeler à des heures indues. Vous lui dites que vous ne pouvez plus le voir, il a suffisamment appris. Les leçons sont terminées. Non, attends, dit-il. Vous raccrochez. Vous laissez le répondeur branché, et il le restera.

Appelle-moi, je t'en prie, dit-il le lendemain matin, sur le répondeur. Il faut qu'on parle, ça doit pouvoir s'arranger. Je t'aime, dit-il, vous en restez pétrifiée tout en l'écoutant. Je t'aime, dit-il encore.

Combien de fois avez-vous dit *je t'aime* quand vous aviez la vingtaine à des hommes qui ne répondaient pas ? C'est beau, disait l'un d'eux, c'est beau, comme s'il collectionnait ce genre de phrases dans un cahier, les épinglant à un tableau comme autant de papillons. Combien de fois quelque chose s'est-il éteint en vous tandis que les mots sortaient de votre bouche ? Et vous voilà de l'autre côté, à rendre la pareille.

Encore qu'il y ait une différence, vous dites-vous, cela vaut mieux, vous dites-vous. Vous êtes embrouillée en pensant à la vie que vous avez menée, dans tout son égoïsme, mais il vaut mieux, à la longue, ne rien donner en échange. Vous n'avez pas demandé de complications, de fardeau, de gâchis.

Vous vous sentez soudain implacable et lucide. Vous sentez une écharde de glace dans votre cœur.

Leçon 86

Ceux qui prennent pour la première fois de l'opium en deviennent de tels esclaves qu'au début ils ne peuvent rien faire sans cela, puis finalement, rien avec

Gabriel attend sur votre seuil un lundi matin quand vous sortez, il est à côté de vous quand vous descendez la rue. Il vous dit que vous *devez* quitter Cole, il vous y poussera ; tu es trop lâche pour saisir ton propre bonheur, tu dois repartir de rien.

L'imprévisibilité est gravée en lui désormais, il n'est pas rasé, il n'a pas l'air d'avoir dormi : ce qui confirme que vous avez pris la bonne décision. C'est donc là le revers du jovial acteur toujours *branché* dans la vraie vie, toujours en train de jouer son rôle. Vous pressez le pas. Gabriel vous rattrape, il vous marche littéralement sur les talons. Vous lui dites, sans le regarder, de ne plus venir chez vous, de ne plus téléphoner. Vous entrez dans le kiosque à journaux mais il reste juste derrière vous, à portée d'oreille. Vous lui dites d'arrêter sur un ton cinglant, tout en prenant un journal. Vous connaissez l'Indienne qui tient la caisse, elle a l'habitude de vous taquiner, Cole et vous, pour savoir quand vous comptez démarrer une famille, en inclinant doucement la tête sur le côté ; c'est même devenu une blague récurrente. Mais Gabriel se tient derrière vous et vous pouvez voir le sourire perplexe sur le visage de l'Indienne, aussi vous le bousculez pour passer : comment ose-t-il foncer ainsi tête baissée dans votre vie ? Il se campe devant vous, vous prend fermement par les épaules, ses doigts enfoncés dans votre chair.

Écoute-moi, dit-il, écoute.

Va-t'en, dites-vous en le contournant.

Vous ne pouvez plus coucher avec lui, ne pouvez plus le voir. Pourquoi ne le comprend-il pas ? Vous vous éloignez à grandes enjambées. Faites le tour du pâté de maisons. Regardez derrière vous, il est parti.

Retournez à votre appartement.

Quelle est cette pulsion en vous, cette folie qui rue comme un cheval dans sa stalle ? Vous êtes assise au bord du canapé, vos doigts triturent la frange d'un coussin, vous vous mordez la lèvre. Vous ne comprenez pas ce désir de le refaire, là tout de suite, de fuir le calme de la pièce pour aller tirer d'autres coups anonymes de plus en plus nombreux. Cette pulsion en vous qui est si brutale, terrible, masculine, belle, fondamentale et indigne, que rien ne peut réprimer et qui, déroutante, est toute revenue.

Leçon 87

Le foyer de la jeune épouse !
Ces mots ne témoignent-ils pas
de l'heureuse union des plus tendres
souvenirs aux aspirations les plus élevées ?

Cole veut encore et toujours faire l'amour à sa façon, il ne se montre pas assez obéissant mais pour l'heure vous vous en moquez, vous voulez seulement être rassasiée, comblée.

Il vous force à vous toucher vous-même, il pousse vos propres doigts entre vos jambes et les remonte ensuite vers votre bouche ; goûte-toi, insiste-t-il, allons, mais vous serrez les lèvres et secouez la tête, essayant de le tenir à distance. Mmm, tu sens toi, dit-il en collant son museau sur votre visage. Il veut que vous alliez plus loin, plus loin encore, ne fassiez pas demi-tour maintenant sur la voie que vous avez empruntée, vous lui demandez de ralentir, de se montrer délicat, d'arrêter, mais il n'écoute pas, il n'est jamais suffisamment à l'écoute. Il recommence à vous lécher quand vous voudriez qu'il arrête ; pour savourer l'instant, pour récupérer mais il n'arrête pas, il vous écrase les lèvres de sa figure maculée de votre jus, toutes choses dont vous n'avez pas envie.

Il n'est pas comme Gabriel, il n'écoute pas, il n'est pas

courtois. Mais vous ne faites rien contre sa désobéissance parce que ce n'est pas assez important : le sexe se passe essentiellement dans votre tête, et jamais il n'aura besoin de savoir ça. Quand il est en vous, quand sa tête est entre vos jambes, vous pensez à quelqu'un d'autre.

Qui ferait exactement ce que vous voulez.

Qui a dit que vous deveniez une femme différente.

Qui n'a pas le droit de revenir.

Leçon 88

Comment se débarrasser des mauvaises odeurs à l'extérieur et des mauvaises humeurs à l'intérieur

Cole ne peut rester à l'écart, presque chaque nuit il chuchote jusqu'à ce que vous soyez réveillée et s'immisce entre vos jambes. Tu aimes ça, le sexe sexy, dit-il après une soirée où il vous a mordue et laissé des bleus dans votre chair en faisant l'amour comme s'il essayait de vous marquer au fer rouge, après vous avoir retournée et baisée, vous sur le ventre, vos jambes maintenues écartées par les siennes. Le sexe sexy, murmurez-vous, votre bras posé sur son estomac quand il est couché en chien de fusil, vos doigts tripotant le duvet sur son ventre. Son pénis a retrouvé sa mollesse laiteuse, vulnérable, tendre, épuisée, flasque.

Le sexe sexy, et vos doigts, soudain, cessent de tripoter.

C'est une expression de Théo, ça, dites-vous.

Un silence, pendant un moment, aussi tendu qu'un fil.

Je n'ai jamais couché avec elle, dit-il, je te l'ai dit.

Il n'y a qu'elle qui se serve de cette expression.

Ce qui ne veut pas dire que j'ai couché avec elle, ma mignonne, et voilà Cole tout soudain riant et chatouilleur, tout cela n'est qu'une blague, maintenant que le sexe est de retour, maintenant que vous êtes sagement redevenus un couple. Elle passait son temps à dire des trucs pareils, tu sais comment elle est.

Donc tu l'as vue ? Votre voix est forte et claire.

Une ou deux fois, oui. Pour boire un coup, de temps à autre. Et tu sais quoi, ma belle ? Nous finissons toujours par parler de toi, rien d'autre. Tu lui manques beaucoup.

Eh bien moi, elle ne me manque pas. Pas le moins du monde.

Elle essaie d'avoir un bébé.

Le tien, demandez-vous.

Oublions tout ça, dit-il. *S'il te plaît.*

Le sommeil cette nuit-là comme une toile d'araignée, en fils ténus.

Leçon 89

Des désinfectants et de leur usage

Un samedi où la pluie fait rage et se jette contre les vitres comme des cailloux furieux.

Cole vous pousse sur le lit et vous retourne puis vous lèche l'arrière des genoux, vous fait couiner et vous embrasse et vous retourne encore puis vous pénètre avec une étrange ardeur et tandis qu'il remue en vous il y a comme un papillonnement de tendresse ; qui s'accumule, qui devient presque insupportable, c'est plus tendre que tout ce qu'il a jamais remué en vous et Dieu sait d'où cela vient mais voilà que cela dénoue quelque chose entre vous deux et vous murmurez à son oreille, un simple souffle, faisons un bébé, car cela, cela emportera tout au loin. Recommencer de zéro, Seigneur, s'il vous plaît, cela.

Maintenant ?

J'ai arrêté la pilule. Il nous faut bien commencer.

Combien d'années il nous reste, dit-il pour plaisanter.

Aucune. Allez.

Pour purger d'un seul coup, pour détourner le cours des choses. Pour punir Gabriel, pour l'expulser hors de votre vie. Et pour faire peur à Théo, peut-être. Vous manquez étouffer, de délice, sous l'impact de la douce giclée, ensuite Cole et vous riez comme des jeunes mariés parce que vous êtes parvenus tous les deux à une décision, la plus magnifique, certainement, dans toute une vie. Vous relevez les jambes au-dessus de votre tête, haut en l'air, vos orteils viennent toucher le mur derrière vous, cela fait descendre les spermatozoïdes. Tu fais venir le bonheur, dit Cole quand vous rabaissez vos jambes.

Hmm, dites-vous, la tête ailleurs.

C'est très curieux, dit Cole en pouffant, une nuit, tasse de thé à la main. Voilà que je retombe amoureux de toi alors qu'on était en train de partir en quenouilles. Vous murmurez hmm, et souriez, prenez entre deux doigts un fil qui peluche sur son chandail. Vous êtes perplexe : peut-être allez-vous maintenant vous enfouir à nouveau dans la vie tranquille, régénérée et docile, sans plus jamais avoir besoin d'une nouvelle dose. Mais vous vous demandez si les après-midi de semaine dans un appartement en ville pourront jamais se muer avec docilité en rêverie, si toute l'expérience pourra être avec obéissance enfermée dans une boîte étiquetée Absolument Pas Renouvelable ; ni avec Gabriel ni avec qui que ce soit d'autre.

Vous voulez un enfant ; c'est le seul désir, à présent, cela est bien arrêté. Vous avez trente-six ans. Il vous faut commencer.

Leçon 90

Dès qu'une femme s'apprête à entrer en couches elle doit accorder plus de soins que d'ordinaire à l'état général de son foyer. Il faut vérifier les conduites

Les paumes de vos mains sont posées sur votre ventre. Vous ne ressentez rien. Vous ne savez pas du tout si ça a marché.

Peut-être qu'une fois mère, vous serez interdite pour Gabriel, tout bon garçon catholique qu'il est, vous serez pour lui nulle et non avenue, hors jeu. Les coups de fil ont cessé mais il y a parfois un picotement à la base de votre cou désormais; vous vous sentez regardée. Vous êtes certaine qu'il rôde, non loin de là. Il ne vous arrive plus de rester longuement à la fenêtre. Parfois quand vous êtes dehors, vous vous retournez brusquement, pour apercevoir quelqu'un du coin de l'œil.

Il a été obsédé par une femme à une époque, il vous l'a dit. Il l'aimait trop.

Auriez-vous vraiment envie de quelqu'un qui aime trop? Comment pourriez-vous mesurer l'amour, encore moins le distinguer, vous demandez-vous, le distinguer d'un béguin, d'une curiosité, d'une emprise? Vous avez toujours rêvé d'être au centre de la vie d'un homme, voilà qu'aujourd'hui cela n'est plus de mise. C'est comme d'être enfermée dans une pièce sans air, sans fenêtre.

Et il y a un chauffeur de taxi là-dehors avec vos nom et adresse. Ou une femme à la chemise crasseuse, qui vous connaît comme personne ne vous connaît, et combien vous détestez ça. Mais qu'est-ce donc qui vous a fait croire que, parce que vous fantasmiez sur une femme, vous en auriez envie pour de vrai ?

Cole est la seule constante. Chaque relation en définit-elle une autre, éclaire-t-elle la précédente ? C'est curieux comme le temps que vous avez passé avec Gabriel a maintenant renforcé vos sentiments pour votre mari, vous a soudée à la confiance qu'il dégage et à son calme.

Leçon 91

Le désir d'avoir une progéniture, à laquelle la mère est prête à sacrifier une partie de sa vie même, est la plus noble de nos passions purement humaines

Tu fais venir le bonheur, répète Cole, son ventre collé à votre dos tandis que vous frottez les casseroles après un rôti du dimanche. Vous souriez, ne dites rien. Là-dehors dans le monde il y a des bébés partout, des poussettes, des ventres gonflés, des porte-bébés. Un homme, au cours d'une fête, raconte en plaisantant qu'il lui arrive de rentrer chez lui à la pause-déjeuner rien que pour sentir l'odeur de la tête de son nouveau-né, c'est la plus puissante des expériences humaines non érotiques, vous dit-il, crêpes, vanille et peau.

Hm hm, faites-vous en hochant la tête, puis vous reculez.

Vous lisez un article de Germaine Greer, selon lequel, avec la maternité, les femmes subissent un déclin catastrophique de leur qualité de vie. Vous lisez un extrait du journal de Sylvia Plath, selon lequel elle se sentirait plus prisonnière en fille carriériste, stressée et cynique, qu'en épouse et mère à la riche créativité qui ne cesse de grandir sur le plan intellectuel. Y croyait-elle ? Et vous ?

Vous n'avez aucune idée de ce qui vous attend.

Vous voulez un enfant pour éradiquer tout ce que vous avez fait ces derniers mois. Vous avez l'impression que vous voulez un bébé pour avoir quelqu'un à aimer avec voracité toute votre vie, pour la combler. Vous les avez entendues, les histoires d'horreur, comme quoi il sera difficile, avec un bébé sur les bras, de trouver ne serait-ce que le temps d'aller aux toilettes, prendre une douche ou répondre au téléphone, que dans le travail vous risquez d'être déchirée du vagin à l'anus, que faire l'amour après un accouchement c'est comme de flanquer une saucisse dans le tunnel sous la Manche, que certains hommes détestent être avec des femmes distendues.

Tout ce que vous savez c'est qu'avec un enfant votre vie va basculer comme un paquebot qui vire de bord. Autrement dit pour le mieux.

Leçon 92

L'acte reproductif est la plus élevée et la plus altruiste de nos fonctions physiologiques

Cinq semaines après que Cole et vous avez fait l'amour un samedi matin plus tendrement que jamais, vous vomissez dans les toilettes pendant qu'il se brosse les dents à côté de vous, cela vous remonte de l'intérieur en quelques secondes. Le lendemain dans un café, en lisant distraitement, après une gorgée d'eau vous êtes prise d'une nausée si soudaine que vous devez vous ruer sur le trottoir pour vomir dans le caniveau. Quelque chose vous pompe votre énergie comme jamais elle ne l'avait été auparavant. Cole vous dit d'acheter un test de grossesse mais vous préférez attendre le week-end, quand il sera à la maison et que vous serez tous les deux au calme : vous voulez que l'événement soit empreint d'un certain caractère sacré. On ne peut le faire de nuit, il faut le matin pour ça, quand les hormones sont au plus fort, l'emballage vous l'explique.

Vous bombardez le bâtonnet en plastique de votre urine, vous pissez chaud et fort. Deux bandes. Vous secouez le bâtonnet, elles refusent de partir.

Donc, confirmé.

Cela a marché, ce n'est pas censé marcher aussi vite. Il

faut toujours des mois pour les femmes de votre âge, ou des années de désespoir, voire l'éternité.

Il y a une énorme chaleur qui s'étend quand vous mettez les mains en coupe sur votre ventre. Eh bien salut, mon petit bonhomme, bien bordé dans le ventre, bien ancré dans le monde, salut. Vous sortez de la salle de bains et Cole hoche la tête, sourit et vous enserre dans ses bras, si fort, à faire mal, et des larmes vous picotent les yeux à tous les deux.

Donc, nettoyée, lavée, pour recommencer. Vous l'espérez.

Leçon 93

Il faut nous soigner lorsque nous sommes indisposées

Vous appelez votre mère pour lui annoncer la nouvelle. Elle ne la prend pas aussi joyeusement que vous l'espériez, il y a un ton dans sa voix; cela vous fait un choc. Vous vous demandez ce que vous avez bien pu faire pour l'irriter. Peut-être qu'elle a l'impression que le bébé va vous restreindre, elle espère toujours que vous aurez une vie plus vaste. Peut-être qu'elle a peur de vieillir. Ne peut supporter l'idée d'être appelée mamie. N'a pas envie d'un autre enfant, qui va mettre la pagaille dans son monde confortable, l'obligeant à le garder de temps en temps. Vous aviez parfois le sentiment, adolescente, qu'elle montrait un peu trop d'empressement à vous expulser hors du nid familial : elle vous encourageait souvent à vous trouver un endroit à vous et, quand ce fut chose faite, parvenait mal à cacher son agacement si vous reveniez faire une lessive ou vous servir de sa machine à coudre.

Votre relation est toujours ainsi, des hauts et des bas, un jour les meilleures amies du monde, le lendemain pas envie de se parler. Elle vous demande comment vous vous sentez. Elle vous dit qu'elle a vomi pendant les neuf mois entiers. Elle dit qu'avoir un enfant, ça vous calmera.

Oh, vraiment ?

Vous ne demandez pas ce qu'elle entend par là, ne voulez pas qu'elle démarre au quart de tour. En général vous vivez chacune dans la terreur de l'autre, du mal que vous pouvez vous infliger. Quelque chose a changé quand Cole s'est installé dans votre vie. Votre mère connaît vos points faibles et parfois, sournoisement, elle les attaque, comme si vous faire mal était une façon de vous tenir. Elle le faisait, à l'occasion, quand vous étiez enfant. Comme la fois où votre bulletin scolaire indiquait *manque d'initiative* et que vous avez dû demander, du haut de vos huit ans, ce que voulait dire ce mot bizarre, après quoi elle vous l'a rappelé tout au long de votre enfance, de votre adolescence, et aussi à propos de votre carrière universitaire et de votre choix de mariage.

Manque d'initiative. Vous raccrochez en pouffant de rire, vous demandant ce qu'elle dirait maintenant. Vous pouffez beaucoup, ces derniers temps ; votre mère peut toujours faire mal mais pas autant. Car le bébé en vous vous inonde de joie, il vous égalise.

Leçon 94

Il existe quantité de jeux d'intérieur, tels que les gambades, les charades, etc.

Mais il arrive que vous ressentiez une faiblesse, en général le matin, vers l'heure où Gabriel avait l'habitude de téléphoner. Une hantise, comme pour les vétérans amputés d'un membre. Quand vous éprouvez à nouveau le besoin, le même qu'à l'époque où l'apprentissage était encore vif.

Le manque, encore, se déploie sous votre peau.

Il n'y avait rien de résigné dans ces après-midi que vous engloutissiez tous deux comme on gobe une huître. Il y eut une leçon vers la fin, celle qui précéda votre départ, quand il serrait vos orteils en disant qu'il ne voulait pas vous perdre car vous *étiez* le sexe pour lui, vous l'incarniez. Devant l'honnêteté de ce propos vous vous êtes sentie comme déversée par une vague sur le sable durci et vous avez trébuché en riant que c'était impossible, comment une relation pourrait-elle fonctionner, et puis d'ailleurs toutes les femmes ont ça en elles, pas seulement vous-même, tout ce qu'il avait à faire c'était de trouver un moyen de déverrouiller ça chez toutes les femmes avec qui il serait. D'écouter. De demander. D'apprendre. Il avait tout un monde là-dehors, mais lui se renfermait tandis que vous parliez, il hochait la tête, oui bien sûr et il vous embrassait, doucement, oui, en tremblant, oui, comme si soudain il n'avait plus aucun droit de vous embrasser.

Et maintenant le matin, vers l'heure où Gabriel appellerait, vous vacillez, vous vous demandez si vous n'avez pas été trop rude. Lors de cette avant-dernière leçon, en disant au revoir, vous avez tenu sa tête entre vos mains en sachant que déjà vous commenciez à vous éloigner ; même si vous ne supportiez pas l'idée que cela arrive si tôt.

Leçon 95

Il faut grandement déplorer l'inaptitude morale chez la mère

À l'âge de sept semaines le bébé vous fait vomir sur le trottoir devant le bureau de poste puis devant la maison de la presse mais cette fois pas le temps d'atteindre le caniveau ; comme un chien avec ses réverbères, vous marquez votre territoire. Mais c'est là un malaise joyeux, si tant est qu'une telle chose puisse exister, car cela prouve que le bébé se fortifie en vous.

Déjà il vous transforme. Vous raffolez de viande fraîche, de gâteaux de riz et de légumes crus, de fruits et de lait. Il vous éloigne de vos vins vermeils et des fromages translucides, de votre beurre de cacahuète et de vos pâtés. Il gâche votre goût pour le chocolat, c'est le revers de la médaille. Il vous pousse vers le congélateur, vers les bacs à glaçons dont vous faites une consommation frénétique, les croquant avec fureur.

Et nous voilà à trois, dit Cole doucement, merveilleusement, une nuit, dans la pénombre. Oui, répondez-vous, oui, songeant à l'étrange motivation envers cet enfant, son départ éperdu, affolé dans la vie. Songeant à Théo. Vous vous demandez si elle est tombée enceinte aussi vite que vous ; si elle aussi a été submergée par les hormones du bonheur. Il vous paraît étrange, d'une certaine manière, d'être embarquée pour ce voyage sans elle à vos côtés.

Leçon 96

On doit laisser entrer librement l'air et la lumière

Sur le répondeur quelqu'un raccroche, ne laissant qu'un déclic enregistré, puis, après que cela vous a exaspéré plus souvent qu'à votre tour, vous finissez par répondre. Silence, à l'autre bout, puis le combiné est raccroché.

Vous n'avez pas envie de jouer, vous n'avez pas le temps pour ça, il y a autre chose dans votre vie.

Puis arrive une autre lettre. Livrée directement, pas de cachet de la poste. Vous n'êtes même pas sûre d'avoir envie de l'ouvrir ; vous tenez l'enveloppe par un coin comme un enquêteur avec un spécimen à analyser, vous caressez l'idée de la jeter directement.

C'est moi. Je ne peux plus, cela me désole. J'aurais tant voulu que nous ayons une chance d'en parler.

Ça suffit. Vous la froissez, à la corbeille. Retour à votre manuel de grossesse.

Leçon 97

Les mauvaises fièvres causent plus de morts que la guerre ou la famine

Vous lézardez sur le canapé du séjour, plantureusement seule.

Cole est endormi dans la chambre.

Il n'a plus envie d'intimité désormais, il a peur de faire mal au bébé maintenant que votre ventre se voit, il est révulsé à l'idée de faire l'amour à une femme enceinte. Demi Moore, là, en couverture de *Vanity Fair*, c'était écœurant, a-t-il dit.

Donc le séjour, seule, et vos doigts s'aventurent entre vos jambes, ils décrivent des cercles, titillent, s'insinuent, des frissons parcourent votre estomac puis vos doigts accélèrent le mouvement, s'enfoncent, les frissons se font de plus en plus vifs, ils éclatent dans votre ventre puis votre poitrine et vous parvenez tout juste à respirer ; vous agrippez le plaid avant de jouir comme jamais vous n'avez joui, car la grossesse vous rend plus sensible que jamais, elle vous accorde avec plus de finesse qu'un piano de concert.

Vous pensiez que votre vie serait alourdie par les chevilles épaisses, les robes de grossesse, la bouffissure. Mais pendant que l'enfant mijote dans sa cuve vous vibrez de vitalité et de désir, il y a tout un halo d'énergie autour de vous et vous n'aviez pas envisagé cela.

Cole remue. Viens au lit, s'écrie-t-il, viens dormir.

Leçon 98

Pour des doigts inexpérimentés, rapiécer est l'une des tâches les plus difficiles

Deux ans jour pour jour après Marrakech.

Anniversaire de Théo, le premier juin, marqué à tout jamais par le moment de la découverte. Il vous faut une distraction ; vous invitez trois collègues de l'université à dîner. Cole est sorti avec un copain d'école, pour voir le dernier James Bond.

Pendant que vous farfouillez à la cuisine, tranchant, versant, touillant, la conversation passe des fringues aux coiffures, des collègues aux appartements, pour finir par s'arrêter sur le sujet où elle s'arrête toujours avec ces collègues-là : les hommes. Megan raconte qu'elle n'a toujours pas couché avec son partenaire, Dom, ça dure comme ça depuis huit ans ; ils sont comme frère et sœur maintenant. Elle a trente-neuf ans, elle veut un bébé. Elle n'est pas sûre de savoir ce qui ne va pas, chez Dom ; il n'a plus envie de sexe, il la repousse chaque fois.

Se pourrait-il qu'il soit homosexuel ?

Non.

Quitte-le, dites-vous toutes. Avant que tu te retrouves à quarante-huit ans, toujours sans enfant, et qu'il soit trop tard.

C'est pas facile, vous savez, rétorque-t-elle.

Puis elle se tourne vers vous, Dieu sait pourquoi : as-tu déjà été avec un prostitué ?

Non, dites-vous en reniflant, en riant.

As-tu déjà pensé à le faire ?

Non.

J'en ai vraiment envie mais je ne sais pas du tout comment m'y prendre.

Vous jetez un œil à Cath, remarquablement silencieuse pour le coup. C'est votre amie la plus proche, parmi celles du travail. Son mariage est l'un des plus heureux que vous connaissiez, ils ont deux beaux garçons adolescents. Elle ne cesse d'avoir des liaisons, et ce depuis des années ; elle fait souvent l'amour avec son mari, Mike, qui reste dans une ignorance béate. Ça crée une envie dévorante pour lui, vous a-t-elle confié un jour, je ne peux pas m'arrêter. Je ne veux pas que ça s'arrête. Jamais.

Vous vous êtes toujours demandé ce qui se passerait si Mike l'apprenait. Vous vous posez la question, maintenant, pour Cole : cette réaction-là, vous ne pouvez pas la prédire. Vous êtes prise d'un frisson involontaire en touillant les pâtes, à la pensée qu'il pourrait tomber par mégarde sur votre vie secrète.

Leçon 99

Prenez bien soin de vos plantes, arrosez-les régulièrement, enlevez toutes les feuilles mortes

Vous refaites un essai avec votre mère. La voulez à proximité, avez soif de ses connaissances maintenant que vous êtes enceinte puisqu'elle a aussi traversé cela. Mais elle est sur un champ de fouilles dans le sud-est de la Russie pour tout l'été. Elle travaille sur un prédateur marin qui terrorisait les océans il y a cent cinquante millions d'années et qui avait des dents longues comme des machettes. On en a déjà retrouvé six et elles sont encore si tranchantes que plusieurs membres de l'équipe s'y sont coupés. Elle fait un relevé de la zone qui entoure l'appareil digestif de l'animal, cherchant des traces de ce qu'il mangeait, elle a déterré des fossiles du genre calamar ainsi que de vieilles écailles de poisson, et elle adore ce travail. Et la chaleur. Elle vous raconte qu'ils traversent justement une vague de chaleur et que le ciel est d'un bleu criard.

Ça a l'air paradisiaque, répondez-vous.

Ça l'est, dit-elle. Son ton est plus léger cette fois, comme si elle avait eu le temps de réfléchir à l'heureux événement. Mais là, elle laisse tomber un commentaire bien affûté, selon quoi vous allez devoir vous défaire de tout votre égoïsme une fois mère et vous sentez comme d'habitude votre gorge qui se serre, vous avez envie de lui raccrocher au nez mais ne le faites pas ; il faut qu'une chose au moins se tasse dans votre vie.

Vous ignorez ce qu'elle considère comme votre égoïsme. Le fait, peut-être, que vous ne lui ayez jamais montré de gratitude pour vous avoir élevée si longtemps toute seule ? Vous avez depuis longtemps élaboré des défenses contre ses morsures : raccrocher en pleine conversation, ou laisser filer le commentaire, ou sortir. C'est si épuisant de rester là, à se battre.

Qu'est-ce qui ne va pas, demande Cole cette nuit-là, il y a quelque chose qui te tracasse.

Je ne sais pas, je me sens larguée, je suis désolée.

Pourquoi ne vas-tu pas voir ta mère. Prends-toi une pause. Règle la question avec elle une fois pour toutes.

Vous vous imaginez, gorgeant vos poumons de soleil ; éliminant Gabriel et les chauffeurs de taxi à grands coups de lumière douloureuse, dormant tard, renouant avec votre mère, faisant le ménage dans votre vie. L'apaisement et le calme d'une retraite maternelle.

Oui, dites-vous à Cole, oui, pourquoi pas.

Vous la rappelez le lendemain matin.

Je ne suis pas sûre que ce soit l'endroit idéal pour une femme enceinte, dit-elle. C'est assez rudimentaire, ici. C'est poussiéreux, il fait chaud, la plupart des routes ne sont pas goudronnées.

J'ai besoin de sortir de Londres, c'est tout. S'il te plaît.

D'accord, dit-elle en riant, d'accord. Ça, je peux le comprendre.

Leçon 100

Il est essentiel d'aérer

Vers une plaine qui fut jadis une mer intérieure. Sa surface n'est plus aujourd'hui qu'une croûte de sel, du fond de laquelle lorgnent les ossements d'anciens navires, comme les carcasses des animaux préhistoriques au-dessous. Les pêcheurs ont longtemps couru après l'eau qui les fuyait, ils ont tenté de la rattraper en construisant de vastes embarcadères de béton qui s'avancent sur l'étendue comme autant de doigts. Mais, posément, l'eau s'est enfuie, la rivière qui l'alimentait ayant été asséchée par les milliers de kilomètres de systèmes d'irrigation, de canaux et de barrages, jusqu'à ce qu'un jour il n'y eût plus de mer. Désormais sur les vestiges de l'ancien rivage les croix penchées des tombes de pêcheurs disparus depuis longtemps manifestent, tels des trois-mâts, leur accusation. Et les seuls qui acceptent de venir à la ville poussiéreuse sur le bord de la plaine sont les paléontologues, avides d'ossements.

L'avion monomoteur tressaute sur un tarmac en terre battue avant d'aller se ranger, brusque ballerine, devant un terminal qui tient de l'Abribus. Son toit de fer-blanc lézarde sous une impitoyable étendue de ciel bleu. Un vieil homme s'occupe des fleurs en pot près de la porte d'accès ; il maintient en vie leurs couleurs incongrues avec le même zèle qu'un tenancier de pub dans l'été anglais. Il examine l'unique valise de la seule passagère à être descendue, les vêtements citadins, le visage. Vous vous contentez de hocher la tête.

L'odeur humide du ciment arrosé vous replonge en enfance et vous levez le menton vers le ciel. *Voilà* le genre d'air qui vous convient, sec comme les mouchoirs en papier pelure de votre grand-mère, vous sentez votre corps se redresser sous son influence. Votre mère fait une embardée sur le parking avec le 4 × 4 du sponsor des fouilles. Vous ne l'avez pas vue depuis très longtemps. C'est un choc, le coup de vieux. Le vieil homme vous adresse un sourire orné d'une seule dent en guise d'au revoir ; tout va pour le mieux maintenant, il voit qui vous êtes.

Tandis que votre mère vous conduit à sa petite cabane préfabriquée en fer-blanc vous savez déjà que vous allez abuser de son hospitalité. Vous vous demandez combien de temps cela durera, si vous aurez le temps de décompresser.

Ses vêtements sont répandus un peu partout, évinçant tout le monde. Il y a des valises à moitié défaites et des piles de linge sale non trié. Elle n'arrive d'ailleurs pas à trouver de serviette propre au milieu des rouleaux de papier à bulles, des sacs de plâtre de Paris, des fins ciseaux et des brosses, elle s'excuse de ne pas avoir fait le ménage. Elle est seule depuis trop longtemps.

Mais cela ne fait rien. Vous voulez que ça marche.

La première nuit vous caquetez toutes les deux, les chocolats belges que vous avez apportés en cadeau éclatent sur vos palais comme autant de nuages délicats. Ce soir tout va bien, pendant quelques jours ça ira et avec de la chance, une semaine. L'idée, c'est de dormir avec avidité la nuit et le jour de vous reposer, de reprendre une vie plus simple. Au départ tout va bien : les gens aux traits noueux dans les rares magasins dépouillés sourient largement en voyant votre ventre. Eh bien, c'est quelque chose, disent leurs sourires, comme si toute la vie se résumait à cela. Vous visitez les fouilles, en chapeau et chaussures de randonnée, le chef d'équipe insiste pour que vous preniez sa chaise pliante. Mais bientôt vous arpentez les rues poussiéreuses, ruminant, esquintée, vous avez chaud, vous frottez l'ancienne ride entre vos sourcils. La maison de votre mère conserve toute la chaleur du jour : le dentifrice est chaud ainsi que le déodorant quand vous le passez sur votre peau. Vous avez toujours couru après la chaleur, mais là, pour la première fois de votre vie, elle vous fait céder. Le bébé vous change tellement.

Pas assez.

Car même ici Gabriel vous poursuit, même quand vous allez nager à la piscine municipale. Vous faites des longueurs tous les jours, vous poussez fort sur le rebord, vous étendez les membres aussi loin que possible, vous finissez par sentir chaque courbe de vos muscles en essayant de le faire sortir de vous à force de nager. Mais chaque matin vous vous réveillez d'un coup pour affronter la journée les nerfs à vif, un affolement inexplicable qui bouillonne dans vos tripes. Vous vous levez du lit d'appoint de votre mère, fatiguée jusqu'aux os, comme si vous aviez lutté contre sa mollesse toute la nuit, comme si vos os s'étaient tendus contre lui, lui avaient résisté. Et au bout de six jours votre mère laisse entendre qu'elle aime vraiment trop sa solitude à elle. Le même motif se répète encore, la tension soudaine dans sa voix, puis vous explosez toutes les deux et vous devenez la femme qui a rarement l'autorisation d'apparaître. Cette fois-ci, à propos du nom pour l'enfant.

Tu ne vas pas lui donner celui de ton père, dit votre mère. Tu ne vas quand même pas te souvenir en permanence de quelqu'un d'aussi inepte.

Il y a toujours autant d'amertume refoulée à son sujet, après tant d'années, vous vous doutez un peu que c'est dû au fait qu'ils étaient jadis, passionnément, amoureux. Votre père est souvent à l'origine des disputes, vous êtes profondément fatiguée de vous retrouver encore et encore dans cette impasse, cela dure depuis vingt-cinq ans. Votre mère est jalouse de votre amour pour lui, elle estime que votre attachement était aveugle et idiot, et elle a passé toute votre vie, en conséquence, à s'efforcer de vous convaincre de ses défauts à lui. Il était toujours ivre, bon à rien, lamentable, n'a jamais rien fait de sa vie, ne t'aimait pas puisqu'il ne m'a jamais donné assez d'argent pour toi, m'a mené la vie dure, les mots sont toujours les mêmes, depuis que vous avez dix ans, ils n'ont réussi qu'à vous détourner d'elle.

Pourquoi faut-il toujours que tu reviennes là-dessus, demandez-vous aujourd'hui, j'en ai tellement *marre.* Puis, très calme : Si tu n'y fais pas attention il ne restera personne dans ta vie.

Tu es bien comme lui, vous assaille-t-elle. Irrécupérables, irrécupérables, tous autant que vous êtes. Toujours papa papa papa, elle imite le ton de votre voix enfantine pleine d'adoration. Tu ne dis jamais que tu m'aimes, tu ne me dis jamais merci, tu n'estimes même pas que je suis ce qui se fait de mieux depuis qu'on a inventé l'eau chaude. Tu n'as pas la moindre idée de ce que c'est, de vivre dans le monde réel.

Les paroles de votre mère n'ont plus de sens pour vous aujourd'hui, ce sont les mêmes phrases qui se répètent encore et encore, il y a longtemps que leur tranchant s'est émoussé. Vous lui avez bien évidemment dit je t'aime, par le passé, mais elle n'en a jamais paru convaincue.

Elle ne vous écoutera pas aujourd'hui, tandis que vous l'implorez d'arrêter. Vous ne voyez pas pourquoi vous avez cru que le fait d'être enceinte représenterait un énorme tournant, un remède à chaque aspect de votre vie. Vous avez peur que cette confrontation avec votre mère ne dure jusqu'à la mort de l'une d'entre vous, ce sentiment d'être en lutte contre elle, vous n'êtes pas des alliées. Vous devez échapper à la sournoiserie dans sa voix, au martèlement de son doigt tendu en l'air, la fureur sur sa figure. Vous sortez par la porte de devant, dépassez les tas de gravats du chantier, les croix sur le rivage qui évoquent les mâts en désordre de vaisseaux fantômes, les visages curieux des gens du cru ; vous marchez sans savoir où vous allez.

Vous arrivez à la seule cabine publique de l'agglomération.

Changez de vol.

Partez sans dire au revoir. Ce n'est pas la première fois.

Leçon 101

Il n'est jamais trop tard pour s'exercer à la maîtrise de soi

Vous desserrez les mâchoires quand l'avion a décollé. Regardez dehors ce qui ressemble à un désert qui s'étend à perte de vue mais qui n'est que nuage, interminable nuage. Il y a un trou noir dans votre vie, quatre jours où vous pourriez disparaître, n'importe où, faire tout ce que vous voulez. Quatre jours secrets. Si vous étiez plus inconséquente et plus courageuse, vous appelleriez Gabriel, vous iriez vous blottir contre lui et ne quitteriez plus son appartement.

Vous rentrez à Londres et allez directement chez vous, sans savoir que faire de votre liberté, sans avoir la témérité de la prendre à bras-le-corps. Le sable sous vos ongles dessine des croissants de lune et dans les plis de vos vêtements et dans vos cheveux; cela, bien entendu, n'a rien récuré.

Leçon 102

À la fin des trois premiers mois, la future mère entame l'une des périodes les plus délicieuses de sa vie

Mais au cours des jours suivants toute l'exaltation de la grossesse revient en force, rien ne l'arrêtera plus. La gaîté des gens vous enveloppe dès que vous commencez à leur annoncer la nouvelle, c'est adorable de partager l'émerveillement que suscite un bébé avec un cercle bien plus large qui ne se résume pas à Cole et vous. Les « experts » en la matière se trémoussent en vous prodiguant leurs conseils : va voir autant de vieux amis que tu peux tant que tu es encore enceinte car ensuite tu n'auras plus le temps, sers-toi de couches jetables car la vie est trop courte, ne lutte pas contre le sommeil, en période de travail chantonne doucement *mon vagin est une saucière gluante*, que ce sera comme de chier un énorme étron, que ça n'a absolument rien d'élégant, vous riez, vous riez car tout cela a l'air si nouveau, étrange, unique. Et cependant c'est l'histoire de tant de femmes, depuis l'aube des temps, la plus universelle de toutes.

Aucun amour ne ressemble à celui-ci, dit une amie qui a trois enfants, c'est comme une drogue ; tu pourrais mourir pour tes enfants, tu sais.

Vous ne parvenez pas à vous imaginer en train d'engager toute votre vie de votre plein gré pour qui que ce soit d'autre, ni avoir un amour aussi grand et altruiste que celui-là.

Pour la première fois de votre vie, vous vous contemplez dans une psyché sans faire la revue de vos petits défauts physiques ; pour la première fois de votre vie, vous aimez ce que vous voyez. Tout pousse et tout change. Le bébé assombrit vos mamelons, les rend soyeux et plus larges. Votre pubis est plus étendu et vos poils, bizarrement, sont plus grisés. Vos organes génitaux se font plus doux et enflent, ils mûrissent. Votre peau est comme éclaboussée de pigment, votre visage et vos mains arborent des taches de son, il y a une bande sombre qui zèbre votre bas-ventre.

Au cœur de la nuit Cole et vous vous demandez en plaisantant quel genre de musique le bébé aimera et avec quel accent il parlera, et son nom aussi. Tout ce sur quoi vous tombez d'accord pour l'instant c'est Graine et puis Haricot puis Noyau de mangue, suivant les schémas qui illustrent la croissance du fœtus dans les manuels. Vous entendez parler d'hommes qui vomissent par empathie avec leurs compagnes, ou qui prennent du poids ou se rendent malades ou finissent lessivés. Rien de tout cela avec Cole, même s'il lui arrive de se mettre une main au creux des reins, de sortir le ventre et d'implorer pour qu'on lui témoigne de la sympathie, de l'amour, qu'on lui accorde du repos.

Il se prend un coussin sur la tête.

Vous riez beaucoup avec lui, de nouveau, vous sentez renfermée dans le cocon de votre petit monde. C'est le bébé, le rêve partagé, cela vous donne des frissons à tous deux. Vous avez de la chance de l'avoir si proche de vous. Que peut-il y avoir de plus solitaire que d'accoucher seule dans une clinique ?

Que de trop aimer quelqu'un ?

Leçon 103

Le miel de reine vierge est le plus pur, le plus sucré de tous

Un message sur le répondeur après une visite médicale de routine. Un silence, vous savez que c'est lui. Votre nom est tout ce qu'il dit. Juste au moment où il se perdait dans vos souvenirs, où vous repreniez le cours de votre existence.

Le téléphone re-sonne et vous le décrochez sèchement.

Hé là, dit-il.

Votre respiration s'arrête.

Comment vas-tu, dit-il.

Je vais bien. Je vais très bien.

Je vérifie, c'est tout, dit-il, je me demandais comment tu allais et puis il y a un rire. Qu'est-ce que tu attends de moi, demandez-vous, qu'est-ce que tu veux, et Gabriel vous dit que vous étiez en train de devenir quelqu'un d'autre, tu étais comme la Belle au bois dormant en train de s'éveiller, tu étais en pleine éclosion, dans la fleur de l'âge, c'était fantastique à contempler, puis il y a un silence et vous faites un son agacé, il dit Bon j'y vais : fais attention à toi, euh, suivi d'un déclic.

Vous arpentez l'appartement, vos mains frottent votre ventre, doucement, frottent et frottent comme si elles s'efforçaient d'effacer quelque chose.

Leçon 104

Pousser des hurlements, jeter des choses par terre, s'entêter, tout cela est indigne d'une femme

Vous vomissez jusqu'à douze fois par jour, surtout quand vous êtes fatiguée, vous vous demandez si c'est une bonne chose que cela arrive si souvent : chez certaines femmes, oui, vous dit votre médecin généraliste.

Cole tient vos cheveux écartés de votre figure quand vous vous penchez pour vomir au-dessus des toilettes, il sort la bassine de sous le lit, vous essuie la bouche, pose ses lèvres sur votre ventre, disant au bébé de ne pas rendre maman malade, après quoi vous prenez très longuement sa tête entre les paumes de vos mains puis l'embrassez, doucement, sur le sommet du crâne, en guise de remerciement, car jamais vous ne l'avez autant apprécié.

Vous vous demandez à quoi ressemblera le bébé, s'il deviendra une espèce de téléphone arabe à partir de vous deux. Si ses deux orteils du milieu seront soudés, comme les vôtres, en forme de fronde. Vous lui souhaitez d'être, comme vous, gaucher, d'hériter du sourire de votre mère, des bons yeux de Cole, de son calme.

Mais vous vomissez toujours, comme si vous tentiez d'expulser la culpabilité.

Leçon 105

Les jeunes épouses comptent parmi les membres les plus importants de la communauté, c'est sur leur santé et leur intelligence que repose le bien-être du mari, des enfants et des domestiques

Le bébé vous détourne de votre station de radio préférée, vous ne supportez plus les pulsations de la dance music, ce qui vous amène à Bach. Il vous ralentit, s'efforce de vous immobiliser, de vous embarquer pour la tranquillité. Que va-t-il vous arriver maintenant que vous êtes sur le point de devenir mère ? Allez-vous disparaître de l'arène où se déroule toute l'action pour devenir spectatrice de la vie, vivrez-vous un bonheur par procuration ? C'est ce qui arrive aux gens âgés, pas vrai, ainsi qu'aux mères. Vous avez toujours conçu un dédain sournois pour elles, ces femmes qui disparaissent, faibles, fondues, mixées, vous avez toujours considéré qu'elles baissaient les bras. Aujourd'hui il y a du dédain pour ce que vous étiez : la femme carriériste décidée à faire passer son train de vie en premier, qui regardait de haut les jeunes mères.

La nuit vous découvre tous les trois, votre ventre

appuyé au creux du dos de Cole et le bébé entre vous et votre souffle. Cole s'inquiète pour l'enfant quand votre ventre est secoué de rires, et aussi quand vous portez des sacs de provisions dans l'escalier et quand vous ramassez du linge sale par terre.

Eh bien, peut-être que tu devrais m'aider un peu plus, dites-vous pour le taquiner en lui jetant ses slips sales.

Et il le fait, dans une certaine mesure. Prend des responsabilités vis-à-vis des courses et de la cuisine, vous surprend même avec des plats dont vous ignoriez qu'il les connaissait.

J'ai été célibataire longtemps, moi aussi, tu sais: après un étonnant sauté qu'il ne vous avait jamais préparé avant.

Vous en battez des mains d'allégresse. À partir de maintenant, dites-vous en riant, c'est *toi* qui fais toute la cuisine, mon petit pote.

On se calme, on se calme, fait-il en rigolant, ça ne durera que jusqu'à la naissance du bébé.

Votre amour se ressoude, comme un os brisé.

Mais voiàl qu'aux petites heures du jour, dans le salon, seule:

Un appartement en ville, clair et dépouillé, comme chez un moine. Nue sur le dos, sur le tapis de Gabriel. Votre tête qui cogne contre le mur. Vos doigts noués dans ses cheveux, qui le poussent en vous, vous commencez à remuer sous lui, vos hanches s'écartent et vous donnez des coups de reins, doucement, cela monte d'une grande profondeur en vous, de plus en plus profonde jusqu'à ce que vous soyez en train de baiser avec sa langue, vous voulez qu'il vous ingurgite, que cela ne s'arrête jamais.

La grossesse a modifié le ton de vos fantasmes. Il ne s'agit plus, désormais, d'une femme que vous reconnaissez à peine dans votre tête, il ne s'agit plus d'une expérience fantastique que vous n'aimeriez pas transposer dans la vie réelle : il s'agit bien de vous, maintenant, de ce que vous avez fait.

Leçon 106

La mère doit à tout prix s'assurer les services d'une infirmière valable et d'un docteur compétent, et ce le plus tôt possible

L'hôpital où vous vous rendez pour la première visite prénatale se trouve dans la banlieue de Londres, il est d'un style victorien lugubre avec de hautes fenêtres crasseuses. Dans les couloirs des pigeons volettent au sein des rubans de lumière sale et il y a du sang sur le sol des toilettes. Cole jacasse, disant que tout ce qu'il y aura à la naissance, c'est une sage-femme et personne d'autre. Ce pays a grandi trop vite, râle-t-il, on est au XXIe siècle et on se croirait toujours aux temps de Thomas Hardy. Il veut ce qui se fait de mieux ; vous sentez l'ombrelle de sa possessivité et de sa protection s'ouvrir au-dessus de vous, vous en ressentez une vague de culpabilité, encore, et vous ne pouvez réagir, vous ne pouvez que lui serrer le bras en signe de reconnaissance.

Mais enfin lors de la première échographie, les rires reviennent car le bébé ne cesse de faire des embardées sauvages pour sortir de l'écran, il se livre à de menus tours, danse et cabriole, et puis le voilà, avec ses mains comme des cosses de petits pois et son étrange figure austère qui semble vous regarder directement tous les deux.

Pleurs à cette confirmation visuelle : non, vous n'avez rien inventé.

Mais quand commencerez-vous à sentir le petit astronaute gigoter dans votre ventre ? À dix-huit semaines son immobilisme vous impatiente, il vous attire toujours plus loin dans cette profonde, profonde fatigue dont vous vous réveillez agacée, sans jamais arriver à toucher la terre ferme de toute la journée. Vous vous demandez si cela cessera *jamais*, s'il vous arrivera jamais de vous sentir à nouveau normale. Peut-être que cela en vaut la peine, pour n'avoir plus à vivre la solitude angoissante du célibat en périodes de Noël quand votre cœur se craquelait sous le coup de la folie. Un enfant, c'est clair, est une police d'assurance contre ça.

Vous appelez votre mère. Vous avez choisi de vous excuser. Vous en avez tellement marre de cette tension entre vous, de ce poids dans votre vie ; vous voulez régler la question une fois pour toutes. Vous devez ravaler votre fierté et demander pardon. Même si vous ne savez pas pour quoi.

Elle est soulagée que vous appeliez. Il y a une telle tristesse dans sa voix, c'est comme si elle était restée triste pendant tout le temps où vous ne vous êtes pas parlé, et il y a ce besoin, comme pour vous, d'être amies. Ni elle ni vous ne faites allusion à votre disparition des fouilles, n'avez pas envie de rouvrir de vieilles blessures.

Je suis impatiente d'avoir ce bébé, lui dites-vous. Je veux qu'il soit mon petit copain. J'ai la sensation que je ne serai plus jamais seule dans ma vie.

Ah, mais tu pourras très bien être plus seule en tant que mère que tu ne l'as jamais été, dit-elle. Je ne sais pas si je fais bien de te le dire, mais le pire des crève-cœur, c'est celui qui peut affecter l'amour d'une mère pour son enfant. Un temps. Surtout si cette enfant la rejette. Un temps. Après tout ce qui a été fait pour elle.

Ainsi, elle ne peut s'empêcher de régresser, elle régressera toujours, elle ne laissera jamais tomber. Et qu'en est-il d'un parent qui rejette son enfant, avez-vous envie de demander mais ne le faites pas. Vous dites à votre mère que vous l'aimez, répétez que vous êtes désolée, et vous rappellerez bientôt. Vous tâchez de garder autant d'aspects de votre vie que possible sous votre contrôle, à l'instar de la belle écriture de Sylvia Plath, qui demeurait si soignée, si maîtrisée, même quand son univers s'écroulait autour d'elle.

Leçon 107

De bonnes conduites, c'est l'une des premières nécessités pour une maison saine

À vingt semaines, vous sentez les premiers pas de danse du fœtus.

C'est ainsi que votre mère appelle ça, et comme ces termes vous plaisent : l'enfant s'étire et virevolte en vous, vous la sentez pour la première fois, sa danse adorable. De petites secousses sismiques parcourent votre ventre et de vos mains vous lissez votre bébé ondulant qui tangue, tâtonne et donne des coups de fesses.

Souvent, au cours de la soirée, un soubresaut vient frapper votre paume – le coup d'aiguillon ! – et, s'il se trouve par là, Cole se précipite mais le bébé a déjà bougé et ne lui accordera pas ce plaisir une deuxième fois ; il n'en fait déjà qu'à sa tête, puis il tâtonne gaîment comme un chaton qui joue avec une pelote de laine, *là*, dites-vous à Cole, *vite*, et il met sa main en coupe sur votre ventre et diffuse sa tranquillité à l'enfant, cela l'apaise, comme si ce dernier était à l'écoute de son contact. Comme il aime déjà passionnément cet enfant.

Vous embrassez votre mari, tendrement, là où ses lèvres sont douces. Vous vous sentez sexy et féminine, vous avez envie qu'un homme vous touche mais Cole ne se laisse pas convaincre de faire l'amour ; il a peur de le défoncer, peur que le bébé soit trop près de là où il veut aller. Vous ne parvenez pas à le convaincre que ce n'est pas le cas, que le bébé n'est pas aussi encombrant que vous l'aviez cru. Tant de gens ne vous considèrent plus que comme une seule chose : la porteuse d'une nouvelle vie. Vous n'êtes pas censée être sexuelle, vous êtes une mère.

Cole murmure dans votre sommeil que vous ferez une mère adorable et vous souriez pendant votre rêve.

Vous vous réveillez en sursaut.

Leçon 108

On a tort de soulager ceux qui mendient car cela peut encourager le mensonge, la paresse et la duperie

Samedi après-midi. Vous êtes tous les deux étendus sur le canapé, vous lisez, journaux et magazines étalés autour de vous. Le téléphone. Pas le temps de décrocher, vous êtes trop loin.

Votre nom, sur un ton quémandeur, après l'annonce du répondeur. Rien d'autre que votre nom, deux fois.

La voix dit tout.

Vous fermez les yeux en pensant à cette faculté fort désarmante d'aimer ouvertement, de déclarer le manque par la seule nuance d'un son, et à quel point cette qualité est rare chez un homme ; vous pensez à quel point elle est avilissante, cette sorte d'amour totalement honnête qui vous fait fléchir, qui vous rend vulnérable, malléable. Et qui fait se détourner l'autre personne. Puis vous pensez à Cole. Vos yeux s'ouvrent d'un coup.

Pour voir Gabriel se frayer un chemin dans votre vie de femme mariée, écrasant tout sur son passage.

Leçon 109

Le secret d'une maison saine

Cole se contente de vous regarder.

C'est rien, dites-vous en sentant monter l'indignation, ce n'est qu'un idiot qui s'est entiché de moi.

C'était le type de la Bibliothèque, l'acteur, c'est ça ? Celui qui est amoureux de toi ?

Non, *non.* Pourquoi persistes-tu à croire que c'est lui ? Ce n'est qu'un ami, comme tous ceux de la Bibliothèque, il fait partie de la bande. Justement, je ne lui ai pas parlé depuis un bon moment parce qu'il devenait bizarre, vu ?

Ensuite vous vous entendez demander Et puis d'abord, avec Théo, c'était quoi, tu n'as jamais expliqué ça, tu n'as jamais réellement dit ce qui se passait lors de ces jolies petites rencontres autour d'un thé. Et pourquoi ça continue, *putain* ? Tout cela dit avec une voix que vous n'aviez encore jamais brandie sous le nez de Cole, seulement avec votre mère : comme si vous cherchiez à attaquer votre mari sur ses points faibles, à lui porter l'estocade, enfin. Alors, et elle, hein ? On pourrait régler la question une fois pour toutes – il y a là une laideur que vous ne parvenez pas à faire cesser, qui trahit toute la beauté de votre ventre rond. Toute la frustration, la douleur et la rage accumulées depuis Marrakech déboulent enfin, enfin. Vous dites à Cole que sa vie n'est qu'un putain d'échec, qu'il est chiant, un stupide grattouilleur et rien d'autre, rien en dehors de son boulot et de son appart', même pas d'amis, vous le détestez, le *détestez*, vous ne savez pas d'où les mots surgissent, vous les entendez qui sortent sans parvenir à les arrêter, alors et Théo, allez, et elle, vous arpentez le salon comme une hyène en cage puis Cole est derrière vous, il vous soulève et vous appuie sur le ventre, vous serre si fort, à faire mal, il vous soulève comme s'il allait vous jeter à terre puis vous balayer dehors vous et le bébé.

Tais-toi tais-toi *tais-toi*, hurle-t-il.

À cet instant vous comprenez pourquoi certains maris sont capables de précipiter une voiture du haut d'une falaise ou d'asphyxier des enfants avec les gaz d'échappement.

Le bébé, le bébé, c'est tout ce que vous arrivez à dire, en repoussant ses bras, en essayant de les écarter loin de vous, le bébé, le bébé.

Cole vous pose. Il appuie ses deux bras sur un mur et pousse comme s'il cherchait à l'enfoncer. Sa tête pend. Vous ne pouvez voir son visage. Vous allez vous asseoir sur le canapé. Vous fermez les yeux.

Un silence tendu flotte dans la pièce.

Vous demandez à Cole s'il lui est jamais arrivé de sentir la tête d'un bébé, vous n'êtes pas certaine de savoir pourquoi vous lui demandez ça ni à quoi ça rime, mais une certaine tristesse s'abat soudain sur vous, elle vous emplit comme un verre jusqu'à ras bord. Il ne vous regarde pas, vous dit de ne pas être ridicule, pourquoi irais-je sentir la *tête* d'un putain de bébé ?

Je n'en sais rien, je n'en sais rien, dites-vous faiblement.

Tu es quelqu'un d'atroce, dit-il.

Vous savez que c'est la vérité.

Cole sort de la pièce. Vous ne bougez pas. Souhaitez, ardemment, pouvoir ravaler tous vos propos, souhaitez réaspirer tout ça dans votre bouche comme une bulle de chewing-gum éclaté. Mais les mots demeurent englués partout sur votre figure et sur votre mariage, vous ignorez s'ils pourront jamais en être raclés.

Leçon 110

On ne dira jamais assez quels dangers recèle l'administration de remèdes inadéquats

Cole sort par la porte principale. La fait claquer. Le bruit fait mal. Il n'a jamais claqué la porte auparavant. Une heure plus tard, il est de retour, ignore votre présence dans le séjour, va droit à la chambre, vous ne le regardez pas mais vous cillez à chaque bruit sec de tiroir refermé, de porte de placard claquée. Cillez, mais sans relever les yeux de la télévision. Il ne parle pas. Il n'a jamais joué à ça, avant, il n'a jamais pas parlé.

La porte d'entrée claque.

Silence dans l'appartement. Vous allez à la chambre. Évaluez ce qu'il a pris. Tout ce qui lui est nécessaire : radio-réveil, organiseur personnel, boutons de manchettes du grand-père, chargeur pour son téléphone mobile.

Votre cœur qui bat, votre cœur qui bat.

Vous vous asseyez sur le lit, dans le lourd silence. Vous restez assise là longtemps et puis quelque part au cours de cette longue, longue nuit, vous vous précipitez à la fenêtre de l'appartement, à la vue vertigineuse, vous contemplez le trottoir au loin en pensant à toutes les choses solides et sûres qui viennent de quitter votre existence. Vous gobez l'air de la nuit. Regardez la route en contrebas. Il n'y a personne nulle part, pas de voiture qui passe, aucune vie, tout est calme.

Vous retournez vous asseoir sur le lit. Vous entendez le silence qui grésille, pendant que le reste du monde va au lit, bien au chaud, pour dormir.

Cette solitude est presque insupportable.

Et donc, votre vie en est arrivée là. À ce moment-là, passé assise au bord du lit, enceinte, radicalement seule. Tout cela semble bien être de votre faute. Ce que vous avez fait avec Gabriel vous apparaît pour la première fois comme une trahison. Vous vous trouviez des excuses depuis trop longtemps, sous prétexte que vous n'avez pas été la première à fracasser le mariage.

Mais là, maintenant, Cole parti, il y a une sensation de froid, de bêtise, de destruction. Vous sentez une boule se coincer dans votre gorge, les larmes montent, vous serrez les lèvres très fort.

Vous appelez le mobile de Cole : il est éteint.

Leçon 111

Au nom de leur santé, toutes les filles doivent faire leur lit et ranger leur chambre

Le lendemain, pas de coup de fil. Vous appelez l'atelier de Cole pour voir s'il y est, prétextant une raison professionnelle. Il est sorti. Vous laissez le numéro de votre mobile. Personne ne rappelle.

Le bébé se tortille et s'étire en vous, heureux comme un poisson dans l'eau, inconscient. Vous vous imaginez l'ayant seule, maintenant, le tenant après l'accouchement dans le grand lit d'hôpital, entourée de familles qui discutent joyeusement en groupes auprès des autres lits, au milieu des fleurs et des ours en peluche. Et puis il y a vous, sourire contrit, dans votre scintillante solitude à vous.

Il n'a jamais pas rappelé.

Leçon 112

Les fleurs s'adressent aux cœurs généreux en un langage des plus miraculeux

Le quatrième jour une lettre arrive en provenance de l'atelier de Cole. Il est à Rome, il travaille sur une commande qu'il avait repoussée. Il en a parlé voici quelques mois, une *Descente de croix* de moindre importance que possèdent les Jésuites. Ce travail ne rapportera pas grand-chose et l'œuvre elle-même n'a guère de valeur. Cole vous a montré les photos et vous vous souvenez d'avoir été frappée par l'étrange torsion du buste de ce corps que des mains attentionnées soutiennent pour le poser. Quelque chose n'allait pas, l'artiste n'avait pas bien capté l'anatomie, comme s'il travaillait de mémoire et non de nature.

La lettre vous dit qu'il n'est pas possible, pour le moment, de contacter Cole et n'indique pas quand il sera de retour. C'est son assistant qui l'a envoyée. Elle ne porte aucune trace qui serait due à votre mari. Vous ne parvenez pas à l'imaginer la dictant à quelqu'un d'autre, une chose aussi cruelle, impersonnelle, directe. Vous avez la bouche sèche, vos doigts ne pèsent rien et restent comme détachés quand vous tenez la lettre. Il n'a jamais rien fait de tel.

Vous ne savez plus rien, de ce qui va se passer ensuite.

Vous appelez ses parents et laissez un message sur leur

répondeur, leur demandant de vous rappeler, exécrant l'idée d'avoir à vous tourner vers eux pour obtenir de l'aide. Vous traînez dans l'appartement et vous rendez compte à quel point Cole y laisse peu de traces. Vous étiez toujours à le houspiller pour qu'il nettoie son foutoir : évacue ses revues, trie ses lettres et ses factures. Tout ce qui reste de lui ce sont des petits tas de monnaie et une pile de reçus, maintenant, tout soudain, cela ne suffit pas, c'était enquiquinant et obtus de lui serrer la vis à ce point. Vous lavez son odeur de sur les taies d'oreillers puis les draps pour aussitôt regretter cette impulsion, une fois de plus, de le faire disparaître.

Vous avez envie que Cole revienne. Très.

Votre mère appelle. Juste pour savoir comment tu vas, dit-elle, et sous le coup de cette tendresse inhabituelle, vos larmes s'écoulent, s'écoulent par flots, votre bouche est toute tissée de fils humides.

J'arrive, dit-elle, donne-moi juste le temps d'organiser un vol.

Pendant deux semaines votre mère est à vos côtés, s'assurant qu'il y a toujours des fleurs fraîches et préparant des marmites de soupe maison, elle en emplit le congélateur de bassines entières, tout comme chez elle. Elle vous fait des tasses de thé sans attendre que vous les demandiez, exactement comme vous l'aimez, avec du lait, très léger ; Cole n'a jamais, dans toutes les années où vous l'avez connu, perfectionné ça.

Pendant deux semaines, vous vous blottissez contre elle dans son lit, dans la chambre d'amis ; vous n'aviez plus fait ça depuis l'âge de dix ans. Votre mère ignore à quel point les choses se sont envenimées, elle sait seulement que Cole s'est tiré et qu'on ne sait pas quand il rentrera. Son objectif est de vous remettre sur pied. Vous savez, maintenant, qu'elle est au mieux de sa forme quand vous êtes vulnérable, épuisée, quand tout s'effondre autour de vous. La relation est simplifiée, se résumant au besoin fondamental d'un enfant pour sa mère, ainsi quelque chose de sournois entre vous s'est effacé, la fureur a été matée. Vous ignorez combien de temps durera ce cessez-le-feu mais vous avez envie de vous délecter de cette accalmie tant que vous le pouvez.

Elle doit partir au bout d'une quinzaine, c'est tout ce qu'elle a pu se permettre loin des fouilles. Elle ne veut pas partir mais vous lui dites qu'elle doit. Tu devrais recommencer à travailler, dit-elle, en attendant le taxi qui vient la chercher. Remets ta vie en perspective.

Vous vous rétractez.

Non, pas l'enseignement, dit-elle en riant. Mais tu dois trouver autre chose à aimer dans ta vie qu'un enfant et un homme, parce qu'ils te briseront toujours le cœur.

Ha ! Mais quoi ?

Cela, elle ne peut vous le dire. Le chauffeur du taxi sonne à l'interphone.

J'ai commencé à écrire quelque chose, lui dites-vous, je n'ai pas beaucoup avancé. C'est une version moderne du livre de grand-père. Un regard sans concession sur le mariage – ce qu'une épouse pense mais ne dira jamais.

Cole est-il au courant, demande-t-elle.

Non, pas exactement. Il sait que je travaille sur un livre, mais n'a pas la moindre idée de ce dont il traite. Je ne veux pas le faire souffrir. Je crois… je crois qu'il en serait ravagé. Je ne sais pas ce qu'il ferait.

Dans ce cas écris-le anonymement, après quoi le taxi sonne de nouveau. Ainsi personne ne souffrira.

Leçon 113

Les billets de banque sont du papier-monnaie

Pas un mot de Cole.

Pas un coup de fil de Gabriel, après celui qui a fait exploser votre univers.

Mais il y a une nouvelle énergie vitale en vous, qui concurrence les hommes. Votre ventre est chose publique désormais, des mains se tendent souvent vers lui et au milieu de tout ce gâchis vous tombez amoureuse d'un corps qui n'est pas le vôtre. Ce que le bébé vous fait est tout à la fois beau et terrible, c'est une beauté empreinte d'une grande violence, c'est fascinant, érotique, obscène.

Comment la peau peut-elle s'étendre à ce point ? Reviendra-t-elle jamais à ce qu'elle était avant, ou restera-t-elle froissée et flasque comme une panse ?

Vous n'avez pas ôté votre alliance ; vous n'avez pas envie de cette complication, c'est trop définitif, trop net, dans votre tête, la possibilité que tout se règle un jour est forclose. Au moins y a-t-il toujours de l'argent versé sur votre compte, mais votre mère a raison, vous devez vous trouver quelque chose à faire que vous aimez, pour occuper votre existence.

Faites vivre le livre, essayez. Cela sonne un peu comme votre dernier essai, avant que la maternité ne se referme sur vous et que votre vie ne perde du terrain pendant qu'une autre gagne en force. Et que l'argent, peut-être, ne s'arrête. Car, de toutes les choses qui vous sont arrivées, l'indépendance financière est la plus importante que vous ayez abandonnée. Et maintenant, il est trop gênant d'être redevable envers quelqu'un d'autre; cela risque de dépouiller votre vie de toute sa belle assurance.

Mais Gabriel.

Son souvenir bruisse sans cesse derrière cette motivation nouvelle. Vous êtes enceinte de sept mois et vous savez que ce n'est pas bien d'avoir envie de lui, de le faire replonger dans votre vie. Vous voulez l'appeler. Le temps a érodé l'intensité des après-midi dans son appartement, mais pas assez. Car sa vivacité est de retour, souvent désormais, comme des vagues sur un rivage, il revient et revient encore.

Leçon 114

La valeur de l'air frais

Un week-end ailleurs, dans les Cotswolds près de Bath, petit plaisir entre filles dans un hôtel thermal. Martha est au volant, elle roule vite sur les routes étroites, elle veut arriver avant que la lumière ait complètement disparu. Le ciel est rouge sang et doré, avec de larges bandes lumineuses ; à Londres il n'est jamais comme ça. Ou alors, vous n'arrivez jamais à vous rappeler de le regarder.

Comment va toute la bande, demandez-vous.

Oh bien, bien. Julian est prêt à livrer, bien avant la date butoir, évidemment. Tim a dû laisser tomber un moment pour retourner bosser sur un chantier ; son avance a fondu. Natalie, la pauvre, en est à sa septième réécriture, elle aborde cette étape affreuse où on est convaincu que ça ne marchera jamais.

Et Gabriel, demandez-vous en essayant d'empêcher votre voix de monter dans les aigus.

Pas un traître mot, dit-elle, mais il reviendra. Il est doué pour disparaître et ressurgir du néant, tu le sais. Je crois qu'il est en Espagne, je ne sais pour quoi.

Vous appuyez vos pieds nus sur le tableau de bord, vos genoux font un berceau à votre ventre, vous pensez aux moments de votre vie où vous avez été le plus libre, invariablement seule, quand vous étiez vive, éveillée et vivante. Retrouverez-vous cette vie-là ? Martha frappe le volant du plat de la main en disant bien sûr, fous-le camp avec le bébé ; les femmes font ça tout le temps.

Regarde ta mère, dit-elle, qui s'est baladée partout sur la planète avec son petit ballot harnaché devant elle.

Oui, je suppose.

Mais vous n'êtes pas votre mère. Vous ressentez un point d'ancrage, maintenant. Vous ne pouvez expliquer à Martha, femme résolument sans enfant, qui clame haut et fort son incapacité à ordonner sa propre vie, encore moins celle de quelqu'un d'autre. D'ici deux à trois mois, vous ne pourrez plus contrôler votre vie avec la poigne dont vous aviez l'habitude, vous devrez succomber à la volonté de quelqu'un d'autre. Un enfant vous entraînera au sein de la vie, vous devrez y participer en tant que parent.

Le ciel s'éteint, la couleur presque en allée. Vous dites à Martha que vous n'avez pas eu l'énergie ou la confiance nécessaires pour entamer proprement votre livre et vous craignez de ne jamais y arriver maintenant, car vous l'avez abandonné trop tard.

Tu trouveras bien un moyen, dit Martha en riant, si tu en as suffisamment envie. Écris comme si tu allais mourir, j'ai entendu dire que c'était un truc génial pour s'automotiver.

Vous regardez au-dehors par la vitre. Le coucher de soleil jette un regard timide à travers l'obscurité comme par une déchirure de rideau. Cole n'a toujours pas appelé. Vous avez appelé ses parents, leur laissant un message comme quoi c'est urgent, trois fois. Vous leur avez demandé de lui transmettre que vous l'aimiez. Personne n'a rappelé. Vous ne pensiez pas qu'ils le feraient. Vous êtes assez vieille maintenant, en avez assez vu, pour ne pas espérer que vos souhaits se réalisent. À moins de les y forcer.

Leçon 115

Par temps de pluie nous pouvons fort bien nous contenter d'exercices d'intérieur

Vous avez la lenteur des vaches désormais, énorme et les pieds en canard. Votre poitrine a enflé, passant du bonnet D au G et, à cette taille-là, il n'existe pas de soutien-gorge sexy, encore moins noir. Vous êtes un peu moins vous-même, un peu plus femme enceinte modèle de base. Elle est aiguë, soudain, la perte d'estime. Serez-vous dépréciée, en tant que mère ? Rendue invisible ?

Pourtant au milieu de toute cette incertitude il y a une impulsion de créativité. Vous retournez à la Bibliothèque. Vous vous asseyez devant le portable, prenez des notes. Le bébé n'aime pas que vous travailliez, il gigote, donne des coups de pieds quand vous vous asseyez, comme s'il cherchait à vous dire hé là, c'est sur *moi* qu'il faut se concentrer. Mais vous ne pouvez pas, pas encore. Vous jonglez mentalement avec l'idée de l'anonymat : cela a si mauvaise réputation, on l'associe aux kidnappeurs, aux assassins, aux maîtres chanteurs et aux femmes qui veulent divulguer quelque chose de leur vie secrète ; se mettre à nu. Votre décision de ne pas mettre votre nom sur le livre vous procure une liberté exaltante, pleine d'audace : vous ne pourriez jamais écrire ce que vous voulez sous votre nom, les conséquences personnelles en seraient trop lourdes. Vous êtes douée pour effacer la vérité de votre vie quotidienne ; ce que vous ressentez réellement, ce que vous voulez vraiment. Votre auteur élisabéthaine, vous en êtes certaine, ressentait une contrainte identique. Sans cela elle aurait mis son nom sur le livre.

Il appelle.

Il est sur le répondeur, vous ne supportez pas l'idée de décrocher, effrayée de ce qu'il pourrait dire, besoin de rassembler vos pensées.

Il sera à la maison dans une semaine.

Aucune trace d'amour dans sa voix, professionnelle, brusque.

Votre nuit tourne à l'aigre.

Ainsi, pas d'excuses, pas d'explications, pas de souhaits pour que vous et son bébé alliez bien.

Vous avez une semaine, c'est tout. Une semaine pour vous régénérer, pour vous réinsérer dans la vie d'épouse, car n'est-ce pas ce qu'il attend ? Et vous aussi. Une semaine pour vous gâter, pour agir avec un égoïsme intégral, délibéré, pour vous laisser aller à tous vos caprices : c'est la dernière chance que vous aurez avant très longtemps. Combien de fois dans votre passé, d'anciens petits amis qui n'avaient jamais répondu à vos appels vous ont-ils soudain appelée, la gueule enfarinée, pour tirer un petit coup ? Et toujours, toujours, vous avez dit oui.

Vous avez envie de vivre comme ces hommes, rien qu'une fois.

À peine ai-je pris la parole pour deviser pouvoir et autorité que j'entends un homme m'interrompre, et le voilà qui met un terme à mes paroles par ce châtiment voué aux femmes : Ton désir sera soumis à ton mari, il sera ton maître.

Leçon 116

Aux grands maux, les grands remèdes

Le lendemain soir, un samedi. Sans conviction aucune devant un documentaire sur Edward et Mme Simpson. À côté de vous, une barre de chocolat entamée ; elle s'émiette, pas assez molle. Votre humeur, couleur de campagne obscure. Vous éteignez le téléviseur.

L'indifférence de Cole, quel piratage.

Vous reprenez le livre que vous êtes en train de lire, Martha Gellhorn – *jamais je ne fus si seule qu'au sein de mon mariage* – puis le fermez avec un claquement et foncez sur le téléphone vos doigts se mélangent en composant le numéro toujours trop présent dans votre tête et presque aussitôt il répond. À l'écoute de son allô familier, vous avez l'impression que tous vos organes vont toucher le sol.

C'est moi, dites-vous.

Hé, dit-il, comment vas-tu, et la légèreté dans sa voix vous dit tout ce que vous avez besoin de savoir. Son timbre est dépourvu de cicatrice. Il a guéri, il est passé à autre chose ; votre cœur sombre.

Il faut que je te voie, dites-vous, dans le but de l'entraîner vers le fond lui aussi.

Il rit. Je voudrais bien mais j'ai un avion pour l'Espagne tôt demain matin.

Oh.

Le scénario se présente bien. Je vais voir une corrida lundi soir, et faire les dernières recherches.

Bien, bien : à peine consciente de ce que vous dites, seulement envie de lui avec vous, là au téléphone, pas envie qu'il s'en aille, pas envie de cette nuit, seule.

Où a-t-elle lieu, cette corrida ?

Chiclana, une petite arène près de Séville. C'est là que mon père a fait ses débuts.

Oh. Bien.

Une autre fois, peut-être ?

Oui. Bien sûr.

Votre voix bat en retraite.

Alors comme ça, il croit, maintenant, qu'il n'a plus besoin de faire d'effort.

Vous avez envie de lui comme jamais auparavant.

Leçon 117

Comment les gens hâtent-ils la mort ?

À une heure environ de Séville.

Dernière semaine de la grossesse où vous avez le droit de prendre l'avion.

Vous n'êtes pas sûre de savoir pourquoi vous êtes là mais c'est une sensation somptueuse que de faire quelque chose d'idiot, impétueux, imprudent et irréfléchi, de mettre un terme à toute votre autocensure. Vous savez que ce n'est pas bien de le piéger à nouveau mais cette pensée ne suffit pas à vous en empêcher.

Quelle vallée de la nécessité se creuse en vous ? Vouloir faire cela maintenant, alors que votre mari est presque revenu, et avec un bébé, bientôt, dans votre vie.

Vous connaissez la réponse, mais n'êtes pas certaine de pouvoir la mener à son terme : vous vous accordez une décharge de pur égoïsme, avant de vous soumettre aux besoins de tout un chacun.

L'arène est petite à un point ridicule, poussiéreuse, provisoire, au milieu du vacarme assourdissant d'une fête foraine. Ça ne ressemble à rien de ce que vous espériez. Il y a le grondement et le tintamarre des baraques foraines alignées d'un côté et de l'autre, celui des montagnes russes qui transbahutent leur cargaison de figures braillardes.

L'ongle de votre pouce triture la bordure du ticket. Il fait chaud, l'air est recuit, sec. Il est dix-neuf heures trente mais le soleil est encore mordant. Le bébé gigote ; vous espérez qu'il va bien. Dans l'arène il y a la même ambiance crasse et miteuse que pour un combat de coqs. Autour de vous, sur les bancs de bois brut, se massent des groupes d'hommes sans âge, de sortie entre copains. Vous les regardez attentivement, cherchant Gabriel dans chaque silhouette, aussi improbable soit-elle. Vous êtes toute rouge, très enceinte, visiblement étrangère, vous ne savez pas ce qui va se passer. Vous ne devriez pas être ici.

Envie de lui, c'est tout. Cela vaut tous les risques, d'avoir un tel désir qui siffle dans votre sang.

Une fanfare de pacotille se met à jouer un air non loin de vous. Vous êtes assise, penchée en avant comme les gosses, curieuse de tout ; Gabriel vous en a tellement parlé. Un taureau trotte sur la piste, réticent. Vous avez toujours imaginé qu'une bête de tournoi serait massive, noire et luisante, qu'elle donnerait du front contre l'ennemi telle une locomotive, mais celle-ci est petite, marron, émaciée, perdue. Vous jetez des coups d'œil un peu partout sur les gradins.

Dans l'arène, quatre jeunes gens filent dans tous les sens, ils harcèlent, raillent, courent sauver leur peau derrière des panneaux de bois. Nul ne semble prendre les choses en mains, ni les hommes ni le taureau, on dirait une farce, une pantomime, vous ne vous attendiez pas à ça.

Vos yeux s'arrêtent sur une forme qui ne peut être que la sienne, avec ses épaules à angle droit. Il est de l'autre côté de la piste. En retard, au milieu d'un groupe d'hommes qui semblent être de sa famille. Votre cœur bondit, le sang s'engouffre dans votre crâne, vous sentez sa pulsation.

Une dernière leçon, un dernier fix, c'est tout ce que vous voulez, avant le retour de Cole.

Un homme plus âgé pénètre sur la piste. Il tient deux longues piques ornées de rubans de papier coloré, qui ont un côté festif assez comique. Il tient les deux piques en l'air, une dans chaque main, puis, sur la pointe des pieds, les fiche promptement entre les épaules du taureau, comme s'il était un chef d'orchestre qui termine un aria d'une chiquenaude. L'animal entre dans une rage folle. Son sang est épais, rouge, il rutile dans la chaleur comme de la peinture renversée, il brille aux côtés de sa sueur. Gabriel rugit en même temps que les autres. Vous avez chaud. Vous imaginez qu'il est en sueur, vous avez envie de passer votre langue sur lui. Il y a des petits éclairs dans votre ventre, comme un ciel qui se met en quatre pour accueillir un orage lointain. L'ambiance n'est plus à la farce. Le bébé exécute lentement une volte en vous, aussi délicat qu'une baleine. Vous posez la main sur votre ventre, pour le calmer : Gabriel ne sait pas encore. De l'écume se forme aux lèvres du taureau, il fatigue, vous pouvez l'entendre ahaner, voir son sang, son affolement. Le matador entre. Il est petit, à un point ridicule. Vêtu d'un gris austère, comme un entrepreneur de pompes funèbres dans une pièce de théâtre. Son pénis a été scotché à sa cuisse, les pantalons sont si serrés que pas un bout de tissu ne donne prise aux cornes, Gabriel vous a expliqué cela une fois, et vous étiez agitée, à l'intérieur, tout en l'écoutant.

Vous voudriez vous lever pour aller vers lui, pénétrer son petit groupe de gens engoncés, mais cela fait trop de genoux à escalader. Vous persistez à le regarder en face, lui qui est absorbé par le combat. Vous avez déjà vu cet air appliqué : dans son appartement à Londres, quand vous releviez votre manche pour accueillir sa bouche, quand vous débouclicz sa ceinture.

Le matador leurre l'animal, le forçant à passer plus près de lui, à le frôler presque. Ils communient l'un avec l'autre, lui parle au taureau et vous vous penchez pour saisir ses paroles, Dieu sait pourquoi puisque vous ne comprendrez pas. La fanfare non loin de vous lâche un commentaire intermittent, comme un pianiste paresseux pendant un film muet. Le taureau tournicote, de moins en moins vite, vous pouvez voir son âge qui apparaît maintenant dans toute sa crudité. Gabriel vous a dit que les bêtes n'ont jamais plus de quatre ans mais celui-ci vous paraît plus vieux, plus fatigué que cela ; peut-être qu'ils ont triché pour ce qui n'est jamais qu'un événement provincial. Le taureau sent venir la défaite, il est fini. Le matador dissimule une courte épée pointue dans son dos, il tourbillonne magnifiquement puis l'animal s'arrête et charge à nouveau et Gabriel rugit en même temps que tous les autres. Tout cela est partial ; vous vous sentez mal. Vous frottez votre ventre en pensant à la vie qui fermente en vous et vous l'imaginez affolée, sans défense, toutes les chances accumulées contre elle, cette vie. Vous ne prenez aucun plaisir à ce qui se déroule. Gabriel vous avait transmis un tout autre monde quand il parlait des corridas : un monde de discipline, d'audace et de beauté, mais ce qui s'étale sous vos yeux paraît désespérément triste et cela vous assomme. C'est lâche. Pénible. On est trop immobile, à regarder, à attendre, à jauger, à haleter.

Le matador ajuste l'épée puis la plonge dans le cou du taureau puis il arc-boute son corps, avec la même hardiesse qu'un calligraphe met dans son coup de pinceau. Le taureau entre en fureur, il lutte, son énorme cœur éclate. Il s'effondre à genoux. Bascule sur le flanc. Relève la tête dans son agonie.

Vous en avez assez vu.

Les flancs de l'animal se soulèvent encore, ses yeux roulent, son regard est empreint d'un étonnement extrême : qui sont ces barbares ? On plonge une dague à l'arrière de sa nuque, pour trancher la moelle épinière et enfin, enfin, la tête épuisée s'affaisse. Le tuer a été difficile, c'est à un grand esprit combatif qu'il a fallu mettre un terme.

Vous cherchez Gabriel du regard, de l'autre côté. Vous vous dressez, haut, vous tendez le cou par-dessus les hommes aux traits noueux, vous n'allez pas vous rasseoir. Il ne vous voit pas tout d'abord, il ne vous voit pas, il parle et il rit, son bras est posé négligemment sur l'épaule d'un autre homme, oncle ou cousin peut-être, il ne vous voit pas. Puis il vous voit.

Il s'arrête de parler.

Il rougit, profondément.

Un signe de reconnaissance, calme, léger. Insoutenable par son intimité, comme si lui et vous étiez les seules personnes présentes. Signe qui vous dit tout ce que vous avez besoin de savoir : vous n'aurez pas à faire de grands efforts, il dira oui.

Il fait durer l'instant un peu trop longtemps, les gens qui sont avec lui essaient de repérer l'objet de sa concentration.

Doucement, doucement, vous vous rasseyez.

Tremblante. Mouillée.

Leçon 118

N'achetez rien que vous ne puissiez payer

Il y a encore cinq combats. Vous ne supportez plus d'en regarder un seul. Vous aviez envie de tout autre chose ; la corrida de votre imagination : l'enivrement de la compétition entre l'homme et la bête, la ruse splendide de la danse du matador, la force invincible du taureau.

Pourquoi vous sentir si déçue ?

Espériez-vous que les secrets des hommes et de leur machisme, les secrets de Gabriel peut-être, se dévoileraient ? Les matadors se donnent le beau rôle et vous n'aviez pas envisagé cela.

D'où vient cette faiblesse frappante chez presque tous les hommes que vous connaissez un tant soit peu ? Leurs gémissements infantiles quand ils sont malades. Ce besoin que les femmes leur demandent des instructions pour elles. Ce besoin de les aider à faire les magasins pour se trouver des fringues. De leur prendre rendez-vous chez le coiffeur car ils ne sauraient s'abaisser à le faire eux-mêmes. Leur incapacité à décrocher le téléphone quand ils veulent qu'une relation cesse. Ces faiblesses que vous voyez se répéter sont-elles symptomatiques des gens de cet âge, ou bien sont-elles présentes depuis toujours, et les femmes, en secret, le savent depuis toujours ?

Ni vin ni rois n'ont plus de force que femmes.

Vous savez une chose, quand Gabriel vous regarde depuis l'autre côté de la piste : pour lui, ce n'est pas fini. Il s'arrête sur vous et pique un fard, c'est cela qui vous l'indique. Mais il ignore encore que vous êtes enceinte, il n'a pas pu s'en apercevoir quand vous étiez debout derrière les hommes dans la foule.

Soudain cela vous paraît trop irréfléchi et imprudent d'avoir agi sur la seule impulsion qu'il vous reviendrait ; même pour une seule fois. Les hommes passent leur temps à leurrer leurs ex – pourquoi, maintenant que vous êtes au cœur même de la chose, vous sentez-vous aussi mal ? Vous n'allez pas échapper simplement à votre nature, elle vous a suivie jusqu'ici, elle jappe après vos talons, cherche à vous ramener à la maison.

Vous devriez partir tout de suite.

Il vous regarde depuis l'autre côté.

Leçon 119

Tout le monde, et c'est ce qui convient, aime à être tenu pour respectable

Vous vous frayez un passage le long du banc, faisant signe que vous serez à l'entrée. Il est dehors presque aussi vite. Votre cœur déborde à cela : l'impatience.

Il rougit, en voyant votre ventre, il s'arrête. Vous vous avancez sans rien dire, prenez ses deux mains dans les vôtres, puis faites un mouvement, hésitant, pour lui toucher une joue. Il recule comme un enfant dont la mère a craché dans sa main pour le laver ; il ne vous rend pas votre contact. Il regarde encore votre ventre.

Eh bien, je ne m'attendais pas à ça.

Ce n'est pas le tien, impossible, dites-vous avec un rire saugrenu.

Je sais, dit-il, trop vite.

Il vous prend un bras, il ne vous regarde pas, vous attire loin de l'arène comme s'il avait honte de tout ça et vous tremblez intérieurement, à cause de sa réaction, vous défaillez soudain, angoissée, châtiée. Nerveuse comme lors d'un premier rendez-vous.

Gabriel aussi a l'air perturbé, changé. Ses cheveux n'ont plus le noir d'encre de vos souvenirs, il est usé. Vous le percevez maintenant comme un homme qui vient d'entrer dans cet âge nauséeux où l'on n'est pas encore mûr mais où l'on n'est plus jeune du tout. Un âge d'incertitude où les mères cessent de demander quand leur fils se trouvera-t-il une gentille fille pour se caser, et se mettent à demander aux autres mères, qu'est-ce qui ne va pas chez lui ? Tout en traversant avec lui la chaleureuse fiesta dans les rues vous sentez une autre présence se glisser entre vous. Une nouvelle femme peut-être, ou le simple fait qu'il se soit éloigné de vous, vous l'ignorez, mais quelque chose a été mouché comme une chandelle.

Il se tourne, il rit, il vous embrasse soudain, comme pour dire au diable, après toute votre indifférence, même avec ce grand bébé entre vous. Comme si, rien que pour une fois, en cette folle nuit, il voulait se souvenir de ce qui a été. Vous lui rendez son baiser. En état de choc, vous vous en délectez, mais n'êtes plus capable de lire ses pensées.

Tu as été occupée, à ce que je vois, dit-il et vous souriez, gênée, puis baissez les yeux, vous frottant le ventre.

Oh oui.

Vous marmonnez une excuse pour votre disparition, marmonnez vaguement à propos de choses à régler dans votre vie et il dit ouais, ouais c'est ce qu'elles disent toutes, il le dit de sa voix taquine, vous êtes soulagée que l'ancien Gabriel soit de retour, vous le tirez par la main, allez viens, vieux fourbe, partons d'ici, il rit et tire dans une autre direction, disant pas par là, *mi amor*, par ici, j'ai une chambre, vous vous laissez aller tous deux au sein de l'ancienne complicité, aussi douce qu'une crème glacée qui s'écoule dans votre gorge. Puis c'est le silence et vous longez les rues, empreints de la tendre camaraderie des anciens amants, ne sachant rien de ce qui va se passer.

Alors qu'est-ce que tu as pensé de la corrida, demande-t-il.

Ce n'était pas ce à quoi je m'attendais. J'avais envie de gravité et de la beauté dont tu m'avais parlé mais ça m'a paru, je ne sais pas, lâche. Triste. Je n'ai pas du tout apprécié.

D'où vient cette cruauté, de quel filon profondément enfoui en vous surgit-elle ? La cruauté qui vous pousse à dire à votre mari que sa vie est un échec, à votre mère que vous l'aimez mais ne l'appréciez pas, à votre amant que ce qui le passionne est un truc de bourrins et de couards ? Seuls ceux qui vous sont très proches la voient, personne d'autre n'accepterait de croire qu'elle est là.

Tu n'es *jamais* satisfaite, pas vrai, dit Gabriel et ses mains, moqueuses, montent vers votre gorge ; un tantinet trop rude, ce seul contact.

Leçon 120

La pudeur est bonne et sacrée

Pourquoi es-tu ici, demande-t-il en donnant un tour de clé à la porte de sa chambre d'hôtel.

Je…

Vous arrêtez, ne pouvant continuer, le bout de vos doigts appuyés sur vos lèvres ; vous ne savez plus pourquoi vous avez pris l'avion pour Séville, pourquoi vous n'avez pas simplement quitté l'arène, sa vie. Ce n'est pas bien, ce n'est pas bien.

Tu es enceinte, dit-il. Je ne devrais pas faire ça.

Je sais.

Mais j'en ai envie, dit-il en se penchant.

Je crois que je ne devrais pas être ici, protestez-vous, vous reculez.

Mais tu y es, dit-il.

Il vous embrasse dès que la porte est refermée, il vous propulse contre le mur. Déshabille-toi, dit-il doucement, son souffle près de votre oreille – vous avez toujours adoré qu'il fasse cela. Vous hésitez, regardez votre ventre, vous ôtez vos habits lentement, votre ventre s'avance comme une lune, fait de vous un tabou, il y a un remue-ménage, le bébé, mais vous ne pouvez plus dire non, ne pouvez plus résister à l'exigence. Gabriel se recule, les mains jointes dans son dos, il contemple votre corps, il lui sourit. Puis il se met à genoux et lisse de la paume de ses mains votre poitrine puis votre ventre tendu comme un tambour, il fouine entre vos jambes et enfonce soudain deux doigts vers le haut, sans avertissement, comme un bâton dans un tapis de mousse gorgée d'eau. Vous ne vous y attendiez pas, à la violence de cela, ce n'est pas une chose que vous lui avez apprise. Quelque chose a changé, il a gagné de l'assurance, il est surprenant ; vos genoux flanchent. Vous lancez une main en l'air pour chercher un appui, vous êtes presque en train de jouir déjà, il a échappé à votre emprise et vous ne savez pas pourquoi mais vous avez envie qu'il continue encore, encore et encore, pour voir où cela se termine, pour ne jamais arrêter.

Et vous êtes trois dans cette chambre d'hôtel. À essayer de ne pas y penser.

Vous vous couchez en chien de fusil, sur le lit, attendez qu'il soit déshabillé. Vous, maintenant, regardez son corps, vous avez toujours pris plaisir à savourer cela. Les belles hanches, la pâle cicatrice d'où son appendice a été extrait, le petit crucifix d'argent autour de son cou, les poignets de pianiste, les poils hésitants sur sa poitrine, la longue bite incurvée. Gabriel drape votre corps du sien et vous embrasse dans le cou, vous sentez son érection s'insinuer entre vos fesses puis vous vous tournez lentement, face à face, et pour la première fois vous voyez à quel point il est concentré, vous pouvez voir sur son visage que ce genre d'expérience est entièrement nouveau et étrange ; émotionnellement et physiquement, c'est l'inconnu, un spectacle qui n'a pu être répété.

Premier numéro du spectacle : l'épouse banlieusarde.

Deuxième numéro : la femme lourdement enceinte.

Troisième numéro : qui sait ce qui va se passer.

Tu es belle ainsi, très belle, il murmure avec ses mains sur votre ventre et vos seins et vous devriez haïr ça, vous devriez vous replier sur vous-même, materner, au lieu de devenir enragée par le désir mais vous voilà prête, en cet instant d'avidité, à lui confier toute votre vie. Vous ressentez fortement à travers ses baisers et ses caresses que le talent sexuel de Gabriel s'est affermi, il sait ce qu'il fait désormais, les leçons ont rempli leur office. Son toucher se fait défiant et créatif, comme s'il tentait d'effacer tout souvenir des hommes avec qui vous avez été, de marquer votre peau par la pérennité de son propre sceau. Vous ressentez la brûlure de l'envie : quelle autre femme a-t-il touchée, qui lui a donné cette assurance, ce contrôle ? Pourtant la pensée d'autres femmes vous donnait des frissons, à une époque. Quand vous le teniez bel et bien en votre pouvoir.

Vous vous tournez une fois encore et Gabriel s'immisce par-derrière, vous êtes enceinte de trente-quatre semaines, vous ne devriez pas faire cela mais avant même que vous ayez le temps de vous crisper contre lui vous jouissez, avant même qu'il ait commencé, encore et encore vous jouissez, les orgasmes empiètent l'un sur l'autre, jusqu'à vous tétaniser. Vos doigts se crispent sur les siens, les siens sur les vôtres, vos phalanges sont blanches comme des os et le contrecoup persiste encore et encore longtemps.

Je veux jouir en toi, chuchote-t-il.

Cela ressemble à une profanation, vous sentez que ce n'est pas bien. Ce n'est pas bien. Vous ne le lui dites pas.

Je t'en prie, dit-il.

Vous ne le sentez même pas.

Leçon 121

Nos pieds doivent rester au chaud et au sec

Vers une heure du matin environ, il est sur le divan de la chambre d'hôtel et vous sur une chaise en face de lui, vos pieds nus croisés sur sa poitrine, à travers leur plante vous sentez son cœur battre, son pouls, il incline la tête puis la relève, ses yeux cernés de rouge, et c'est à ce moment-là que toute l'honnêteté déboule.

Je ne crois pas que je puisse continuer, dit-il. Je ne suis pas sûr qu'on devrait se revoir. Ça me fait comme mal aux tripes, dit-il, parce que ça fait tellement de bien; mais tu es enceinte maintenant, ce qui est sacré à mes yeux; je sais, je sais, dit-il, malgré ce que je viens de faire. Mais je dois reprendre ma vie, aller de l'avant. Tu m'as complètement transformé, tu as été cruciale pour moi et je ne l'oublierai jamais. Mais j'ai *ma* vie maintenant. Le projet avance bien, j'ai un producteur intéressé, le scénario commence à fonctionner, là vous l'interrompez, vous faites une suture à ses paroles; il vous fallait seulement le voir, c'est tout, une dernière fois, et votre voix est trop vive et trop légère, elle a envie de prendre l'initiative, et tout en parlant vous sentez par la plante de vos pieds son cœur à lui qui accélère. C'est l'horreur, horreur que tout cela; il n'était pas censé s'éloigner, à ce stade. Votre voix se répète, elle vacille et se perd : une dernière fois, c'est tout, vous le lui dites, vous reprendrez votre existence londonienne après ça, vous ne vous verrez plus jamais, désormais toute relation entre vous doit cesser, c'est fini, c'est fini, terminé.

Le grand calme, l'anesthésie due au choc quand tout ralentit, même votre cœur. Le choc dû à son rejet, et à votre déclaration selon laquelle il n'y aura pas de retour en arrière.

Vous restez muets tous les deux. Un de vos pieds reste appuyé sur son cœur. Comme si vous attendiez tous les deux de dire quelque chose de primordial, mais aucun n'a la volonté, ou le courage, de le dire à haute voix.

Vous êtes tous les deux immobiles, très calmes. Vous entendez la circulation dehors, le gémissement d'une sirène. Puis, très doucement, il dit en rigolant : eh bien, je crois que je n'ai plus qu'à essayer une Chinoise maintenant.

C'est stupéfiant ; ce moment. Vous souriez à ses paroles, en un réflexe involontaire, comme quand vous apprenez que quelqu'un est mort. Ah oui, une Chinoise maintenant, comme… un autre chocolat dans une boîte de chocolats, peut-être ? Vous fermez les yeux : ne dis pas ça, je t'en prie, ne sois pas comme n'importe quel autre mec. Tu n'as pas retenu mes leçons ? Ses paroles ont bouleversé ce que vous saviez de lui.

Vous ôtez votre pied de sa poitrine. Parce que, à ce moment-là, une tout autre possibilité vient de se faire jour.

Qu'il avait tout prévu depuis le départ.

Comment se décharger de sa virginité.

L'objectif : dénicher, dans un café, la sage épouse banlieusarde. Qui ne soit ni belle ni arrogante ni sûre d'elle, juste assez pour ne pas lui rendre la vie difficile, qui ne lui ferait pas peur, qui par la suite pourrait facilement être balayée. Qui n'en parlerait à personne. Et qui jamais n'en rirait. Mais les choses sont allées plus loin et il ne s'y était pas attendu ; sa petite femme d'intérieur sans prétention aurait dû être jetable, c'était prévu depuis le départ.

Afin qu'il puisse passer à ce qu'il voulait vraiment.

Gabriel entreprend de vous embrasser mais vous l'arrêtez, vous l'enlevez de votre cou, vous lui dites que c'est trop intime, vous ne lui dites pas que cela fait trop mal. Oui, quelqu'un d'assise seule dans un café, qui ne soit pas trop belle, parce que les hommes sont plus à l'aise avec l'imperfection et la faiblesse, c'est tellement moins menaçant. Il ne peut voir vos yeux, le picotement des larmes dont vous savez qu'elles ne cesseront jamais si vous les laissez couler, vous n'avez pas envie de lui faire cette faveur.

En entrant dans l'ascenseur, vous l'entendez vous appeler, attends, reviens, je plaisantais, mais vous ne vous retournez pas, l'ascenseur se referme, il tambourine contre la porte, tambourine pour l'arrêter.

Vous n'êtes plus là.

Tombez au cœur du bâtiment, vers le bas, vers le bas, la tête appuyée contre la moquette, vos yeux claquemurés par l'anesthésie du choc ; tout ralentit, même votre cœur.

Leçon 122

Il est de mise que les filles ne doivent rien prêter

La tristesse, couleur de squelette, tout en marchant dans les rues défoncées et puantes du matin de l'après-fiesta.

Il fera un amant magnifique. Vous avez été un bon professeur, vous l'avez toujours été. Et vous avez appris autant que vous avez enseigné, il vous restera toujours ça. Si vous osez y revenir.

Vous serez jalouse, et férocement, de toute liaison qu'il pourra avoir. Il vaut mieux que vous ne l'appreniez jamais.

Vous ne cesserez jamais d'avoir envie de lui.

Dans votre chambre d'hôtel vous êtes sur le dos, sur le lit étroit plein de creux. Vous n'êtes pas censée vous coucher de cette manière aussi tard durant la grossesse, cela comprime une artère, la sage-femme vous en a avertie, mais aux petites heures de cette matinée vous n'en avez cure, pas pour cette fois, vous avez besoin de vous laisser aller. Vous vous étirez et le bébé gigote et danse en vous, ses mains et ses pieds vous pétrissent comme de la pâte.

Il n'était pas prévu que ce voyage fasse aussi mal.

Vous vous mettez en chien de fusil. Vous sentez un bras divin vous envelopper, qui vous suggère de mettre les voiles, mettre les voiles, de mettre le cap.

Vous prenez le premier avion pour Londres.

Leçon 123

Tout effort supplémentaire qu'on lui impose fait grossir le cœur et le renforce

À la maison.

Vous ouvrez la porte, prise d'une étrange euphorie. Vous jetez vos habits et vous lavez à fond puis vous emparez de tout l'espace. Vous faites, enfin, de grandes foulées en pleine solitude. Vous sentez qu'une partie de votre corps vous a été arrachée, comme si la chair avait été retranchée de la chair. Mais vous vous sentez forte aussi, car vous êtes libre, après tout ce temps ; le grand fardeau de l'incertitude, et de la culpabilité, n'est plus là.

La colère prend sa place.

Envers toutes les fois où, dans le passé, vous avez dit je t'aime et vous êtes sentie dépouillée. Toutes les fois où ils n'ont pas rappelé. Toutes les histoires d'amour qui se sont délitées, sinistres, en baises d'une nuit. Toutes les fois où ils vous ont submergée. Épuisé votre énergie. Votre confiance. Posé un lapin. Laissée tomber. Voulu ensuite essayer une Chinoise.

La fureur crache et produit des étincelles pendant que vous nettoyez les placards de la cuisine et passez l'aspirateur dans chaque recoin. Martha vous rend visite à l'improviste : ça, c'est l'instinct maternel qui vire au sauvage, dit-elle en riant, en se mettant à l'abri.

Oh non, c'est quelque chose d'autre.

Leçon 124

Il faut préparer les vêtements du bébé et effectuer divers arrangements d'ordre domestique

Vous vous affairez à l'ordinateur parce qu'il faut le faire maintenant. Le bébé tape du poing ce qui vous fait glapir de douleur à votre bureau. Comme s'il allait déchirer votre peau, qui est tendre au point de paraître trop fine. Avant, vous vous sentiez comme dans un cocon ici, comme si rien ne pouvait vous y atteindre. Aujourd'hui à votre bureau, vous baissez les yeux et il y a une protubérance à gauche de votre nombril, une petite tête; délicatement vous la repoussez.

Cole sera à la maison dans un jour. La voix professionnelle vous l'a dit.

Vous devez travailler. Vous devez vous trouver autre chose à faire dans votre vie. Vous êtes à votre bureau parce que vous ignorez ce qui se passera après la date prévue pour la naissance du bébé, ou quand vous pourrez de nouveau vous installer à votre bureau. Vous êtes disciplinée, énergique, pas dispersée ni fatiguée ni du genre à repousser au lendemain, comme votre ancien moi. Les mots se précipitent et se chevauchent pour sortir. Le travail remplace la douleur, il l'expulse. Vous êtes calme et forte en travaillant, vous vous sentez illuminée. Être à votre bureau fonctionne comme un antidote, un baume, car cela signifie avoir voix au chapitre, cela signifie dire et faire exactement ce dont vous avez envie.

Il y a, aussi, beaucoup de choses à préparer pour la naissance. Vous avez entendu le mot *layette* pour la première fois de votre vie et il semble que vous devez absolument en posséder une. Vous achetez les gros accessoires, poussette, couffin, petit bain, vous lavez les habits de bébé avec des poudres dont vous ne soupçonniez même pas l'existence. Et pendant tout ce temps vous mettez une main sous votre ventre, pour empêcher votre enfant de bouger.

Vous êtes sidérée par la lucidité et la concentration avec laquelle vous entamez le dernier stade de la grossesse. Et par la passion pour la perte qui l'accompagne, menaçante, érotique et brutale, qui ne ressemble à rien de ce que vous avez vécu à ce jour. La perte de Gabriel, de tout ce qu'il représentait.

Vous avez la sensation d'avoir été propulsée dans un autre royaume; vous avez, enfin, la sensation que votre propre vie vous appartient.

Votre mère appelle, veut savoir comment vous allez, elle appelle beaucoup, ces derniers temps. Elle veut savoir quand Cole sera de retour. Vous lui dites encore une journée; vous ne lui dites pas que vous ignorez à quoi vous attendre. Vous lui demandez si elle veut venir passer quelque temps avec vous, être là pour la naissance. Non, vous dit-elle. Oh, répondez-vous, pourquoi? Parce que c'est un moment spécial pour Cole et toi, vous dit-elle: l'arrivée du premier enfant est un épisode magique, miraculeux dans toute relation, une belle-mère ne devrait pas s'en mêler.

Tu vois, je sais ça, parce que moi je n'y ai jamais eu droit. Mais j'ai vu ça si souvent autour de moi.

Oh m'man. J'en suis désolée.

Votre cœur cède. Car, avec le rôle de mère qui sera bientôt le vôtre, une compréhension de ce qu'a été la vie de votre propre mère vous est, enfin, dévoilée.

Leçon 125

Tout gaspillage est péché

Cole doit arriver ce soir. Vous ressentez un besoin pressant d'appeler Théo, vous ne voyez pas bien pourquoi, surtout ce soir. Vous raccrochez à la deuxième sonnerie, voulez lui parler mais en fait, pas vraiment : son amitié était si exigeante, avec un bébé vous allez devoir vous montrer plus rigoureuse avec votre temps. Et il y a trop de mois de silence à expliquer, trop de questions à poser. Vous savez que si vous la laissez revenir ne serait-ce que d'un orteil elle réenvahira tout comme un marécage qui déborde. Vous n'arriverez plus à faire du café au doigt et à l'œil, n'obéirez plus quand elle ordonne *décroche, décroche*, sur le répondeur, n'aurez plus le temps pour les bavardages tardifs qui durent des heures ; tout cela est si épuisant, rien que le fait de penser à elle. Et puis elle essaie d'avoir un bébé et vous ne voulez pas entrer en compétition avec elle pour la maternité : vous avez constaté qu'il s'agit d'une nouvelle arène de compétition parmi les femmes. Vous n'apprécieriez pas que Théo fasse des comparaisons afin de savoir quel bébé dort le mieux, a le plus de cheveux, sourit le plus.

N'avez pas la moindre envie, à vrai dire, qu'elle entre dans la vie de votre enfant.

De la musique, votre musique, joue fort. Vous vous enveloppez dans votre précieuse robe à chinoiseries qui est trop flamboyante et fragile pour être mise mais ce soir peu vous importe. Vous vous servez un verre de vin rouge. C'est votre premier depuis longtemps, comme il descend bien, sans la moindre anicroche.

Votre scintillante solitude à vous.

Une clé dans la serrure, comme dans l'ancien temps, quand Cole rentrait du travail. Le bruit des sacs posés dans le vestibule. Il n'entre pas. Comme si chacun de vous voulait entendre la voix de l'autre d'abord, afin d'en jauger le ton.

Il reste très immobile dans l'entrée; votre cœur tressaute.

Est-ce que tu as couché avec lui; c'est tout ce qu'il demande.

Non.

Le mensonge sort avec aisance: vous le regardez droit dans les yeux, la bonne actrice, la bonne épouse, vous vous y êtes préparée. La relation ne survivra pas à la brutalité d'une absolue honnêteté, vous le savez.

Il s'avance vers vous, sa tête inclinée. Pauvre vieille chouette, dit-il, idiote, idiote, ma pauvre vieille chouette.

Le soulagement.

Vous souriez, comme un parapluie retourné par le vent.

Vous ne pouvez vous en empêcher. Et vous n'arrivez pas à parler, à cause de la gentillesse dans sa voix, qui vous brise le cœur.

Leçon 126

Il faut enlever la poussière, pas seulement la déplacer

Cette nuit-là Cole vous serre très fort, il vous pousse contre le mur comme s'il s'agrippait à une bouée de sauvetage dans le vaste océan de l'inconnu. Son corps vous est profondément familier, il se cache une expérience infinie derrière sa façon de vous tenir. Vous pensez à cet amour qui coule aussi profond et puissant qu'une rivière souterraine. Ce qu'il y a entre Cole et vous est si complexe, changeant, vivant ; l'amour a des hauts et des bas, il a surgi du néant, d'un endroit stérile, et parfois dans les moments sombres, il semble s'y réfugier.

Mais il est bien vite de retour. Plus complet. Plus rapide.

Vous vous tournez pour faire face à votre mari, vous l'embrassez doucement, avec un air interrogateur, sur les lèvres et il sourit et opine du menton distraitement dans son sommeil. Sous votre peau le bébé est éveillé. Vous prenez la large main de Cole pour la poser sur votre ventre et les ondulations se calment comme si l'enfant écoutait la peau de Cole, se souvenait de son contact.

Cette nuit-là le cognement de Gabriel derrière votre

front s'échappe enfin comme un poisson décroché du hameçon.

Cole se met à bouger très tôt, à la première lueur de l'aube. Vous êtes déjà éveillée, sur le dos.

Que s'est-il vraiment passé avec Théo, demandez-vous dans la pureté matinale.

Peut-être qu'il parlera maintenant, avec cette nouvelle pureté entre vous. Il le fait. C'est à la fois simple et stupide, dit-il. Je ne sais pas pourquoi je ne te l'ai pas dit plus tôt. Il se tourne vers vous. Elle voyait bien que ça n'allait plus entre nous, alors elle m'a appelé un jour pour proposer de me divulguer les secrets qui permettent de garder une épouse.

Je vois, dites-vous en souriant ; vous haussez les sourcils. Et quels sont-ils ?

Il tripote la chaînette en argent autour de votre cou, il a toujours aimé faire ça. Oh, tu sais bien, dit-il en riant, des histoires de fleurs chaque semaine, être à l'écoute de tes envies, te laisser respirer.

Oui, oui.

Et des cunnilingus, ajoute-t-il en rigolant, elle a vachement insisté là-dessus. Elle disait que tu étais nulle pour ce qui est de t'exprimer. Il marque un temps, choisit ses mots avec plus de soin. On est devenus copains. On prenait un verre de temps à autre, après le boulot. Je l'aime bien. C'est tout.

Il sourit, il vous regarde droit dans les yeux. Un riche silence. Votre gorge est desséchée. Vous tenez votre tête à deux mains, en riant. Alors comme ça, votre mari n'arrivait pas à vous expliquer qu'il prenait des leçons avec votre meilleure amie, sur l'art de garder une épouse. Et vous avez choisi de le croire. Enfin. Finalement tout s'illumine : d'abord prendre la décision, ensuite y croire, tout s'enchaîne avec la logique d'un chien qui ne peut que suivre sa laisse.

Alors qu'est-ce que Théo veut vraiment, demandez-vous. C'est quelque chose que je n'ai jamais compris.

Eh bien, elle crève d'envie d'avoir un enfant, ça tu le sais. Elle essaie depuis un an et demi. Fécondation in vitro, tout ça, rien n'a marché.

Votre cœur se tend vers elle ; vous devez l'appeler.

Mais vous ne le faites pas.

Leçon 127

La cruauté constitue en soi sa punition, et c'est bien normal

Deux jours plus tard, une lettre. Sur un épais papier beige, agréable à manipuler. Vos doigts parcourent habilement, tel un lézard, les caractères tapés à la machine.

C'est moi, encore. Pour la dernière fois. Je t'en prie, continue à lire. Je te supplie de m'écouter, et je te jure que je n'écrirai plus jamais. Je ne te reverrai jamais, si c'est ce que tu veux. Ainsi donc, tu vas avoir un enfant. Tu as tellement, tellement de chance. Et Cole autant que toi. Quelle famille merveilleuse vous ferez. Mon cœur saigne quand je pense à vous, à votre bonheur. Un enfant, c'est l'accomplissement d'une vie, je crois. Il m'a fallu longtemps pour le comprendre, qu'une vie sans enfant est une vie qui part à la dérive.

Votre main frotte votre ventre et se pose sur une douce protubérance, le fessier de votre bébé, la sage-femme vous a dit qu'il s'agissait de ça.

C'était donc moi qui écrivais les lettres. Cela ne me paraissait pas si fou, à l'époque. C'était un moyen de te toucher, le seul, et tu étais si dure à atteindre. C'était un moyen de te surprendre ; un bon moyen, je l'espère. Je t'imaginais en train de les lire et te disant que ce pouvait être n'importe qui : le type avec qui tu as couché à vingt-quatre ans et que tu n'as jamais revu mais dont tu t'es toujours demandé ce qu'il était devenu, ou le type avec qui tu n'as jamais couché bien que tu en aies eu envie. Celui qui aurait été parfait pour toi mais tu n'as jamais osé faire le premier pas. Je voulais te ravir d'une manière ou d'une autre, j'adore faire ce genre de choses. Tu le sais.

Il y a une autre raison pour laquelle j'ai écrit ces lettres et c'est là que ça devient vraiment difficile à dire. Peut-être que je ne devrais pas du tout t'en parler, il faut toujours que je mette les pieds dans le plat mais je crois qu'il vaut mieux que tu le saches. Je voulais que ce soit Cole qui les trouve. Je voulais qu'il en vienne à douter de toi, parce qu'il ne doute jamais de toi. Tu es quelqu'un de si bon. Il m'a dit en plus d'une occasion qu'il ne te quitterait jamais. Il faut que tu le saches. Je l'ai accepté maintenant. Son attachement pour toi m'emplit d'effroi, et tout l'amour que vous aviez.

Comme si un géant serrait le poing sur votre cœur, comme s'il l'essorait, comme s'il en exprimait tout le sang.

Je voulais seulement te dire que je suis désolée, pour tant de choses. Tu as été une si bonne amie pour moi, je ne sais pas pourquoi j'ai toujours cru que j'avais quelque droit à me montrer des plus cruelle envers ceux qui me sont le plus chers, ceux qui me manifestent tant de douceur. Je ne suis pas quelqu'un de bien, loin de là. Parfois je fais des choses atroces d'égoïsme, je ne peux pas m'en empêcher. Y a-t-il quelqu'un, quelque part, qui n'en fasse pas autant? Toi, peut-être, regarde ce que je t'ai fait. Je ne parviens pas à imaginer que tu admettes un jour ce qui s'est passé. Il fallait que je te le dise et ces lettres démentes me semblaient le seul moyen de t'atteindre. Cole me dit que tu poses encore des questions, tu n'as pas lâché l'affaire. Il ne te le dira jamais. Je ne crois pas que ce soit sain pour toi de rester dans l'ignorance. Je suis désolée, et je t'aime. C'est tout ce que je voulais dire.

T

Vous revenez à la surface, aux grandes goulées d'air, vous surgissez à l'air, à la lumière.

Après être restée immergée si longtemps, à des profondeurs écrasantes.

Vous restez couchée sur le lit, sur le côté, très longtemps, toute la journée, jusqu'à ce que la lumière du jour diminue, disparaisse. À quoi bon avoir envoyé cela maintenant ? Est-ce que Théo s'avoue vaincue ? Veut-elle que ce soit vous qui vous avouiez vaincue ? A-t-elle l'intuition, enfin, que la bataille est perdue ? S'incline-t-elle avec grâce, ou entame-t-elle une campagne encore plus insidieuse ?

… l'amour que vous aviez… Cole me dit que tu poses encore des questions…

Elle est forte, elle est très forte, elle a toujours remporté ses combats.

Le bébé gigote en vous, en signe de protestation contre votre sang qui bouillonne. Vous les connaissez, toutes les histoires de vengeance : coudre des têtes de crevettes dans les ourlets de rideaux, déchirer les costumes du mari, appeler l'horloge parlante de la Nouvelle-Zélande puis laisser le téléphone décroché. Oh non, il vous faudrait une revanche bien plus grandiose, quelque chose qui les poursuivrait à tout jamais, qui les marquerait pour le reste de leurs vies.

Ou peut-être que simplement tout endurer signifiera que vous avez remporté la partie essentielle.

Elle veut vous pousser à la confrontation avec Cole, vous en avez l'intuition. Pour qu'il dévoile ses positions, pour que tout soit mis en pleine lumière. Vous ne lui accorderez rien de ce qu'elle veut. Elle ne vous a jamais cru capable de la surprendre, sa lettre vous le dit.

Leçon 128

Tirez fierté de n'avoir point de dettes

Cole rentre à la maison vers dix heures et vous êtes toujours recroquevillée sur le lit. Vous ne lui adressez aucun signe de reconnaissance quand il entre dans la chambre, ne tournez pas la tête, ne pouvez parler, votre cœur au bord des lèvres.

Il ôte sa chemise et la jette, par jeu, sur vous. Elle atterrit sur votre tête.

Hé, dit-il.

Vous ne dites rien. Vous enlevez la chemise.

Il ne saura pas ce que vous savez sur lui ; ce n'est pas le moment.

Ce ne sera peut-être jamais le moment.

Leçon 129

En nous, l'instinct maternel est puissant

La sage-femme vous dit que la tête du bébé est descendue et qu'il est prêt à sortir. Vous avez lu dans *Vogue* qu'un garçon fait paraître sa mère plus masculine à cause des nouvelles hormones qui circulent dans son corps, mais vous avez lu par ailleurs qu'une fille dérobe sa beauté à sa mère. Est-ce que cela peut être vrai ? Vous ne pouvez pas gagner à ce jeu. Vous êtes crevée. L'hôpital vous a prescrit du fer pour vous donner de l'énergie, vos selles sont dures et noires comme de l'encre. Vous vous sentez vieille, le bébé vous mine, la nuit venue des crampes vous broient les jambes comme dans un étau, des accès de muguet vous démangent furieusement et vous pétez trop souvent. Vous vous plaignez beaucoup. Cole rit et vous dit de vous détendre sinon le bébé sortira aussi fragile qu'un jouet en fer-blanc.

Je ne peux pas, lui dites-vous, tu ne te rends pas compte.

Il reste d'humeur égale, il a tant d'assurance ces dernières semaines, à une époque vous pensiez que cela signifiait qu'il n'était pas remuant ou brouillon comme vous, mais plutôt pas compliqué, ouvert, propre. À une époque.

Est-il possible que vous deveniez plus grosse ?

Le bébé pousse et cogne des poings et vous pouvez sentir, avec acuité maintenant, qu'il veut sortir. Vous essayez d'écrire tout ce que vous pouvez, avec le peu de temps qui vous reste. Vos doigts volettent sur le clavier quand Cole n'est pas à l'appartement. Le petit gigote toujours quand vous travaillez, il vous presse : chh, murmurez-vous, plus pour longtemps. Le sac pour le séjour est prêt. Le bébé est en position, tête en bas, son épine dorsale obligeamment sur la gauche, prêt à sortir. Vous le sentez, bientôt vous préparez la tanière comme une louve qui se retire dans les collines.

Vous dormez seize heures par jour maintenant, pouvez pas faire autrement, pas moyen de lutter contre les besoins de votre corps. L'appartement est immaculé, tous les nouveaux habits lavés. Un sentiment de métamorphose radicale approche, comme la première étincelle d'un orage crépite dans le vent. Vous devez vous débarrasser du désordre, vivre plus frugalement et plus honnêtement désormais, plus en accord avec ce que vous voulez ; vous n'aurez pas le temps pour quoi que ce soit d'autre. Et dans tout cela se consume quelque chose de profondément physique, un désir ancien, sauvage et hurlant, quelque chose d'enfoui depuis maintes années, qui maintenant surgit. Vous vous sentez comme un animal, un animal pur. Vous y succombez.

Leçon 130

Après la naissance il est préférable de vivre à part pendant trois mois

C'est aujourd'hui que d'après les ultrasons le bébé est le plus à même de naître.

Mais il ne veut pas, il n'est pas prêt. Il s'est trouvé une confortable position là-dedans, un talon calé contre une de vos côtes, il ne bougera plus. Vous sentez votre corps qui lui dit attends, repose-toi, prends encore des forces.

Durant la nuit se produit une onde qui passe en travers de votre ventre, sous le nombril, comme un roulement de tonnerre au loin dans le désert et qui ne donne rien.

Pendant une semaine, rien.

Quelques contractions de Braxton-Hicks seulement, de celles, rusées, qui font semblant. Elles font l'effet d'un rouleau à pâtisserie sur une pâte irrégulière, elles se resserrent autour de vous puis se dissipent. Cole est impatient, il pose ses lèvres sur votre ventre et tente de persuader le bébé de sortir. Vous essayez tout : le champagne, de vous tordre les tétons, l'ananas, le curry, le thé aux feuilles de framboise, tout sauf le sexe. Pas prête pour ça.

Ni à avaler son foutre. On vous a dit que ça marchait. Vous n'auriez pu envisager rien de pire, or c'est l'une des choses qui lui plaisent le plus. Vous n'avez plus envie de faire ça pour lui, plus jamais.

Gabriel n'a jamais attendu ça de vous, n'a jamais demandé.

Leçon 131

La parturiente, reposant sur le dos,
se soumettra allégrement
à la supplication d'un bandage serré
ainsi qu'à tout autre remède que
l'infirmière ou le docteur suggéreront.
La parturiente s'agrippera à un drap
noué aux montants du lit

Vous vous éveillez à trois heures du matin avec la sensation qu'un petit nuage gris dérive sur votre abdomen. Comme si un géant – ou Dieu – vous pressait le ventre.

Vous vous limez les ongles, car on vous a dit que vous les enfonceriez si profondément dans la chair de Cole que le sang coulerait. Vous prenez une douche, vous lavez les cheveux ; qui sait quand vous pourrez de nouveau les laver. Regardez CNN, appelez votre mère. Quelque part au milieu de tout ça, vous vous retrouvez dans un bain que Cole a fait couler, lui est dans la buanderie en train de repasser sa chemise parce qu'il ne voit pas quoi faire d'autre et qu'il ne vous a jamais entendue beugler putain, merde, *bordel*, d'une manière aussi faisandée avant, ensuite vous gueulez qu'il faut appeler l'hôpital, s'il te plaît, fais-moi sortir d'ici. Cole remplit la voiture et vous aide à y prendre place, vous tripotez vos fringues, essayez de les déchirer à coups de griffes, vous ne savez pas pourquoi, à cause d'un instinct féroce en vous ; ne rien avoir sur votre corps, pas même une montre, à un feu rouge vous agrippez la main de Cole comme jamais vous ne l'aviez fait avant, vous l'agrippez jusqu'aux os. Les contractions sont dignes d'un bison qui vous martèle de l'intérieur, oh bon Dieu, que le petit vienne, vienne.

Cinq heures après le premier pincement dans votre ventre, dix minutes après que vous avez perdu les eaux, le bébé est dehors comme un poisson qui a filé sur le pont. Vous avez accouché à quatre pattes, avec juste ce qu'il faut d'oxygène pour vous aider, Cole et la sage-femme dans la salle. Une naissance exemplaire, dit la sage-femme par la suite. Un travail facile, dit votre mère en riant au téléphone. Vous lui dites qu'aucun travail n'est facile, qu'il y a eu un moment où vous aviez l'impression d'être déchirée en deux, qu'il y a eu un moment où vous vous êtes dit, très posément, que vous ne le referiez *jamais.*

Vous ignoriez que vous iriez jusqu'à déféquer pendant le travail.

Ignoriez qu'il y aurait tant de sang.

Ignoriez que plusieurs heures encore après la naissance votre ventre ressemblerait au résultat qu'obtient un gosse qui s'essaie à faire cuire un gâteau, tout effondré et mou au centre.

Ignoriez tant d'amour.

Leçon 132

À l'instant même où chaque partie d'un corps vivant cesse de changer, cet instant est celui où il meurt

Cole est sur une chaise à côté du lit où vous avez donné le jour. Il est assis, son corps incurvé au-dessus du bout de chou tout pépiant qu'est son fils, comme pour le protéger des regards, ceux des lumières de l'hôpital aussi bien que celui de la sage-femme, pendant que votre vagin est recousu. Le visage de Cole est crevassé, rougi, cru, trempé, sillonné de torrents, une larme lui pend au bout du nez.

Il est tout émerveillement, amour et choc devant la petite main qui, telle celle d'un extra-terrestre, se tend vers lui depuis la couverture puis s'empare de son pouce et le tient fermement. Comme si c'était le moment suprême de son existence, comme si vous ne comptiez presque plus.

Elle est étrange et maussade, cette pensée. Vous vous penchez pour caresser votre mari, juste une fois, derrière l'oreille, en guise d'excuse. Il sourit, ne relève pas les yeux, il embrasse un ongle de son fils ; un ongle minuscule.

Leçon 133

Tout le monde doit voyager, sinon à l'étranger, du moins traverser la vie

L'épiderme de votre fils devient votre nouveau territoire, il vous manque à un point douloureux quand vous êtes séparée de lui, vous avez envie de l'inhaler comme vous avez envie de respirer le ciel du désert pendant l'hiver anglais, mais ce besoin-là est pire, bien pire.

Il vous a libérée, jusqu'à nouvel ordre, d'un autre genre de besoin, plus épineux.

Vous l'appelez Jack.

Sa figure se déploie. Ses oreilles sont comme deux petites roses froissées. Ses cheveux, quand ils sont lissés, forment une conque en spirale ; emmêlés, un lac ondulant. Ses minuscules ongles sont souples et irréguliers jusqu'au moment où vous les décollez, ses mains, exécutent des ballets dans son sommeil. Ses yeux sont enfoncés, vides, sombres et paraissent tout contempler, de toute éternité. Vous voit-il ? Vous l'ignorez. Il voit votre voix, vous en êtes sûre, et votre odeur ainsi que vos tétons, oh oui, ça. Vous êtes épuisée. Pétrifiée. Il emplit votre existence jusque dans ses moindres recoins.

Le jour où votre mère vient vous voir à l'hôpital, elle

le tient, mal à l'aise, comme une porcelaine précieuse ; effrayée par sa fragilité. C'est étrange, vous dites-vous : elle a déjà fait ça. Peut-être qu'elle manque d'entraînement ? Qu'elle ne veut pas que Jack pleure ?

Alors quand est-ce que vous ferez la baby-sitter pour nous, mamie, dit Cole en plaisantant.

Peut-être d'ici un an ou deux, dit-elle en riant, un brin trop sèche.

C'est peut-être l'explication : elle ne sera pas à l'aise avec Jack tant qu'il n'aura pas cessé d'être un bébé pour devenir une personne, vous devrez donc attendre une année environ. Ou peut-être veut-elle attendre que vous soyez plus assurée, vous laisser le champ libre. Vous n'allez pas la forcer. En la regardant, vous vous rendez compte que vous n'avez aucun droit d'exiger qu'elle s'implique de près. Autant que vous en auriez envie.

Leçon 134

Les infortunes qui frappent certaines gens viennent du fait que d'autres mal agissent

Martha vient vous voir à l'hôpital. Jack se met à pleurer quand elle le prend et vous lui dites de glisser son petit doigt dans la bouche du bébé. Il s'arrête.

Ça alors, fait-elle.

La princesse Diana faisait ça. Tous mes trucs de mère je les tiens de la télé.

Vous riez toutes les deux.

Ta mère ne te donne pas un coup de main, demande-t-elle.

Non, pas vraiment. Elle ne donne pas l'impression d'en avoir envie, je ne sais pas pourquoi.

Elle a peut-être peur d'être démasquée.

Que veux-tu dire?

Eh bien, elle a toujours si bien réussi en tout dans sa vie. Il y a sacrément longtemps qu'elle ne s'est pas occupée d'un petit, il me semble que pas mal de choses ont changé depuis. Peut-être qu'elle ne veut pas que tu voies à quel point elle ne sait plus ce qu'il faut faire.

Vous repensez à elle tenant Jack à sa manière vieillotte et saugrenue, cherchant à ne pas le faire pleurer. Votre pauvre, chère et impénétrable mère; elle qui déteste tant admettre qu'elle ne sait pas faire une chose. Peut-être, peut-être que Martha a raison.

Elle demande, au moment de partir, si vous êtes au courant pour Gabriel. Votre estomac se soulève ; heureusement, Cole n'est pas là pour entendre ce nom. Qu'a-t-elle appris, vous n'avez pas la force de demander, vous savez que vous allez rougir, vous n'avez pas envie d'apprendre qu'il s'est marié, qu'il a une épouse.

Il est revenu à la Bibliothèque, dit Martha. Il était complètement transformé. Il s'était fait couper les cheveux. Il avait une chouette nouvelle chemise. Nouvelles chaussures. Il avait l'air, comment dire, *comme il faut*, respectable. Puis Martha se penche en avant, parle plus bas, distinctement : il m'a dit qu'il était allé en Espagne. Elle ralentit. Il m'a dit qu'il s'était remis d'une rupture absolument dévastatrice. On dirait bien que c'était l'amour de sa vie, quelque chose comme ça.

Votre respiration se bloque dans votre gorge.

Incroyable, non ? C'est vrai, quoi, il cachait bien son jeu, quand même. Il ne m'a pas dit grand-chose d'autre. Après, et c'est là que ça devient drôle, il m'a dit que je devais l'aider à trouver une petite amie. Il a dit que c'était son nouveau but dans la vie.

Vous n'arrivez pas à parler.

Crois-moi, j'avais envie de sauter sur l'occasion, de dire moi, Gabriel, moi, je vais quitter Pat, tout ce que tu veux, fait Martha en riant.

Vous murmurez, hmm.

Leçon 135

N'oublions pas qu'en aidant les autres et en cherchant à faire leur bonheur nous trouvons le nôtre

Vous l'entendez avant même de la voir, reconnaissez instantanément son claquement de talons sur le linoléum. Leur détermination, l'énergie de quelqu'un qui n'est jamais en repos. Puis l'habituel costume sombre enfile à longues enjambées le couloir de l'hôpital. Et le visage, vous le connaissez si bien, chacune de ses nuances, vous le connaissez mieux que celui de Cole ou de votre mère. Évidemment que vous allez la recevoir maintenant, vous avez changé. Vous vous sentez puissante, plus puissante que jamais. Comme une vraie personne maintenant, plus riche, moins superficielle, pleine de substance.

Salut, la revenante, dites-vous, prenant l'initiative.

Salut. Elle est sur ses gardes, une commissure vers le haut, l'autre vers le bas. Vous ignorez pourquoi elle est là, peut-être que c'est sa curiosité mais quoi qu'elle vous balance vous êtes prête, elle ne peut plus vous atteindre, cela se voit à votre sourire. Elle a apporté une bouteille de champagne et une barboteuse, trop grande, avec des boucles trop nombreuses.

Vous en examinez ensemble la complexité : J'en sais autant que toi, dites-vous en riant.

Dieu te vienne en aide.

Ses doigts sont maladroits avec le bébé, elle le remet bien vite en place. Elle s'assoit sur le bord du lit, vous lui donnez deux tasses à café, le bouchon du champagne saute. Vous restez sans rien dire un moment, chacune scrute le visage de l'autre. Il y a trop de choses à dire, du coup rien n'est dit, vous restez à visage ouvert, vous devinez les changements dans vos vies respectives. Rien ne peut décrire la complexité de la relation que vous avez partagée, et de celle que vous n'avez pas partagée. Et où commencer, maintenant. Votre fils est à votre côté, endormi, vous sentez la chaleur de son corps. Ses bras sont écartés, dans un abandon et une confiance complets.

Comment ça se passe, la tétée, demande-t-elle.

Ça va. Ça marche, pour le moment.

Un bon point pour toi. J'ai eu une cliente qui n'a pu le faire que pendant trois semaines parce qu'à chaque fois que la bouche du bébé effleurait son mamelon, elle avait un orgasme. Elle disait qu'au début c'était merveilleux, mais carrément épuisant après.

Vous riez. C'est bon, par certains côtés, d'être à nouveau avec Théo.

Tu as tellement de chance, dit-elle.

Je sais, puis plus doucement, je sais.

Vous apercevez sur son visage une douleur soudaine qui passe comme un nuage isolé à travers le ciel, puis elle s'évanouit; votre main se tend vers elle. Elle retire la sienne.

Je ne supportais plus de penser à toi pendant un temps, quand j'ai appris que tu étais enceinte. Je n'aurais pas cru que ça me toucherait autant. C'est que… puis elle s'arrête, baisse les yeux sur Jack. Je ferais n'importe quoi pour en avoir un comme ça.

Je n'arrive pas à imaginer tout ce que tu as dû subir.

Ouais.

Oh Diz.

Rien n'a marché. On m'a même recommandé d'arrêter. Elle est au bord des larmes, elle les retient. Vous vous penchez pour la prendre dans vos bras ; elle craque. Hé là, répétez-vous sans cesse, hé là. Ce n'était pas censé en arriver là quand vous avez enfin accepté de vous revoir. Vous la serrez jusqu'à ce que les sanglots cessent. Elle s'essuie les yeux du dos de la main ; le mascara s'étale en coulées noires.

Je suis tellement désolée, vous dit-elle.

Vous ne voyez pas quoi dire. Vous acquiescez du menton, vous ne pleurerez pas, ne lui ferez pas cette faveur.

On pourrait se retrouver tous ensemble un de ces jours, dit-elle. Quand tu seras rentrée chez toi. J'ai envie de… d'être une meilleure amie pour toi.

Oui, on n'a qu'à faire ça.

Pas sûre de savoir quand vous la reverrez, pas sûre d'en avoir envie maintenant, avec votre nouvelle existence.

Cole me dit que vous continuez à boire un pot de temps à autre, dites-vous, forçant un peu la réponse : vous demandant si cela aussi n'était pas un pieux mensonge de plus.

Je ne coucherai pas avec lui, d'accord, réplique-t-elle, rouge comme une pivoine et elle regarde Jack à nouveau. Cela ne vous révèle rien. Vous inclinez votre visage vers le plafond, vous souriez : cela n'a plus aucune importance, elle ne peut plus vous atteindre, ne peut plus vous blesser. Vous vivez désormais une existence exubérante. Et en cet instant précis où votre visage est tourné vers le plafond et vos yeux fermés, toute la tension due au doute qui vous habitait depuis la lettre de Théo – au sujet de ce que vous feriez, de comment vous alliez vous y prendre désormais – est désamorcée, vous vous retrouvez baignée sous une pluie de décisions. Mais Théo ne sait rien de tout cela. Vous laissez retomber votre tête, vous lui souriez sereinement.

Votre fils repose à côté de vous, petit bout chaud et ferme, et ça elle ne l'aura jamais. Enfin, enfin, vous avez quelque chose qu'elle n'a pas.

Leçon 136

Maintenant que la mère a été couronnée de la féminité même, c'est dans la contemplation et le soin qu'elle portera à son enfant qu'elle aura la sensation de naître elle-même à un univers de délices

Vous écrivez par bouffées de vingt minutes, une fois par jour, deux avec de la chance. C'est tout ce que Jack vous accorde. Vous vous asseyez à votre bureau, pendant cette curieuse période du matin, merveilleusement claire, lumineuse, quand sa journée n'a pas encore été corrompue par des couches à changer, des vents ou le manque de sommeil.

Six semaines après la naissance, l'appartement est encore plein de fleurs débordantes aux pétales qui se répandent. Les pièces présentent cet éclat neuf et doux des mariages de fraîche date. Vous saignez encore, à peine. Vos organes génitaux dégagent encore une odeur de viande, de chair. Le muscle de votre estomac est toujours fendu, une ligne pigmentée le coupe en deux. Vos seins sont enflés, affaissés, ils sont tout marbrés de veines bleues qui évoquent des rivières sur une carte et quand vous allez aux toilettes vous sentez que c'est tout défoncé et relâché, ça tourne au cauchemar si l'urine éclabousse la blessure, tout votre corps se crispe sous le choc. Vous êtes constipée, salement. Le muscle au fond du vagin s'est déchiré, on vous a dit qu'il guérirait en laissant une grosse ligne de tissu cicatriciel et que vous seriez peut-être incontinente, plus tard. Rien de tout cela n'est important.

Tant d'amour.

Le ravissement, le ravissement de cela.

Il imprègne vos doigts, vos ongles, vêtements, draps, cheveux. Vous n'avez jamais connu de corps aussi intimement. L'odeur laiteuse de son souffle, les paumes de ses mains, les plis poudreux de son aine. Vous jalousez son sommeil, qui vous prive de sa présence. Cole se propose parfois pour le nourrir, pour que vous preniez une pause, Jack tète le biberon qui contient votre lait tiré avec la même fureur qu'un veau sur un pis. Vous dormez avec votre fils aussi proche de vous qu'un amant, un bras autour de lui, visage contre visage, de vos tétons goutte un lait aqueux d'un blanc bleuté. Parfois vous le prenez pour un incube, vous n'êtes rien d'autre qu'une machine à nourrir et vous reculez sous l'impact de sa voracité. Mais le voilà qui sourit et l'amour que vous ressentez redevient sauvage, incontrôlable, il vous dépasse. Germaine Greer, la pauvre, se trompait : cela n'est pas un déclin catastrophique de notre qualité de vie, c'est la vie faite lumière.

Vous avez découvert une sorte de paix avec lui, notamment quand vous le nourrissez. Vous vous êtes dépouillée de tout ce qui est extérieur parce que, simplement, il n'y a plus le temps. Vous vous laissez aller à le contempler pendant des journées entières, des journées d'or pur. Vous savez maintenant pour quelle raison un homme rentre chez lui à midi pour son enfant. La tête de Jack sent puissamment le rivage salin, les flaques d'eau dans les rochers à marée basse, et quand vous le tenez, assise, à l'inhaler, cela vous renvoie soudain en arrière, aux vacances d'été il y a longtemps, au ciel et à l'océan, au sel et au sable. La plus puissante des odeurs non érotiques, oh oui. Vous êtes comme droguée au sein de ce merveilleux petit monde, ce bébé-lune où rien, pour l'instant, n'a le droit de poser le pied.

Leçon 137

Chaque jour apporte son content de fraîches délices en un conscient renforcement du corps et un développement tout aussi conscient de l'esprit

Une pizzeria bon marché non loin de votre appartement. Cole est assis en face de vous et Jack endormi dans son siège baquet à côté de vous, calé sur une chaise. Cole lisse son petit chapeau. Vous appréciez votre mari pour différentes raisons maintenant ; parce qu'il change une couche sans se plaindre, parce qu'il sèche son fils avec soin après le bain, parce qu'il le tient jusqu'à ce qu'il soit calmé.

Allez savoir quand vous referez l'amour avec Cole, le désir s'est ratatiné au point de disparaître de votre vie, aussi soudainement qu'il avait éclaté et vous ignorez quand il sera de retour, s'il l'est jamais. Vous n'en ressentez aucune tristesse, ce n'est qu'un fait. À ce stade vous ne pouvez tolérer la coexistence du désir et du fait de materner. Vos fantasmes ont entièrement disparu. Ils vous manquent certes mais vous ne pouvez pas les faire renaître en claquant des doigts. Vous en êtes certaine, un jour, ils seront de retour ; vous l'espérez.

Jack s'éveille et s'étire de tout son corps tel un chiot, les bras au-dessus de sa tête, les poings tout faits. Vous êtes submergée par le concentré d'amour qui émane de lui. Il est féroce, ce flot de pure joie, la tendresse de la famille, des amis et même des étrangers qui entourent le nouveau-né. Dieu le bénisse, ce petit, dit un serveur quand vous quittez le restaurant, ce qui vous comble de joie. Vous souriez à tout-va en marchant dans la rue, cela éclate hors de vous, vous ne pouvez pas garder ça pour vous.

Leçon 138, la dernière

Donner le bain, laver, changer les vêtements

Gabriel, dans la rue.

Au côté de Cole, vous tenez la poussette devant vous, vous revenez de chez Baby Gap où vous avez fait quelques achats. Vous êtes en train de vous disputailler, Cole veut que vous mettiez son manteau à Jack mais vous savez qu'il a assez chaud comme ça.

Et puis ceci.

Vos regards se captent, vous vous croisez sans le moindre signe de reconnaissance, exactement comme vous vous en étiez fait la promesse, à une époque.

Mais vous vous retournez tous les deux. Il vous adresse un sourire chargé de secrets, pendant un bref instant.

La foule se referme sur vous, il n'est plus là.

Votre cœur qui bat, votre cœur qui bat.

Au feu rouge Cole se penche pour boutonner le manteau de Jack. Vous souriez, ne dites rien. Pensez au livre que vous avez écrit ; vous avez fait tout ce qui se trouve dedans mais votre mari n'en saura jamais rien, car vous êtes la bonne épouse. C'est ainsi que vous choisirez de le terminer : vous, debout à un coin de rue, l'image même de la vie de famille bien tranquille, dans votre jupe rose et votre chapeau-cloche, une poussette devant vous, le mari au côté, en cet instant vous vous sentez aussi forte et résistante que le mercure mais nul ne pourrait le deviner. Votre intérieur ne correspond plus à votre extérieur, et combien vous aimez cela. Un immense bonheur débordant de joie vous comble. Vous repensez à votre amie élisabéthaine anonyme qui est avec vous depuis si longtemps, qui vous pousse vers l'avant. Vous êtes en train de lui raconter l'histoire de cette étrange période chatoyante de votre vie. Aucune autre période ne vaut la peine d'en parler, pas encore.

Post-scriptum

Le manuscrit se termine ainsi. À ce jour on ignore où se trouve ma fille. La poussette de mon petit-fils était sur la falaise elle aussi, mais aucun corps n'a jamais été retrouvé.

Chère lectrice, cher lecteur,

À l'origine, La Mariée mise à nu *a été publié anonymement. À l'époque, je n'aurais pu l'écrire autrement : en tant que mère de jeunes enfants, en tant que fille de parents âgés, et surtout en tant qu'épouse.*

Il est difficile, dans une relation, d'être complètement honnête : de montrer à votre conjoint votre moi secret. Vita Sackville-West[1] *se décrivait elle-même comme un iceberg, disant que son mari ne pouvait voir d'elle que ce qui apparaissait au-dessus de la surface. Il n'avait aucune idée de l'immensité en dessous, et elle émettait l'hypothèse que c'était pour cette raison que leur mariage fonctionnait. Quelle relation pourrait survivre à l'âpreté d'une candeur absolue, dans toute sa brutalité ?*

J'aimais l'idée de plonger sous la surface et d'explorer la vie secrète d'une femme. Et ce d'autant plus qu'elle offrirait toute l'apparence d'une bonne épouse satisfaite. J'avais parfaitement l'intention de faire figurer mon nom sur la couverture en commençant le livre, mais je me suis bien vite rendu compte que je me censurais. Effrayée des réactions possibles

1. Vita Sackville-West (1892-1962) : poétesse et romancière anglaise ; en 1913, elle épousa le diplomate Harold Nicolson, puis vécut longtemps avec Violet Trefusis sur la Côte-d'Azur. Retournée au bercail conjugal, elle relata le tout dans *All passion* spent (1931), qui eut beaucoup de succès (NdT).

de mes proches, effrayée à l'idée de les faire souffrir, n'ayant pas tout à fait le courage de me dévoiler avec une aussi complète crudité.

Ainsi, une fois acceptée l'idée de garder le secret sur mon identité, tout s'est mis en place. J'étais soudain comme une femme sur une plage étrangère, sûre de ne connaître personne et qui exhibe joyeusement son corps, sans souci du qu'en dira-t-on. J'avais ouvert la porte d'un nouveau monde intrépide et exaltant, je pouvais dire tout ce dont j'avais envie (du moins le croyais-je), tous ces secrets que les femmes peuvent penser mais sans jamais en parler, et nul ne saurait jamais que c'était moi.

Mais le destin s'en est mêlé. J'ai été traquée, délogée par un journaliste. Et le résultat est là : mon nom sur la couverture de ce livre. Le voyage a été long mais étonnamment gratifiant (ce que je n'avais pas escompté) car les lecteurs ont réagi avec beaucoup de sympathie et de ferveur à l'inébranlable honnêteté de La Mariée mise à nu.

Quelqu'un, après l'avoir lu, m'a écrit, « Je n'aurais jamais eu le courage de dire ce que vous avez dit – c'est si franc, si ouvert. Vous êtes très courageuse. » Bien sûr, j'ai ri en recevant ces mots, car je n'aurais jamais eu le courage de dire ce que j'ai fait, si j'avais su que mon nom devait figurer sur le livre.

Chère lectrice, cher lecteur, je voudrais que vous compreniez dans quel esprit de confidentialité ce livre devait être écrit. La Mariée mise à nu *traite d'une femme qui trouve sa voie. Je suis heureuse qu'il soit désormais lâché dans la nature, livré à lui-même, et peut-être (qui sait ?) encouragera-t-il d'autres femmes à trouver leur voie en elles-mêmes.*

Pour finir, je voudrais reconnaître ici l'influence de certains ouvrages dont je me suis servie pour travailler sur ce roman. Deux textes de l'ère victorienne, trouvés à la Bibliothèque de Londres, ont fourni les titres des leçons : celui du révérend J. P. Faunthorpe, Science ménagère : Leçons sur les connaissances nécessaires aux femmes, *et celui de Mary Scharlieb,* Une Femme s'adresse aux Femmes et leur parle de leur Santé en Angleterre et aux Indes ; *enfin bien sûr, intrigant et effronté, le texte anonyme qui a inspiré mon livre,* De la Valeur des Femmes, *aussi intitulé* Traité prouvant par diverses raisons que les Femmes surpassent les Hommes, *dont la Bibliothèque bodléienne d'Oxford possède un manuscrit.*

Nikki Gemmell

À Emmanuelle Anthony, Scott Taylor, Joëlle Fraize, Laura Derajinski, sans qui cette traduction n'aurait été qu'un massacre anonyme.

À Anne-Philippe Besson, Raphaëlle Rott et Hélène Heuillet, libraires à couper le souffle.

And to Nikki, who led me a Lavish dance.

Alfred Boudry

Déjà parus
AU DIABLE VAUVERT

Catalogue disponible sur demande à
contact@audiable.com

AGENCE VU – ACTION CONTRE LA FAIM
Misère urbaine : la faim cachée, album
JUAN MIGUEL AGUILERA
La Folie de Dieu, roman, Prix Imaginales 2002, Prix Bob Morane étranger 2002
Rihla, roman
Mondes et démons, roman
Le Sommeil de la raison, roman
AYERDHAL
Chroniques d'un rêve enclavé, roman
Le Chant du Drille, roman
Transparences, roman, Prix du polar Michel Lebrun 2004, Grand Prix de l'Imaginaire 2005
Demain, une oasis, roman
JEAN-JACQUES BEINEIX et BRUNO DE DIEULEVEULT
L'Affaire du siècle T1 – Château de vampire à vendre, BD
L'Affaire du siècle T2 – Vampire à louer, BD
JULIEN BLANC-GRAS
Gringoland, roman, Lauréat du Festival du premier roman de Chambéry 2006
PIERRE BORDAGE
L'Évangile du Serpent, roman, Prix Bob Morane 2002
L'Ange de l'Abîme, roman
Les Chemins de Damas, roman
POPPY Z. BRITE
Self made man, nouvelles
Plastic Jesus, roman
Coupable, essai

Petite cuisine du Diable, nouvelles

OCTAVIA E. BUTLER

La Parabole du semeur, roman

La Parabole des talents, roman

SIMON CASAS

Taches d'encre et de sang, récit

THOMAS CLÉMENT

Les Enfants du plastique, roman

DENYS COLOMB DE DAUNANT

Les Trois Paradis, roman

Le Séquoia, roman

La Nuit du Sagittaire, récit

DOUGLAS COUPLAND

Toutes les familles sont psychotiques, roman

Girlfriend dans le coma, roman

Hey, Nostradamus! roman

TONI DAVIDSON

Cicatrices, roman

Intoxication, anthologie

ANGELA DAVIS

Les Goulags de la démocratie, pamphlet

YOUSSOUF AMINE ELALAMY

Les Clandestins, roman, Prix Atlas 2001

JAMES FLINT

Habitus, roman

Douce Apocalypse, nouvelles

Électrons libres, roman

CHRISTOPHER FOWLER

Démons intimes, nouvelles

JOSÉ FRÈCHES

Créateurs du nouveau monde, album

Le Centre d'appel, roman

NEIL GAIMAN

Miroirs et fumée, nouvelles

American Gods, roman Prix Hugo 2002, Prix Bram Stoker 2002, Prix Locus 2002, Prix Nebula 2003, Prix Bob Morane 2003

Anansi Boys, roman

NEIL GAIMAN et DAVE MCKEAN
Violent cases, BD
NEIL GAIMAN et TERRY PRATCHETT
De bons présages, roman
WILLIAM GIBSON
Tomorrow's parties, roman
Identification des schémas, roman
GIN
Bad Business, roman
STÉPHANE GUIGNON
&, roman
THOMAS GUNZIG
Mort d'un parfait bilingue, roman, Prix Victor Rossel 2001, Prix Club Med 2001
Le Plus Petit Zoo du monde, nouvelles, Prix des Éditeurs 2003
Kuru, roman
NORA HAMDI
Des poupées et des anges, roman, Prix Yves Navarre 2005
Plaqué or, roman
NORA HAMDI et VIRGINIE DESPENTES
Trois Étoiles, BD
SCOTT HEIM
Mysterious Skin, roman
GRÉGOIRE HERVIER
Scream test, roman
ANDRÉS IBÁÑEZ
Le Monde selon Varick, roman
L'Ombre de l'oiseau lyre, roman
AÏSSA LACHEB-BOUKACHACHE
Plaidoyer pour les justes, roman
L'Éclatement, roman
Le Roman du souterrain, roman
LOUIS LANHER
Microclimat, roman
Un pur roman, roman
PHILIP LE ROY
Le Dernier Testament, roman, Grand Prix de Littérature Policière 2005
La Dernière Arme, roman

MARK LYNAS
Marée montante, document
YOUCEF M.D.
Je rêve d'une autre vie, roman
Le Ghost writer, roman
JAMES MORROW
En remorquant Jéhovah, roman
Le Jugement de Jéhovah, roman
La Grande Faucheuse, roman
Le Dernier Chasseur de sorcières, roman
CÉCILE MOULARD
Mail connexion, essai
DEE DEE RAMONE
Mort aux Ramones! autobiographie
VINCENT RAVALEC
Une orange roulant sur le sol d'un parking..., poème
VINCENT RAVALEC, MALLENDI et AGNÈS PAICHELER
Bois Sacré, initiation à l'iboga, document
RECUEIL PRIX HEMINGWAY
Toreo de salon et autres nouvelles, nouvelles
NICOLAS REY
Treize minutes, roman
Mémoire courte, roman, Prix de Flore 2000
Un début prometteur, roman
Courir à trente ans, roman
CÉLINE ROBINET
Vous avez le droit d'être de mauvaise humeur..., nouvelles
RÉGIS DE SÀ MOREIRA
Pas de temps à perdre, roman, Prix Le Livre Élu 2002
Zéro tués, roman
Le Libraire, roman
ALEX SHAKAR
Look sauvage, roman
CHARLES SILVESTRE
La Torture aux aveux, pamphlet
MATT THORNE
Images de toi, roman

MATT THORNE et NICHOLAS BLINCOE
Les Nouveaux Puritains, anthologie
CORALIE TRINH THI
Betty Monde, roman
MICHAEL TURNER
Le Poème pornographe, roman
U2
U2 par U2, album
TRISTAN-EDERN VAQUETTE
Je gagne toujours à la fin, roman, Prix Goya 2003
CÉCILE VARGAFTIG
Fantômette se pacse, roman
SERGE VELAY
Embrouilles dans la scribouille, pamphlet
DAVID FOSTER WALLACE
Brefs entretiens avec des hommes hideux, nouvelles
Un truc soi-disant super auquel on ne me reprendra pas, essais
ALEX WHEATLE
Redemption song, roman
Island song, roman
MARTIN WINCKLER
Contraceptions mode d'emploi, document
Les Miroirs obscurs, document
JOELLE WINTREBERT
Pollen, roman, Prix Rosny-Aîné 2003

Impression réalisée sur CAMERON par

CPI
Brodard & Taupin

La Flèche
en janvier 2007

Imprimé en France
N° d'impression : 39862
Dépôt légal : janvier 2007